Scandale pour une princesse

L'enfant secret du cheikh

LA COURONNE DE SANTINA

Scandales et passions au sein d'une principauté

Un scandaleux mariage

Alessandro. Il est appelé à régner un jour.
Allegra. Son nom est synonyme de scandale.
Leur histoire d'amour défraie la chronique, et leur mariage scandalise le gotha.

Deux clans que tout sépare…

Les Santina. Les Jackson. Les premiers, fiers de leur lignée, sont issus de la plus haute aristocratie. Les seconds appartiennent au monde des affaires et du luxe. A priori, ils n'ont rien en commun.

… liés par la passion

Ils sont pourtant prêts à renoncer à tous leurs privilèges … par amour!

La Tribune de Santina

Mariage et scandales à la principauté

A peine annoncées, les noces princières d'Alessandro et Allegra créent la polémique !

Depuis la publication officielle des bans du mariage qui unira Son Altesse Royale le prince Alessandro à la sublime Allegra Jackson, la principauté de Santina est devenue le centre du monde. Tous les médias de la planète ont accouru sur l'île de Santa Maria où se tiendront les festivités, pour assister à ce qui s'annonce comme l'événement de la décennie, voire du siècle ! Mais tandis que des messages de félicitations affluent de tous les continents et que les sujets de la Couronne se réjouissent de ce conte de fées contemporain, de mauvaises langues, au sein même du gotha, s'élèvent déjà pour dénoncer une mésalliance – fustigeant le clan Jackson, la famille de la future princesse, dont les frasques ont maintes fois fait la une de la presse à sensation. Une source proche des Santina prétend que des dissensions sont déjà apparues entre certains membres des deux familles, et souligne l'impossible conciliation entre les valeurs aristocratiques de notre prince et les origines roturières de sa promise. Ces critiques au vitriol réussiront-elles à assombrir le bonheur des fiancés ? Ou pire, les feront-elles renoncer à leur engagement ? Nous le saurons très vite...

La Tribune de Santina

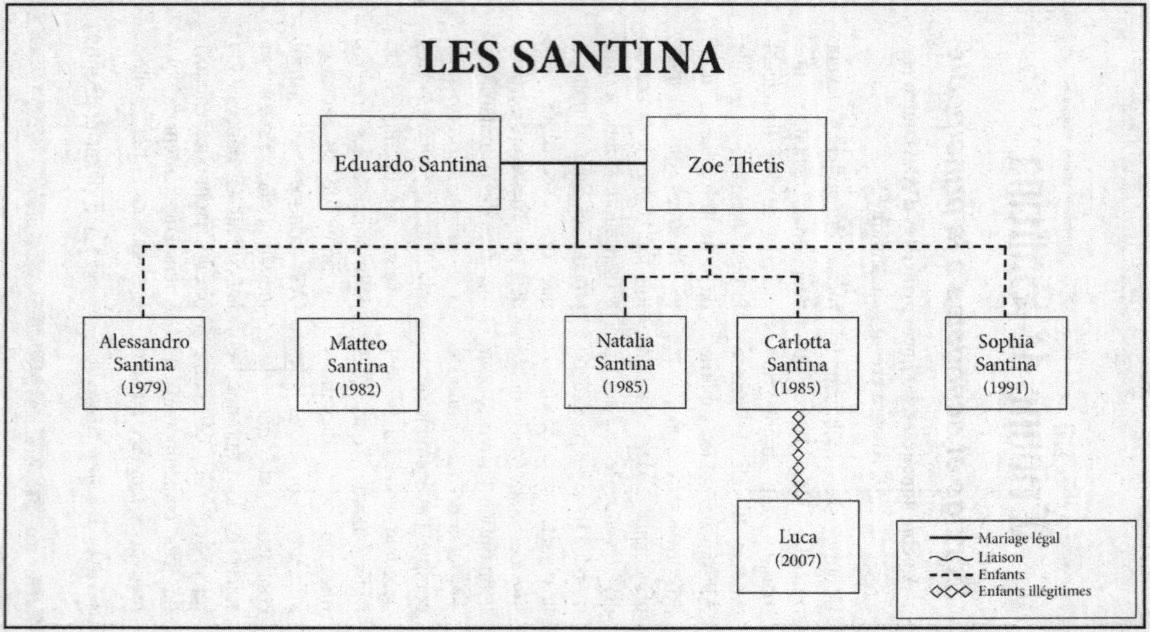
LES SANTINA
Eduardo Santina
Zoe Thetis
Alessandro Santina (1979)
Matteo Santina (1982)
Natalia Santina (1985)
Carlotta Santina (1985)
Sophia Santina (1991)
Luca (2007)
Mariage légal
Liaison
Enfants
Enfants illégitimes

LES JACKSON

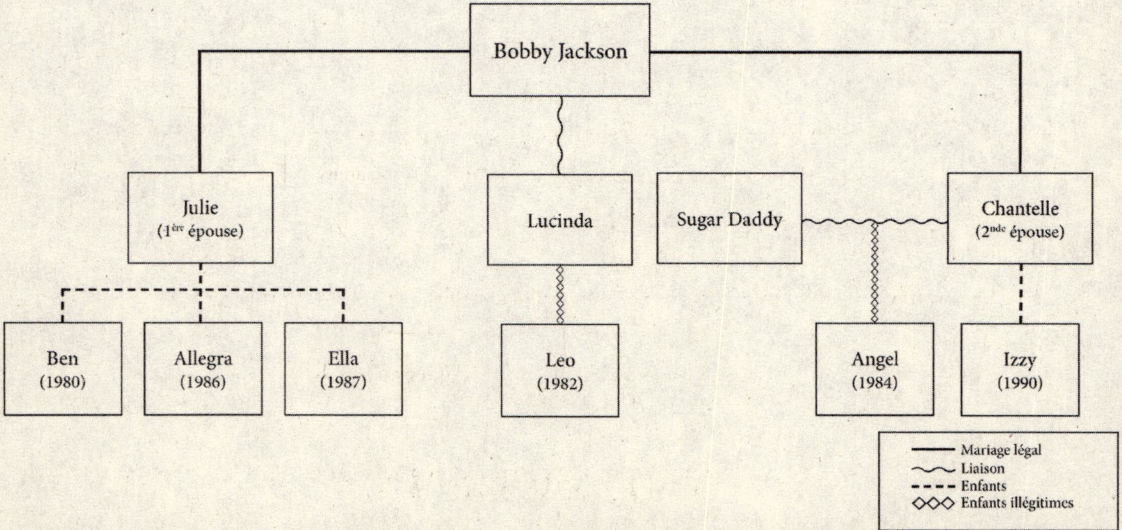
Bobby Jackson
Julie
(1ère épouse)
Lucinda
Sugar Daddy
Chantelle
(2nde épouse)
Ben
(1980)
Allegra
(1986)
Ella
(1987)
Leo
(1982)
Angel
(1984)
Izzy
(1990)
Mariage légal
Liaison
Enfants
Enfants illégitimes

PENNY JORDAN

Scandale pour une princesse

Traduction française de
LOUISE LAMBERSON

DIADÈME

HARLEQUIN

Titre original :
THE PRICE OF ROYAL DUTY

Ce roman a déjà été publié en 2018

HARPERCOLLINS FRANCE
83-85, boulevard Vincent-Auriol, 75646 PARIS CEDEX 13
Service Lectrices — Tél. : 01 45 82 47 47 - www.harlequin.fr
ISBN 978-2-2804-8826-6

Composé et édité par HarperCollins France.
Imprimé en mars 2023 par CPI Black Print (Barcelone)
en utilisant 100% d'électricité renouvelable.
Dépôt légal : avril 2023.

FSC
www.fsc.org
MIXTE
Papier issu de
sources responsables
FSC® C159065

Pour limiter l'empreinte environnementale de ses livres, HarperCollins France s'engage à n'utiliser que du papier fabriqué à partir de bois provenant de forêts gérées durablement et de manière responsable.

Chapitre 1

— *Ash*…, murmura Sophia en contemplant la haute silhouette qui lui tournait le dos.

Elle l'aurait reconnu n'importe où, songea-t-elle en le voyant refuser une coupe de champagne : ce geste de la tête n'appartenait qu'à lui, ainsi que ces épais cheveux noirs et brillants bouclant sur la nuque… Les souvenirs surgirent à son esprit avec une vivacité extraordinaire, mais elle les repoussa aussitôt.

Seuls les imbéciles croyaient que le premier amour était le seul. Ash avait détruit celui qu'elle lui avait offert, il l'avait rejetée en disant qu'elle n'était qu'une enfant. Il avait même ajouté qu'elle avait de la chance que son sens de l'honneur lui interdise de prendre ce qu'elle lui offrait avec une telle naïveté. Puis il avait précisé que, même si elle avait été plus âgée, il ne l'aurait pas touchée parce qu'il était fiancé avec une autre.

A la suite de cette cruelle expérience, Sophia s'était juré de ne donner son amour qu'à un homme digne de le recevoir. Un homme qui l'aimerait autant qu'elle l'aimerait. Et c'était justement pour respecter cette promesse qu'elle avait maintenant besoin de l'aide de Ash, même si son amour-propre se rebellait contre ce projet.

Sophia reposa le verre où elle avait à peine posé les lèvres avant de s'avancer vers Ash.

Après avoir refusé de nouveau le champagne qu'un serviteur lui offrait, Ashok Achari, maharajah de Nailpur, contempla les valets en livrée, immobiles de chaque côté des portes grandes ouvertes de la salle de réception du palais Santina.

A son arrivée, il avait été accueilli par des hommes appartenant à la garde personnelle du roi, en uniforme de cérémonie aux couleurs de la famille Santina. Dès que la limousine venue le chercher à l'aéroport avait ralenti devant l'entrée principale du palais, ils l'avaient salué avec toute la pompe requise.

Manifestement, aucune dépense n'avait été épargnée pour célébrer les fiançailles du fils aîné et héritier du roi.

Les invités se pressaient autour de Ash, bavardant et riant avec leurs pairs. Ash et Alex, qui avaient tous deux fréquenté le même prestigieux établissement scolaire, étaient restés proches. Toutefois, si Ash avait accepté de s'éloigner de ses affaires pour honorer cette invitation, c'était uniquement par sens du devoir et non par convenance personnelle.

Néanmoins, comme il avait un rendez-vous important le lendemain matin à Bombay, il avait demandé à son pilote de se tenir prêt à décoller dès minuit.

Soudain, une sensation étrange lui parcourut la nuque. Se retournant, il vit une ravissante brune se diriger vers lui.

Sophia… L'adolescente de leur dernière rencontre était devenue une femme à présent, constata-t-il tandis qu'elle s'approchait d'une démarche chaloupée. De toute évidence, elle était consciente de la sensualité qu'elle dégageait…

Choqué et pris au dépourvu, Ash se rendit compte que sa virilité ne restait pas insensible à la proximité de la jeune femme. Ce constat lui déplut fortement : il ne se permettait jamais ce genre d'égarement. Par ailleurs, la simple idée d'être sensible au charme de Sophia était risible. En effet, elle n'était pas du tout son genre.

Dans ce cas, pourquoi son corps réagissait-il aussi vivement à son approche ?

Il ne s'agissait que d'une défaillance momentanée, trancha Ash. Sophia était une femme, il était un homme et cela faisait un moment qu'il avait congédié sa dernière maîtresse. S'il était excité par la présence de Sophia, c'était donc par un réflexe purement naturel, biologique.

Après tout, avec ses longs cheveux bruns ondulant sur ses épaules dénudées, la beauté stupéfiante de son visage ovale, ses yeux de velours sombre et ses lèvres pleines — sans parler de ses courbes voluptueuses —, la benjamine de la famille royale de Santina aurait exercé un attrait irrésistible sur tout homme digne de ce nom.

Aussi Ash aurait-il été stupide d'accorder de l'importance aux réactions inopportunes de sa libido. En outre, les femmes ne l'intéressaient vraiment pas pour l'instant, Sophia Santina moins que toute autre.

Cependant, il ne pouvait nier qu'elle l'attirait, en dépit du contrôle farouche qu'il tentait d'imposer à sa virilité.

Dans quelques secondes, Sophia allait se jeter dans ses bras, comme elle l'avait fait autrefois. Et alors…

Le désir fusa en lui avec une telle violence que Ash retint un juron. En effet, il se targuait de dominer ses appétits — quelle qu'en soit la nature…

Peu importait que Sophia soit désirable et, à en croire les ragots de la presse, *disponible* dès qu'un homme avait l'heur de lui plaire ! Ash n'avait pas l'intention de se laisser impressionner par cette femme.

Et puis, se répéta-t-il, elle n'était pas son genre. Après la mort de son épouse, il n'avait fréquenté que des créatures sophistiquées, expertes au lit, mais gardant la tête froide et fuyant les émotions. Des femmes qui, lorsque le jeu était fini, acceptaient avec grâce le présent généreux qu'il leur offrait et sortaient de son existence aussi discrètement qu'elles y étaient entrées.

Sophia n'avait rien de commun avec elles. Pour l'avoir vue grandir, Ash savait qu'elle était d'une nature passionnée. S'il voulait l'emmener dans son lit, il devrait… Ash ordonna à son corps de se calmer. Il n'était pas question que Sophia partage son lit. Ni maintenant ni jamais !

— Bonjour, Ash…

Sophia se figea. A sa grande stupeur, alors qu'elle s'apprêtait à l'embrasser, il lui saisit le poignet pour la repousser et recula d'un pas.

Comment avait-elle pu se montrer aussi stupide ? Elle aurait dû s'attendre à son rejet, comme autrefois. Trop avide d'obtenir son aide, elle venait de se mettre dans une position vulnérable.

Pourtant, elle avait juste voulu le saluer, comme elle l'aurait fait avec n'importe quel ami. D'autant qu'elle connaissait Ash depuis son enfance.

Sophia réprima la protestation qui lui était montée aux lèvres. Ce n'était pas le moment de s'opposer à lui, même si elle se sentait blessée qu'il ait mal interprété son geste.

Immobile devant lui, elle le regarda et sentit la tristesse lui nouer la gorge. Il avait tellement changé… Le Ash dont elle se souvenait était un jeune homme chaleureux, ouvert, qui riait volontiers et profitait de la vie. Que s'était-il passé pour qu'il devienne cet homme cynique, au regard presque menaçant ?

Il avait perdu sa femme, qu'il aimait à la folie.

La tristesse de Sophia redoubla tandis qu'elle se remémorait son ami d'autrefois. Il s'était montré si doux avec elle, la petite sœur de son camarade d'école, chez qui il venait passer ses vacances, sur l'île de Santina. Grâce à lui, Sophia avait eu l'impression d'être comprise, pour la première fois de sa vie, et estimée à sa juste valeur. La gentillesse et l'attention de Ash avaient représenté beaucoup pour elle, et c'était le souvenir de cette époque bénie qui l'avait conduite vers lui ce soir.

L'homme qui se trouvait maintenant devant elle arborait une expression froide et distante qu'elle ne lui avait jamais vue. On aurait dit qu'un nuage assombrissait sa lumière, absorbait sa chaleur.

Sophia refoula les regrets qui l'envahissaient. Elle devait bannir de telles émotions, ne rien ressentir pour Ash. Autrefois, il avait représenté à ses yeux l'homme idéal, mais elle avait eu tort de l'idolâtrer, et cette erreur lui avait coûté cher. Son jeune cœur plein d'élan et de fougue en avait été brisé.

A seize ans, elle l'avait considéré comme son sauveur. Et, après tout, il lui avait vraiment sauvé la vie. C'était à ce Ash-là qu'elle désirait s'adresser maintenant, aussi ne baisserait-elle pas les bras, même s'il la toisait d'un air sévère. Cependant, elle devait se montrer prudente et se donner toutes les chances de réussir. Il y allait de sa propre survie.

Ensuite, elle ne reverrait plus jamais Ash et elle serait libérée, de son passé et du futur que son père avait décidé pour elle.

Sophia prit une profonde inspiration et redressa les épaules.

— Tu peux me lâcher, Ash. Je ne te toucherai pas, je le promets.

Quelle promesse !... Ash fut parcouru d'un violent frisson. Sophia ignorait que son corps, sa chair, sa virilité réclamaient à grands cris qu'elle les *touche*... Une vague de dégoût et de colère l'envahit, dirigée contre lui-même.

Vu l'effet que Sophia produisait sur lui, il comprenait la réputation qu'elle s'était faite. Toutefois, si sa proximité affectait son corps, son esprit, lui, demeurait indemne, se dit-il en lui lâchant brusquement le poignet.

Pour Ash, le moindre contact physique restait aussi tabou que lorsqu'elle avait seize ans, comprit Sophia en tressaillant intérieurement. Par son attitude, il dressait une barrière entre eux. Avait-elle eu tort de fonder ses espoirs sur sa gentillesse passée ? se demanda-t-elle avec inquiétude. Alors que son plan lui avait semblé simple, il lui parut soudain très compliqué…

Pourtant, il l'avait bien aidée autrefois. Il l'avait même sauvée de la mort, à deux reprises. Et maintenant elle avait besoin qu'il la sauve de nouveau, d'un autre danger mortel. Celui de se voir sacrifiée par son père, contrainte d'épouser un homme qu'elle n'avait jamais rencontré, mais dont elle savait suffisamment de choses pour comprendre qu'il ne possédait aucune des qualités indispensables à ses yeux pour faire un bon mari.

Aussi Sophia devait-elle trouver un moyen de franchir la barrière érigée par Ash ; sans son aide, son plan ne pourrait jamais aboutir.

Et s'il la rejetait de nouveau ? Il ne fallait pas qu'elle pense à cette éventualité. Si elle se montrait franche avec lui, il comprendrait la situation et l'aiderait.

Elle prit son courage à deux mains.

— Ash, je voudrais te demander quelque chose.

— Si tu désires que je t'aide à sélectionner l'homme qui réchauffera ton lit ce soir, je crains de ne pas pouvoir t'être utile, répliqua-t-il avec dédain. De toute façon, tu sembles très douée pour choisir celui qui te permettra de figurer en première page des journaux à sensation !

Ses paroles frappèrent Sophia au cœur. Elle avait des

détracteurs, certes, mais elle n'aurait jamais songé que Ash puisse en faire partie.

— Eh bien, oui, j'affiche mes… relations. Tandis que toi tu les gardes secrètes, rétorqua-t-elle avec un léger haussement d'épaules. Au fond, je me demande qui de nous deux est le plus honnête…

En réalité, Sophia avait de bonnes raisons de laisser entendre qu'elle jouissait d'un style de vie très libre sur le plan sexuel. Elle faisait même tout pour encourager cette réputation. N'était-ce pas le meilleur moyen de protéger ce qu'elle possédait de plus précieux au monde ?

— Ce type de discussion oiseuse ne m'intéresse pas du tout, Sophia, dit-il d'une voix dure. Maintenant, si tu veux bien m'excuser, je vais aller remercier tes parents pour cette soirée, car je reprends l'avion aussitôt après minuit. Je dois être à Bombay demain matin.

Il repartait aussi tôt ? songea Sophia en sentant la panique l'envahir.

— Ash, tu étais différent autrefois, plus doux, répliqua-t-elle précipitamment. Tu étais gentil avec moi… Tu m'as même sauvé la vie.

Effarée par son propre comportement, elle s'interrompit un instant.

— Je sais que tu es impliqué dans de nombreuses actions caritatives, Ash, reprit-elle d'un ton plus posé. Et que tu aides ton peuple. Je…

Sophia s'interrompit de nouveau tandis que le souffle se bloquait dans sa gorge.

— Je n'ai jamais pu te dire à quel point j'étais désolée pour la mort de ta femme. Je sais qu'elle comptait beaucoup pour toi.

En voyant le visage de Ash se fermer complètement,

Sophia sentit un froid glacial se propager en elle. Elle n'aurait pas dû faire allusion à son épouse.

Il resta silencieux tandis qu'une lueur indéchiffrable passait dans son regard et que ses traits altiers se crispaient imperceptiblement. Il lui en voulait. De quoi ? D'avoir parlé de sa femme ? Ash avait beaucoup aimé la princesse indienne qu'il avait épousée, mais celle-ci était morte depuis plusieurs années. Par ailleurs, Sophia savait que le lit de Ash n'était pas resté vide après son veuvage.

Ash sentit son corps se raidir. Sophia avait osé faire allusion à son mariage, à sa femme, alors qu'il n'avait jamais permis à quiconque de s'aventurer sur ce terrain.

— Je ne parle ni de ma défunte épouse ni de mon mariage avec personne.

Le ton sur lequel il avait proféré ces paroles ne fit que confirmer ce que pensait Sophia : Ash aimait encore sa femme.

Mais elle ne devait pas s'arrêter à cela. Dès l'instant où elle avait appris que Ash viendrait aux fiançailles de son ami, elle avait vu en lui le seul espoir d'échapper à une situation qui lui était intolérable. Par conséquent, elle n'allait pas flancher maintenant, même si elle se sentait terriblement vulnérable.

Ash regarda Sophia. Elle s'efforçait de paraître sûre d'elle mais il devinait son appréhension. Cette fausse assurance était un réflexe de protection auquel elle avait souvent eu recours, enfant. En tant que benjamine de la famille, elle avait souvent été négligée, se rappela-t-il tandis que sa colère s'apaisait malgré lui.

Le regard pénétrant de Ash la sondait sans pitié, mais son expression s'était quelque peu adoucie, constata Sophia. Etait-ce le Ash d'autrefois qui frémissait, sous le masque de dureté que les années avaient imprimé sur ses beaux traits virils ?

— Mon père veut me marier à un prince espagnol, dit-elle sans se laisser le temps de réfléchir.

Ash eut l'impression qu'un poison insidieux se répandait dans ses veines.

— Il souhaite donc arranger un mariage dynastique et diplomatique pour…

— Il s'agirait d'un mariage *forcé* ! l'interrompit-elle.

Sa véhémence lui rappela la jeune fille ardente et sensible dont il avait gardé le souvenir, la jeune fille qui défendait si farouchement les libertés individuelles, convaincue que chacun avait le droit de tracer son propre chemin dans l'existence.

— Ne crois-tu pas que tu prends la situation un peu trop au tragique ? lança-t-il d'un ton moqueur. Tu n'es plus une petite fille naïve, Sophia. Pour les gens comme nous, les unions se font au sein de la royauté, nous n'y pouvons rien. Les mariages sont arrangés, puis les héritiers sont conçus et naissent : c'est ainsi que nous remplissons notre devoir, envers nos ancêtres et nos peuples.

La réaction de Ash n'était certes pas celle que Sophia avait imaginée en échafaudant son plan.

— Je suis tout à fait réaliste, protesta-t-elle. Je devrais avoir des droits en tant qu'être humain, non ? Et pouvoir être maîtresse de mon propre destin, au lieu que mon père en décide à ma place.

— Je suis sûr qu'il agit ainsi pour ton bien.

Ash ne voulait pas s'impliquer dans cette histoire. Il n'en avait ni l'envie ni le temps. Pour lui, le plus important était de conclure les négociations destinées à finaliser un contrat dont les enjeux étaient capitaux pour l'avenir de son peuple.

— Non, répliqua-t-elle avec force. Il ne le fait pas pour

mon bien. La seule chose qui l'intéresse, c'est de marier la benjamine de la maison Santina avec un parti intéressant *à ses yeux*. Il me l'a confié lui-même quand je l'ai supplié de renoncer à son projet. Il m'a dit qu'il avait promis à ce prince espagnol que je serais une épouse obéissante et dévouée, que je ne tenterais pas de régenter sa vie — où les maîtresses tiennent beaucoup de place.

Sophia s'interrompit un instant pour reprendre son souffle.

— Quand je lui ai annoncé que je ne voulais pas épouser ce prince, il a répliqué que j'étais une ingrate insoucieuse de son devoir. Il a ajouté que je m'habituerais à mon mari. M'habituer ! Supporter d'être mariée à un homme qui a accepté de m'épouser uniquement parce qu'il désire un héritier ! Un inconnu à qui mon père m'a quasiment vendue aux enchères, en échange d'une alliance royale ! Comment peux-tu dire qu'il agit pour mon bien ?

— J'aurais pensé qu'un tel mariage te conviendrait, Sophia. Après tout, tu affiches un style de vie assez proche de celui que tu dénonces, vu le nombre d'hommes qui se succèdent dans ton lit !

Sophia eut l'impression d'avoir reçu un coup de poing en pleine poitrine. L'opinion de Ash aurait dû lui être indifférente, mais son mépris affiché la blessait cruellement. De plus, elle ne pouvait se défendre de cette accusation.

— Eh bien, tu te trompes, affirma-t-elle. Ce mariage m'est tout bonnement intolérable.

Contrôlant sa respiration, Sophia redressa les épaules.

— Quand je me marierai, poursuivit-elle, je veux connaître et respecter mon mari. Je veux l'aimer et être aimée de lui. Et je veux que nos enfants grandissent dans le rayonnement de cet amour.

Ash la regarda en fronçant les sourcils. Dans sa voix, il

reconnaissait des accents qui réveillaient en lui d'anciens réflexes, ravivaient des souvenirs enfouis…

Mais, au fond, il ne les avait *jamais* oubliés, reconnut-il en tressaillant au plus profond de lui-même. Et ils resteraient imprimés dans sa mémoire, jusqu'à son dernier souffle.

A cet instant, il vit un véritable effroi dans les beaux yeux de Sophia.

— Ash, je t'en supplie, j'ai besoin de ton aide !

Chapitre 2

Elle venait d'utiliser les mots mêmes qu'elle avait prononcés autrefois, songea Ash tandis qu'une brèche se creusait au plus profond de lui.

Un jour, Sophia l'avait supplié. Depuis, il ne l'avait plus revue, jusqu'à maintenant.

A ce moment-là, elle avait seize ans à peine, et Ash se rappelait encore du choc ressenti en la retrouvant, alors qu'il était venu séjourner dans la famille d'Alex, à Santina. En six mois, l'adolescente aux joues rondes, aux grands yeux bruns où brûlaient une soif de vivre et un feu ardents s'était muée en une ravissante jeune femme. Cependant, elle avait gardé un émouvant mélange de fraîcheur et de vulnérabilité.

Et elle était vierge.

Luttant contre les émotions contradictoires qui s'étaient alors bousculées en lui, Ash avait refusé d'être celui qui la priverait de son innocence et résisté à ses supplications. Toutefois, le souvenir de ces instants était resté gravé en lui, reconnut-il en revoyant les yeux emplis de larmes de la jeune Sophia d'alors.

Que lui était-il arrivé depuis, pour qu'elle se métamorphose en la femme sensuelle et provocante qui le regardait maintenant avec assurance ?

La Sophia de seize ans qui l'avait attendri, amusé, envers

laquelle il s'était montré si protecteur, cette Sophia-là appartenait à une autre vie, à un autre Ash.

Autrefois, elle était déjà d'une beauté extraordinaire, présageant d'une sensualité prête à éclore. Elle lui faisait penser à un fruit presque mûr, alors que de son côté il vivait déjà sa pleine maturité virile.

Au fond, Sophia n'était encore qu'une enfant, aussi Ash avait-il compris que son devoir était de la protéger — pas seulement d'elle-même, mais aussi des sensations violentes qui l'avaient assailli quand il avait constaté qu'elle devenait une femme.

Un goût amer lui vint soudain aux lèvres. L'espace d'un instant, il avait fait une brève entorse à ses principes en se laissant aller au désir qui s'emparait de lui, alors qu'il n'aurait jamais dû ressentir un tel émoi envers la jeune fille. Son rôle avait toujours été de la protéger et de l'aider à gagner l'estime d'elle-même.

Par ailleurs, il était sur le point de se marier.

Et, maintenant, la désirait-il encore ? se demanda Ash en la contemplant. Elle était une femme, ravissante et disponible et lui un homme, libre pour l'instant. Mais il ne pouvait se permettre de considérer Sophia comme une maîtresse éventuelle. C'était hors de question. Et puis il n'avait plus rien à offrir à une femme comme elle. En effet, Sophia mêlait passion émotionnelle et désir charnel, il le lisait dans ses yeux, dans ses gestes, il le devinait dans le langage muet de son corps superbe.

Ainsi, il revenait à son ancien rôle, songea-t-il avec dérision. Il souhaitait la protéger… Du désir qui bouillait en lui ?

— Ash, s'il te plaît, répéta Sophia sans plus se soucier de dissimuler sa panique. J'ai besoin de toi. Tu es le seul à qui je puisse demander de l'aide.

— Vraiment ? Pourquoi ne t'adresses-tu pas plutôt à ces hommes qui se disputent le privilège de partager ton lit ? répliqua-t-il d'un ton acerbe.

La conversation prenait un tour très dangereux, songea Sophia. Il fallait qu'elle la ramène sur un terrain plus sûr et, surtout, qu'elle revienne au motif de sa requête.

— Avec eux, il ne s'agit que de sexe, affirma-t-elle en haussant les épaules. Or ce dont j'ai besoin maintenant, c'est de ton aide.

Que de sexe ?, songea Ash, troublé par le souvenir de la jeune fille de seize ans qui le suppliait de lui accorder ce qu'il ne pouvait lui offrir.

Soudain, il se rappela l'odeur de l'herbe sur laquelle ils étaient alors assis. Ce jour-là, Sophia portait une robe légère en coton, qui laissait deviner ses seins ronds et parfaits dont les pointes se dressaient fièrement sous le tissu. Elle avait posé ses poings sur sa poitrine en le suppliant de la prendre, de lui faire découvrir ce que c'était que d'être une femme.

Quand Ash avait senti le désir rugir en lui, en réponse à celui de Sophia, il avait été ébranlé par un choc terrible.

Il avait voulu s'éloigner d'elle sur-le-champ, oblitérer le danger, mais avant qu'il n'en ait eu le temps elle avait poursuivi avec véhémence, presque avec désespoir :

— Je suis la seule fille de ma classe à être encore vierge et je déteste ça. Toutes les autres se moquent de moi. Elles disent que je ne suis qu'une gamine…

Ash se souvenait encore de l'ambivalence des sentiments que cet aveu avait fait naître en lui. D'un côté, il y reconnaissait le désir de la protéger et de la défendre, mais en sourdine un autre désir s'insinuait, d'une tout autre nature : celui d'être l'homme privilégié à qui elle se donnerait pour la première fois.

Faisant appel à toute sa volonté, Ash s'était rappelé qu'il

était trop âgé pour elle, qu'elle était trop jeune pour lui. Mais la pensée traîtresse avait surgi, là, dans sa tête : si Sophia avait eu deux ans de plus, et lui deux ans de moins…

Qu'aurait-il fait ? Il aurait couché avec elle, puis l'aurait quittée après l'avoir déshonorée, pour épouser la femme qui lui était promise depuis l'enfance ? Jamais.

Renforcé par cette certitude, il avait repoussé la tentation, avant de dire à Sophia d'un ton détaché — comme si son corps ne protestait pas violemment :

— Je suis sûr qu'il y a des tas de garçons de ton âge qui seraient ravis de te débarrasser de ta virginité.

— Je ne veux pas d'eux, je veux le faire avec toi, avait-elle insisté en posant sur lui un regard brûlant.

La tentation avait jailli de nouveau, plus puissante encore, de nier les années qui les séparaient, de céder à ses supplications et de la prendre. Le seul parfum de sa peau chauffée par le soleil exacerbait son désir, si bien qu'il lui avait fallu faire appel à toute sa volonté pour ne pas l'allonger sur l'herbe, avant de goûter au jeune corps frémissant qui s'offrait à lui.

Cette capitulation passagère avait choqué Ash. Il avait eu l'impression d'avoir failli à son devoir de la protéger et à son engagement envers sa future épouse.

Une sourde colère l'avait alors envahi, davantage dirigée contre lui-même que contre Sophia, mais c'est néanmoins sur cette dernière qu'il l'avait reportée.

— C'est impossible ! avait-il protesté en l'écartant brutalement. Tu le sais très bien, Sophia. Je vais me marier.

— Oui, mais il s'agit d'un mariage arrangé, avait-elle répliqué. Pas d'un mariage d'amour.

L'aveu sous-entendu dans ses paroles l'avait atteint en plein cœur, lui coupant un instant le souffle.

— Cela me regarde. De plus, je considère qu'il est

de mon devoir d'apprendre à aimer ma femme et de lui apprendre à m'aimer. Cette perspective me réjouit même énormément.

Ash lui avait lancé ces paroles avec une cruauté délibérée mais, quand il avait vu la souffrance emplir les yeux de Sophia, il avait tendu la main vers son visage. A cet instant, les larmes qu'elle ne pouvait plus retenir avaient jailli de dessous ses paupières à la peau transparente, presque mauve, avant de rouler sur ses joues.

Il avait arrêté son geste. Ses larmes étaient celles d'une enfant et, s'il s'était montré cruel envers Sophia, ç'avait été pour protéger la fillette qui subsistait en elle…

Revenant au présent, Ash voulut se détourner et s'éloigner de Sophia, mais son corps refusa de lui obéir. En outre, sa virilité réagissait de façon manifeste à la proximité de la jeune femme. Ulcéré par sa propre faiblesse, par la défection de sa fierté, Ash continua néanmoins à la contempler, ébloui par sa beauté.

Ses boucles brunes caressaient ses épaules nues, mises en valeur par une robe de soie couleur d'ambre, dont la coupe lui donnait un air de déesse antique et ondulait au moindre mouvement de ses courbes délicieusement féminines. Une ceinture d'argent pailleté soulignait sa taille fine. Quant à ses seins hauts et fermes…

Ash se força à se concentrer sur son visage. Mais quand il vit ses yeux étincelants, ses lèvres pulpeuses entrouvertes, il ne put retenir un frisson de volupté. Sa bouche devait avoir un goût délicieux, et sa robe décolletée ne représenterait aucun obstacle pour l'homme qui s'aventurerait à explorer la douce chaleur de ses seins nus.

Il ne serait pas cet homme, se dit Ash en se ressaisissant. Sophia était la sœur de l'un de ses amis les plus proches ;

elle était passionnée — à tel point qu'il avait l'impression de voir les émotions *palpiter* en elle. Coucher avec Sophia, cela équivaudrait à ouvrir la porte aux complications les plus pernicieuses. En outre, pourquoi l'aurait-il choisie, alors que tant de femmes étaient prêtes à partager son lit, des créatures somptueuses disposées à lui accorder ce qu'il attendait d'elles : du sexe, et rien de plus ?

Sophia tourna les yeux vers la table où ses parents étaient installés avec quelques invités. Comme toujours, c'était son père qui monopolisait toute l'attention ! Sa mère le regardait en inclinant sa tête blonde, calme et attentive, consciente de son rôle et de son rang. Exactement comme son père l'exigeait. Exactement comme le mari qu'il avait choisi pour Sophia l'exigerait d'elle.

Mais elle n'était pas sa mère, sa nature était beaucoup plus pétulante, plus exigeante. Sans quitter le petit groupe des yeux, elle dit à Ash :

— Mon père croit qu'il peut me faire céder, mais il se trompe : je ne céderai pas.

Le désespoir avait percé dans sa voix, reconnut Ash. Sophia lui fit soudain penser à un bel oiseau exotique se heurtant aux barreaux d'une cage qui le retenait prisonnier. En vain, car elle finirait par capituler.

Tout à coup, il comprit qu'en dépit des ragots étalés dans la presse sur sa vie dissolue la jeune femme avait gardé une grande part d'innocence et de vulnérabilité. Ash fronça les sourcils en la plaignant malgré lui. Il connaissait bien le roi Eduardo : celui-ci ne renoncerait pas à ses projets aussi facilement.

C'était un père à l'ancienne, respectueux des traditions, régnant sur sa famille et son pays avec la ferme conviction que tout le monde vivait sous ses ordres et sous son contrôle.

Et que, par conséquent, le rôle de chacun consistait à lui obéir, en toutes choses et en toutes circonstances.

Cette attitude était regrettable, certes, mais Ash n'y pouvait rien ; et puis, ces histoires de famille ne le regardaient pas, après tout !

— Tu devais bien savoir qu'il finirait par arranger un mariage pour toi, avec l'homme qu'il jugerait approprié, non ?

L'espace d'un instant, Sophia faillit avouer qu'elle avait toujours rêvé de se marier par amour, et non pour céder à une nécessité dynastique. Mais, en lui confiant son secret, elle se serait beaucoup trop dévoilée devant Ash.

Une telle tristesse traversa le regard de Sophia que Ash se sentit gagné par une vague de compassion inattendue. Elle avait été une enfant si douce, si aimante et généreuse, si touchante dans son adoration pour lui ! Mais, si elle l'avait vénéré comme un héros, ç'avait été uniquement pour compenser l'absence d'amour de son père. En effet, en dépit de ses efforts répétés pour attirer son attention et son affection, l'enfant, puis l'adolescente avait toujours été ignorée par le roi Eduardo.

Or Ash n'était pas un dieu et elle n'était plus une enfant. Par conséquent, il ne lui devait *rien*.

Elle avait cessé d'être une enfant le jour où elle l'avait supplié de prendre sa virginité. Qui l'en avait débarrassée, finalement ? Se souvenait-elle de son prénom ?

Sophia déglutit avec peine et se prépara à faire une ultime tentative.

— Ash, je ne te demande qu'une chose. Je voudrais que tu feignes de me désirer, juste le temps de cette soirée. Mais pas seulement physiquement, j'aimerais que tu donnes l'impression d'être… fasciné par moi. Que tu me regardes comme si tu te consumais d'amour pour moi.

Elle inspira à fond et poursuivit avant de perdre courage :

— Tu représentes un tel parti aux yeux de mon père que, s'il entrevoyait la moindre chance de pouvoir arranger un mariage entre toi et moi, il laisserait aussitôt tomber le prince espagnol — sans hésiter, je t'assure. Tu possèdes tout ce qu'il admire : le sang royal, le statut de chef d'Etat, et la fortune.

Pour une fois, Ash se trouva à court de mots. Lorsque Sophia avait dit qu'elle avait besoin de lui, il n'avait pas songé un seul instant qu'il puisse s'agir d'une aide de cette nature… En tout cas, la jeune femme était perspicace : en ce qui concernait son père, elle avait tout à fait raison.

— Ash, j'ai besoin que tu me sauves la vie, comme tu l'as fait autrefois, quand j'étais enfant, poursuivit-elle d'une voix rauque. Te souviens-tu du jour où j'ai failli me noyer après vous avoir suivis sur la falaise, Alex, Hassan et toi ?

Contre son gré, Ash se sentit remué par ses paroles.

— Cela remonte à très longtemps, dit-il brièvement.

— Je m'en souviens comme si cela s'était passé hier, répliqua-t-elle d'une voix douce. J'avais neuf ans et j'avais glissé dans une anfractuosité. Tu n'as pas hésité : tu t'es jeté à l'eau pour me repêcher. Alex s'est moqué de moi mais toi, tu m'as portée dans tes bras. Je me sentais en sécurité, protégée.

A cette époque, il veillait si bien sur elle, se rappela Sophia. Mais, ensuite, il l'avait blessée si cruellement que même encore aujourd'hui… Elle se ressaisit. Ce n'était pas le moment de penser à cet épisode douloureux. Elle devait se concentrer sur son plan.

Ash fronça les sourcils. Elle recommençait son petit stratagème… La vulnérabilité perçait dans sa voix tandis qu'elle évoquait ce souvenir intime ; elle respirait plus vite, son souffle soulevant sa poitrine sous la soie.

Ses seins étaient plus pleins qu'autrefois, et encore plus attirants, constata Ash avec agacement. Il repensa à la façon dont ses tétons s'étaient dressés sous sa robe en coton, durs, épanouis, trahissant la violence de son désir.

Ce souvenir appartenait au passé, et le passé était révolu. A présent, il était suffisamment âgé et cynique pour savoir qu'un corps de femme était semblable à un autre, et que le désir s'évaporait aussi vite qu'il surgissait, le laissant presque indifférent à la créature qu'il venait de posséder.

Soudain, Sophia lui posa la main sur le bras en lui adressant un regard implorant. Aussitôt, Ash sentit tout son corps réagir. Il essaya de se concentrer sur sa main, et non sur les sensations qui le parcouraient. Elle était petite, et ses doigts fins agrippaient la manche de sa veste de smoking noir.

Ses ongles étaient simplement polis, remarqua-t-il. Malgré lui, Ash songea à ce qu'il ressentirait s'ils s'enfonçaient dans son dos tandis qu'elle sombrait dans l'extase. A cette simple pensée, une chaleur infernale envahit tout son corps et il dut faire un effort pour ne pas desserrer son nœud papillon.

— Notre père laisse bien Alex libre de choisir son épouse : pourquoi devrais-je me soumettre et accepter le mari qu'il veut m'imposer ?

Les fiançailles de son frère avaient représenté une totale surprise pour Sophia, ainsi que pour Carlotta, la sœur dont elle se sentait la plus proche.

— Tu as aimé Nasreen, reprit-elle. Alors, pourquoi ne pourrais-je pas aimer mon époux et être aimée de lui ?

La passion qui l'animait confirma ce que Ash pensait : Sophia devait vivre ses relations sexuelles avec cette même ferveur. Avec cette passion qui étincelait dans ses yeux, irradiait dans son corps…

Hélas, de telles émotions n'avaient plus aucune place dans sa vie et n'en auraient plus jamais.

Et s'il pouvait partager son lit *sans* ces émotions encombrantes ? S'ils pouvaient profiter l'un de l'autre sans attendre autre chose que du plaisir, maintenant qu'ils étaient tous deux des adultes expérimentés ?

Comme en réponse à sa question, le désir fusa aussitôt en lui. En fait, Ash fut forcé de reconnaître qu'il n'avait jamais ressenti de désir aussi violent pour aucune femme. A tel point qu'il se sentait soudain prêt à mettre un trait sur le rendez-vous important qui l'attendait le lendemain matin à Bombay.

Cette femme était vraiment dangereuse — raison de plus pour prendre ses distances avec elle.

— Mon mariage ne regarde que moi, dit-il d'une voix dure.

Elle venait de commettre un nouveau faux pas, se reprocha Sophia. Elle avait pénétré dans un espace privé où elle n'était pas la bienvenue. Et il n'y avait plus de doute : Ash aimait toujours Nasreen.

Une douleur aiguë lui lacéra la poitrine. Si son père réussissait à la marier à ce prince espagnol, elle ne connaîtrait jamais la douceur d'être aimée ainsi. La souffrance qui l'étreignit était due à ce seul regret, et à rien d'autre. Surtout pas au constat que Ash avait cédé au charme de sa belle princesse, et non au sien. Absolument pas. Elle n'avait plus seize ans. Et elle ne renoncerait pas à son plan.

Aux yeux de sa famille, Sophia était la rebelle, la difficile, celle qui défiait toujours la morale et poussait leur père à bout, celle qui se montrait plus violente que ses sœurs. Eh bien, puisque telle était sa réputation, elle y resterait fidèle et elle ne se laisserait pas intimider par le regard glacial et réprobateur de Ash !

Une fois de plus, elle avait parlé de sa femme. Nasreen. Ash aurait préféré que Sophia ne mentionne pas son prénom.

Avant son mariage, il s'était juré d'aimer l'épouse qui avait été choisie pour lui, certain que leur mariage serait fondé sur une confiance totale et réciproque. Il aimerait la femme qui lui avait été promise depuis l'enfance. C'était pour Ash une question de fierté, d'honneur, un devoir qu'il avait pris à cœur.

Orphelin dès son plus jeune âge, il avait été élevé par une vieille gouvernante, qui lui avait conté le grand amour partagé par son arrière-grand-père et son épouse anglaise. Il s'était vu comme l'héritier de son aïeul et avait considéré de sa responsabilité d'aimer la femme dont il serait un jour le mari. Il chérirait et protégerait sa jeune maharani.

L'amour importait plus que toute autre chose, lui avait répété sa vieille nounou. Ash avait donc grandi avec la conviction qu'il devrait aimer son épouse et qu'elle l'aimerait en retour. Par ailleurs, il espérait que cet amour compenserait la solitude qu'il avait connue orphelin.

Peu à peu, il s'était même persuadé qu'il aimerait sa femme aussi totalement, aussi fidèlement que son ancêtre avait aimé la sienne.

Cette certitude avait-elle été teintée d'arrogance ? De naïveté ? Ash n'aurait pu répondre à cette question. En revanche, après avoir affronté la dure réalité de son mariage, puis la mort de sa femme — mort dont il se sentait en partie responsable —, il savait qu'il ne laisserait plus jamais une telle émotion empoisonner ses relations intimes avec les femmes.

Jamais plus il ne mélangerait sexe et amour. Le sexe

était destiné à procurer du plaisir, à assouvir un besoin, mais ce n'était que du sexe. Il se laisserait aller à ses désirs envers les femmes, sans plus jamais s'aventurer dans les méandres traîtres de l'amour.

Chapitre 3

Ash devait encore aimer Nasreen passionnément, pour réagir à la simple mention de son prénom, soupçonna Sophia.

Un jour, elle trouverait l'amour elle aussi, se jura-t-elle. Pour cela, elle devait rester libre, à tout prix.

— Pour mes parents, l'amour ne compte pas, dit-elle. La seule chose qui importe, à leurs yeux, c'est le nom de notre famille, comme nous l'a répété mon père depuis notre plus tendre enfance.

Ash la regarda avec attention. Une souffrance réelle avait teinté sa voix. Il connaissait si bien son histoire qu'il percevait la vraie raison de l'agitation de Sophia. Elle se trouvait concentrée dans ces deux mots : *mon père*.

Pourquoi perdait-il ainsi son temps à l'écouter ? Il avait mille choses plus importantes en tête, sur lesquelles il aurait dû se focaliser, Notamment les négociations dans lesquelles il était impliqué, concernant la rénovation et la reconversion de vieux palais en ruine, ayant appartenu à des parents éloignés et décédés depuis longtemps.

Ash envisageait maintenant de les transformer en hôtels raffinés équipés de spa, dans le but de rassembler de l'argent destiné à financer un vaste programme d'éducation dont profiteraient les pauvres de son pays.

C'était sur ce projet, entre autres, qu'il devait se concentrer, et non sur la jeune femme passionnée et volage, et beaucoup trop désirable, qui se tenait devant lui.

Par conséquent, le moment était venu de mettre un terme à cette discussion.

— Je suis certain que ton père agit pour ton bien, répéta-t-il.

Il agissait pour son bien. N'était-ce pas ce qu'il lui avait dit lui-même autrefois, avant de la quitter ?

Ses paroles étaient creuses, Ash le savait, mais pourquoi aurait-il tenté de réconforter et de rassurer Sophia ? Pourquoi se serait-il soucié de son sort ?

— Pour mon bien ?

Ash vit le désespoir et l'amertume emplir ses yeux tandis qu'elle secouait la tête. Ses boucles frôlèrent ses épaules nues, lui rappelant…

— Non ! reprit-elle avec véhémence. Mon père ne songe qu'à ses intérêts et à ceux de la famille. Pour lui, je n'ai jamais été qu'une enfant non désirée.

Sa belle bouche se crispa tandis qu'elle lui lançait un regard de défi.

— Tu sais que c'est vrai, Ash, ne dis pas le contraire. Tu sais aussi bien que moi ce qu'on raconte sur… sur ma naissance.

En effet. Lorsque la mère d'Alex avait appris qu'étant orphelin Ash n'avait personne auprès de qui passer les longues vacances scolaires, elle avait aussitôt demandé à son fils d'inviter son ami à l'accompagner à Santina. Alors qu'il était encore tout jeune, Ash avait donc séjourné dans la famille d'Alex, où il était revenu de nombreuses fois.

A ce moment-là, Sophia commençait à peine sa scolarité, se souvint-il, et il avait entendu raconter pour la première fois que le roi pourrait ne pas être son père.

— Tu ressembles à tes frères et sœurs.

— C'est ce que m'a répondu ma mère quand je lui ai demandé si les rumeurs concernant sa liaison avec l'architecte anglais étaient fondées, et si le roi Eduardo était bien mon père. Mais ne trouves-tu pas révélateur que personne n'ait jamais envisagé de me faire passer un test ADN ?

— Je pense simplement que tes parents sont certains que tu es leur enfant à tous les deux, et que par conséquent ils n'ont pas jugé nécessaire d'avoir recours à ce type de vérification.

— Carlotta m'a fait la même réflexion, reconnut Sophia. Mais, vu qu'elle a elle-même un enfant illégitime et qu'elle refuse de révéler l'identité du père, elle n'allait pas réagir autrement, n'est-ce pas ?

D'habitude, Sophia ne se montrait pas aussi loquace à propos de la situation de Carlotta. En effet, depuis la naissance de son fils, Luca, sa sœur était tombée en disgrâce aux yeux du roi. Toutes deux se sentant des étrangères, elles s'étaient rapprochées l'une de l'autre, en dépit du fait que Carlotta avait une jumelle.

— Et Carlotta a toujours été très raisonnable, insista Ash.

— Parce que, pour toi, faire un enfant sans être mariée, avec un homme dont elle tait le nom, attirant ainsi, pour citer notre père, la honte sur notre famille — et sur *le nom de Santina* —, c'est un acte raisonnable ? répliqua Sophia avec une ironie mordante.

Avoir un enfant, un fils… C'était le plus fort désir de Ash, et le plus cher à son cœur. A cette simple pensée, une sensation de manque lui creusa le ventre tandis qu'une douleur sauvage lui étreignait la poitrine.

Il s'était marié en croyant que Nasreen partageait son impatience de fonder leur famille. Toutefois, quand elle lui avait annoncé qu'elle désirait attendre un peu afin de pouvoir savourer la compagnie de son époux, Ash avait d'abord été ravi et séduit.

Mais plus tard il avait appris, de la bouche même de sa femme, la vraie raison de son refus. Ce jour-là, la plus dévastatrice de leurs disputes avait éclaté.

Aux yeux de son entourage, son désir d'avoir des enfants passait pour naturel et légitime : il devait concevoir un héritier qui lui succéderait et perpétuerait le nom de sa famille. Cela comptait beaucoup pour Ash, bien sûr, mais les racines de son désir étaient plus profondes et beaucoup plus personnelles.

Ayant connu la solitude dès son plus jeune âge, il avait développé le désir de fonder une famille, indépendamment de son devoir envers son statut et la perpétuation du nom de ses ancêtres. Pour Ash, il s'agissait d'un véritable *besoin*, essentiel, vital. Aussi, après l'échec de son mariage avec Nasreen, puis la mort de celle-ci, il s'était promis de se remarier un jour.

Cette fois, il s'agirait d'un arrangement pratique, dépourvu de toute attente, de tout engagement émotionnel. Mais il aimerait les enfants qui naîtraient de cette union, parce que cet amour-là viendrait naturellement. Il n'aurait pas à être forcé, ni simulé. Le lien qui l'unirait à eux ne ressemblerait en rien à ce qu'il avait souhaité vivre avec Nasreen.

A la pensée d'avoir échoué, de ne pas avoir réussi à l'aimer, la culpabilité assaillit Ash avec sa violence coutumière.

— Personne ne se serait attendu à cela de la part de Carlotta, reconnut-il.

— Non, en effet. Carlotta avait toujours été très sage — pas comme moi. Je suis sûre que personne n'aurait été surpris si j'avais eu un enfant illégitime ! Mais venant de Carlotta, en revanche…

Elle fit une légère grimace comique.

— Oh ! ne te donne pas la peine de le nier, Ash. Tu sais comme moi que c'est vrai. Mais, si cela m'était arrivé, j'aurais agi exactement comme Carlotta : j'aurais gardé mon enfant.

Son visage fin s'adoucit tandis qu'une lueur chaude éclairait son regard.

— Luca est si beau que, parfois, j'aimerais qu'il soit mon fils, dit-elle avec tendresse. Mais, si j'avais mis au monde un enfant illégitime, je crois que mon père n'aurait pas pu le supporter : pour lui, ç'aurait été la goutte qui aurait fait déborder le vase ! Et il m'aurait probablement déshéritée.

— Si ton père pensait que tu n'es pas sa fille, il ne tenterait pas d'arranger un mariage pour toi, surtout avec un prince.

Ash avait dit ces mots dans l'espoir de la rassurer, mais aussi afin de clore la discussion. Hélas, il ne réussit qu'à enflammer de nouveau Sophia.

— Si tu penses vraiment cela, eh bien tu connais très mal le roi Eduardo ! lança-t-elle avec emportement. Je te répète que mon intérêt n'a *rien* à voir dans ce projet de mariage. Mon père, lui, ne pense qu'à *son* intérêt et à la réputation de notre famille.

Un voile de tristesse passa dans son regard.

— Ç'a toujours été le cas, poursuivit-elle d'une voix morne. Il nous a toujours exhortés à ne jamais oublier notre identité, notre nom, notre statut, en toutes circonstances… Il nous gouverne comme il gouverne son royaume, parce qu'il estime que c'est son droit. Nos sentiments, nos besoins, rien de tout cela n'a d'importance à ses yeux.

Elle haussa les épaules d'un air las.

— En fait, il estime que nous ne devrions éprouver *aucun* sentiment — surtout en ce qui me concerne. Comme je te l'ai déjà dit, s'il pensait qu'il a la moindre chance de t'avoir comme gendre, mon père laisserait tomber le prince espagnol, *sans le moindre scrupule.*

— Peut-être, mais je doute qu'il lui suffise de nous voir ensemble durant quelques heures pour nourrir de tels espoirs.

— Tu te trompes. Et, si tu acceptes de m'aider, je vais te le prouver.

Les problèmes de Sophia n'avaient rien à voir avec lui, se répéta Ash. Il était venu à Santina parce qu'il était l'ami de son frère aîné, et pour aucune autre raison. L'attitude protectrice dont il avait entouré autrefois sa jeune sœur appartenait désormais au passé.

A l'époque, il avait été un jeune homme idéaliste, qui se voyait à l'aube d'un avenir d'amour et de bonheur. Tandis qu'à présent il était devenu un homme réaliste et aguerri, au cœur endurci. Un homme qui savait que les rêves de jeunesse n'étaient rien d'autre que cela : des rêves.

Fort de son expérience, il ne fonderait pas son second mariage sur des illusions, mais sur le besoin d'avoir des enfants, des héritiers qui perpétueraient le nom qu'il avait lui-même hérité de ses ancêtres.

Il regarda Sophia. Elle le contemplait avec un tel espoir au fond des yeux…

Si elle pensait que son père renoncerait à son projet de la marier au prince qu'il avait élu pour elle, si elle croyait qu'il allait la laisser libre de choisir son époux, elle se trompait complètement.

En outre, elle était adulte, à présent. Par conséquent elle devait bien se rendre compte qu'elle avait un rôle à assumer. Et que, de son côté, il ne pouvait ni ne souhaitait prendre le risque de compromettre les relations diplomatiques existant entre Santina et Nailpur, dans le seul but de l'aider à vivre ses rêves adolescents. Son idée de simuler l'amour fou pendant quelques heures était donc absurde.

— Je ne vois pas l'utilité de continuer cette discussion, Sophia, dit-il en remontant sa manche de smoking pour consulter sa montre.

Ash avait des mains et des poignets si sexy ! songea Sophia. Et la teinte chaude de sa peau ne faisait que renforcer la sensualité qui émanait de lui.

Après avoir été rejetée par lui, elle n'avait réussi à s'endormir qu'en imaginant ses mains errant sur son corps. Pendant des mois, elle avait rêvé de ses caresses, tendres et érotiques à la fois.

Soudain, Sophia fut assaillie par un tel sentiment de perte qu'elle retint un gémissement.

— Je dois partir bientôt, reprit Ash. Si tu parlais franchement à ton père, si tu lui exprimais ce que tu ressens, je suis sûr qu'il te laisserait le temps de faire connaissance avec l'homme qu'il a choisi pour toi.

Elle haussa les épaules avec une telle brusquerie que le bustier de sa robe glissa, laissant apparaître les aréoles de ses seins, d'un beau rose foncé. Le désir embrasa Ash. Qu'avait-il à réagir de façon aussi incontrôlable ? Il avait l'impression que son corps prenait un malin plaisir à désobéir aux ordres qu'il lui avait donnés. Que son corps s'évertuait à le punir, en cédant à un désir irrépressible envers… Sophia.

La colère l'envahit. Elle aurait dû prévoir qu'en portant une telle robe elle s'exposait à ce genre d'incident !

— Si tu ne veux pas que tout le monde voie ce que je vois, je te suggère d'agir, dit-il d'un ton brutal. A moins, bien sûr, que tu ne désires que tous les hommes présents dans cette pièce profitent d'un spectacle qui devrait être réservé seulement à un amant.

Sophia le dévisagea sans comprendre, puis fit un pas

vers lui. A cet instant, elle marcha sur l'ourlet de sa robe, avant de la sentir glisser sur son corps.

Aussitôt, Ash se retrouva tout près d'elle et referma les mains sur ses bras, pour la dérober aux regards alentour…

Sophia prenait des bains de soleil seins nus, souvent seule, mais parfois aussi devant d'autres personnes, alors pourquoi se sentait-elle soudain aussi embarrassée ? Les mains tremblantes, elle essaya de remonter le tissu sur sa poitrine, mais ne réussit qu'à dénuder davantage encore son buste.

— J'ai besoin de ton aide, murmura-t-elle, consciente de l'ironie de la situation.

Car cette fois, sans l'aide de Ash, elle allait se retrouver nue devant tout le monde…

— Il faudrait que tu défasses l'agrafe, poursuivit-elle. Dans mon dos, pour que je puisse rajuster le devant.

Ash aurait voulu refuser, mais comment ne pas céder à sa demande sans lui laisser voir l'effet qu'elle produisait sur lui ? Décidément, il se conduisait comme un adolescent en proie à ses premiers émois et voyant des seins nus pour la première fois…

Par chance, les invités ne faisaient pas attention à eux, constata-t-il en passant les bras autour du buste de Sophia, comme pour la serrer contre lui. Adroitement, il défit l'agrafe avant de faire glisser la fermeture Eclair.

— Arrête, ça suffit, chuchota Sophia, le visage en feu.

Pressée comme elle l'était contre Ash, personne ne pouvait voir ses seins.

— Remonte le bustier, ordonna-t-il. Ensuite je remonterai la fermeture.

— Je ne peux pas… Tu me tiens trop serrée…

Laissant échapper un soupir impatient, Ash s'apprêta à reculer quand elle agrippa son bras.

— Non, ne bouge pas ! Sinon, tout le monde va me voir.

— Je pense que presque tout le monde a *déjà* vu, dit-il d'un ton sévère.

Stupéfait, il vit des larmes briller au fond des yeux de Sophia, avant qu'elle ne se ressaisisse rapidement. Elle était très embarrassée, comprit-il tandis que, tout en s'efforçant de rester contre lui, elle tentait de rajuster le tissu sur ses seins.

— Laisse-moi t'aider.

Ash avait seulement eu l'intention de remettre le bustier en place, mais, comme si elle obéissait à une force étrangère à son cerveau, sa main effleura le sein de Sophia et ses doigts en frôlèrent le mamelon.

Le désir incendia ses reins, menaçant d'anéantir tout self-control. Décidément, son lit était vide depuis trop longtemps, songea-t-il, refusant d'envisager une autre cause possible à cet égarement passager.

Ils se regardèrent en silence, avant de détourner les yeux sans dire un mot.

Que s'était-il passé ? se demanda Sophia, encore sous le choc. Elle ne désirait plus Ash. Si son corps avait frémi, c'est parce qu'elle ne s'était pas attendue à un geste aussi intime de sa part.

Ash passa de nouveau les mains dans le dos de Sophia et referma l'agrafe, puis fit remonter la fermeture en silence. Soulagé, il recula d'un pas. A présent, Sophia avait recouvré une tenue décente.

Mais au moment où il allait s'éloigner de la jeune femme son regard fut attiré par le roi Eduardo, qui agitait la main dans leur direction. Impossible d'ignorer cet ordre royal.

— Je crois que ton père désire que nous allions le rejoindre, dit-il en soupirant.

Lorsqu'ils arrivèrent devant le roi et la reine, un domestique servait le champagne. On allait passer aux toasts et aux discours, comprit Sophia. Au même instant, le père de la fiancée de son frère, Bobby Jackson, se leva maladroitement de sa chaise, avant de se lancer dans un laïus décousu, dont le but était sans doute d'adresser ses félicitations et ses vœux aux fiancés.

Quand il acheva enfin son laborieux discours, tout le monde leva sa coupe en l'honneur de l'heureux couple, tandis que des rumeurs se répandaient dans la salle. Visiblement, l'état d'ébriété avancée de Bobby Jackson n'était pas passé inaperçu…

— Ash, je suis si heureuse de te voir ! dit la reine Zoe en souriant.

Au moindre mouvement de sa tête, les diamants de sa tiare étincelaient de mille feux, remarqua Ash. Sans cesser de sourire, la mère de Sophia lui adressa quelques mots aimables. Elle tentait de dissimuler son embarras, comprit-il en observant la façon dont elle surveillait son encombrant voisin.

Privée de la présence de Ash accaparé par sa mère, Sophia se retrouva soudain seule et abandonnée. Cette sensation l'accompagnait depuis sa plus tendre enfance, même si elle avait grandi entourée de ses frères et sœurs. Mais elle ne s'était jamais vraiment sentie acceptée ni aimée par eux.

Peut-être parce qu'elle ne s'était jamais sentie acceptée ni aimée par son père ?

En tout cas, il était maintenant vital pour elle d'épouser un homme qu'elle aimerait et qui l'aimerait. Un mari attentionné, qui partagerait son désir d'avoir des enfants et de les élever avec amour, dans un foyer chaleureux.

Ses enfants ne douteraient jamais de l'affection de leurs parents. C'était là le désir le plus secret et le plus profond de Sophia.

Lorsque le roi Eduardo se leva à son tour pour porter

un toast et prononcer son discours, elle se tourna vers Ash, qui se tenait immobile à quelques pas. Sa coupe de champagne à la main, tournant le dos à Sophia, il écoutait son père. Soudain, celui-ci se tourna vers elle.

— Et les fiançailles d'Alessandro seront bientôt suivies d'autres, ici même, à Santina. En effet, je suis ravi et fier de vous annoncer que le fiancé de la plus jeune de mes filles, Sophia, arrivera bientôt sur notre île.

Ses paroles produisirent sur elle un tel choc que Sophia eut soudain l'impression d'être prisonnière d'un rempart de glace l'empêchant de prononcer un mot ou d'esquisser un geste. Comme dans un cauchemar, elle vit la meute de photographes se détourner de son frère et d'Allegra avant de venir l'entourer en la mitraillant de leurs flashes.

Sortant de sa torpeur, Sophia comprit l'horreur de sa situation et fut prise d'une vague de nausée. Cela ne pouvait pas lui arriver ! se dit-elle en tentant de réprimer son tremblement. Son père ne pouvait pas avoir organisé ses fiançailles avec ce fichu prince espagnol sans même la prévenir ! Hélas, aussi horrible soit-elle, c'était bien la réalité. Et maintenant elle était acculée : elle ne pouvait plus l'empêcher de poursuivre son projet.

Soudain, Sophia se sentit gagnée par une affreuse impression de faiblesse et d'impuissance. De solitude insupportable.

D'instinct, elle se tourna vers Ash, mais les photographes la séparaient de lui.

Un journaliste tendit son micro vers elle en lui demandant de commenter l'annonce de son père.

— Je…

— Ma fille est ravie d'être fiancée, répondit son père en lui adressant un regard d'avertissement. N'est-ce pas, Sophia ?

Comme un automate, elle inclina la tête d'un air soumis.

— Oui…

Ash observait la situation, en proie à des émotions mêlées, la plus inconfortable étant la soudaine hostilité qu'il ressentait envers ce prince inconnu, à qui Sophia était maintenant officiellement fiancée.

— Je suis soulagée que Sophia ait enfin accepté que son père savait ce qui était bon pour elle, murmura la reine Zoe en se penchant vers lui. Tous ces ragots étalés dans la presse avaient rendu le roi furieux. Mais il a pris la bonne décision : ce mariage fera beaucoup de bien à notre fille. Le roi m'a affirmé que le prince partageait ses valeurs traditionnelles et je suis sûre que Sophia comprendra vite où réside son devoir.

— Sophia…

Sentant une main se poser sur son bras, Sophia se retourna pour découvrir le visage inquiet de Carlotta.

— Je n'arrive pas à croire que père ait fait une chose pareille, dit-elle précipitamment. Il sait très bien que je ne veux pas de ce fiancé.

Sans laisser le temps à sa sœur de répliquer, elle ajouta d'un ton péremptoire :

— Je ne resterai pas ici un seul instant de plus, Carlotta. Je vais dans ma chambre.

Lorsqu'elle referma la porte derrière elle, Sophia se trouvait en proie à un tel chaos qu'elle tremblait réellement de tout son corps. Elle avait été si stupide, si naïve de croire que son père lui laisserait du temps, et qu'ainsi elle parviendrait à le faire changer d'avis ! En réalité, il avait toujours su qu'il annoncerait ses fiançailles ce soir, sans son consentement. A présent, le plan de Sophia tombait à l'eau. En effet, à quoi bon chercher à faire croire au roi que Ash s'intéressait à elle ?

Furieuse contre son père, elle serra les poings tandis que les larmes brouillaient sa vision. Tous ses efforts n'avaient servi à rien : elle se retrouvait fiancée contre son gré, à un prince espagnol qu'elle n'avait même jamais rencontré.

Comment allait-elle supporter ce mariage et cet avenir imposés ? C'était impossible, décida-t-elle en refoulant la panique et la souffrance qui l'envahissaient. Elle ne céderait pas. Elle s'enfuirait loin de Santina, couperait tous les ponts avec sa famille, plutôt que de se laisser enfermer dans cette prison dorée.

Le cœur battant, Sophia se rendit compte de l'énormité du nouveau plan qui germait dans sa tête. Puis, sans se laisser le temps de réfléchir aux conséquences de son acte, elle se précipita vers son dressing et commença à choisir des vêtements qu'elle fourra à la hâte dans une valise.

Soudain, elle entendit son téléphone vibrer dans sa chambre. Le texto venait de Carlotta, constata-t-elle bientôt. Sa sœur lui demandait si elle allait bien. Après avoir saisi son portable pour répondre, Sophia le reposa sur la commode. Elle n'impliquerait pas Carlotta dans cette aventure.

Après avoir fermé sa valise, elle la fit rouler jusqu'à la porte de sa chambre. A présent, elle n'avait plus qu'à se changer, avant de se rendre à l'aéroport, le plus discrètement possible.

Dans quelques heures, elle se trouverait à bord d'un avion se dirigeant vers Heathrow. Ensuite, elle se ferait héberger chez l'une ou l'autre de ses anciennes camarades de pensionnat résidant à Londres. Ou chez des amis.

Avait-elle vraiment des *amis* ? se demanda soudain

Sophia. Pouvait-elle compter sur ces anciennes relations qui passaient leur temps à surfer de soirée en soirée ?

Non, sans doute pas. Mais elle ferait de nouvelles connaissances, trouverait un emploi. N'importe quoi, pourvu qu'elle échappe au sort choisi et imposé par son père.

Après avoir enfilé une robe en lin, puis une veste, elle vérifia qu'elle avait tout ce dont elle avait besoin : son passeport était bien dans son sac à main, ainsi qu'un peu d'argent. La compagnie aérienne nationale la laisserait embarquer sans problème et, avec un peu de chance, personne ne se rendrait compte de son absence au palais avant le lendemain matin. A ce moment-là, il serait trop tard pour que son père l'empêche de partir.

Sophia aurait déjà atterri à Londres, prête à démarrer une nouvelle vie. *Sa* vie, dont elle et elle seule serait maîtresse.

— Le dernier avion est parti ?

— Oui, Votre Altesse, il y a déjà plusieurs heures. Nous avons été contraints d'annuler la plupart de nos vols à cause du nombre de jets privés que nous avons dû accueillir. Le premier départ pour Londres aura lieu demain matin. Plusieurs journalistes ont réservé à bord.

Sophia tressaillit. Il était hors de question qu'elle voyage en pareille compagnie. Décidément, le sort s'acharnait contre elle : à moins d'un miracle, elle allait rester bloquée sur l'île, avant de se retrouver prisonnière d'une union non voulue.

— L'un des invités pourrait peut-être vous proposer de vous emmener à bord de son jet ?, suggéra une jeune employée en souriant.

— Non. Je ne crois pas…

Sophia s'interrompit en se rappelant soudain que Ash lui avait dit qu'il partirait un peu après minuit.

— Savez-vous si l'avion du maharajah de Nailpur a déjà décollé ? demanda-t-elle.

La jeune fille parcourut l'écran de son ordinateur.

— Il est encore sur la piste. Le départ est prévu dans vingt minutes, Votre Altesse. L'appareil est stationné à la porte des départs royaux — mais le maharajah retourne à Bombay, pas à Londres…

Sophia hocha brièvement la tête avant de reprendre sa valise. A présent, Ash ne pourrait pas faire autrement que de l'aider. Il avait vu le comportement injuste de son père ; il savait ce qu'elle ressentait. Il était *forcé* de l'aider.

Et puis elle ne lui demandait pas grand-chose : juste de l'emmener à Bombay. De là, elle reprendrait le premier avion en partance pour Londres.

En dépit de son style de vie glamour, Sophia avait toujours usé raisonnablement de sa rente, aussi avait-elle quelques économies qui lui permettraient de payer le vol Bombay-Londres. Et une fois sur le sol britannique…

Chaque chose en son temps, se dit-elle. Pour l'instant, l'important était d'embarquer à bord du jet de Ash et de le convaincre de la laisser partir avec lui.

Si les agents de sécurité en poste à la porte des départs royaux furent surpris de la voir arriver seule, sans personne pour s'occuper de ses bagages, ils n'en montrèrent rien et se contentèrent d'incliner la tête à son passage.

Leur attitude soulagea et troubla Sophia à la fois. Ce qu'elle était en train de faire était d'une audace insensée… Songeant à la réaction des membres de sa famille — surtout celle de son père — lorsqu'ils apprendraient son départ, elle fut parcourue d'un frisson glacé.

En agissant ainsi, elle défiait le roi et les principes solidement établis de la famille Santina. Après une telle infraction au code familial, elle ne pourrait plus revenir en arrière.

Sophia hésita un instant. Puis une image surgit dans son esprit : elle se vit debout dans une cathédrale, au pied de l'autel, à côté de l'étranger que son père avait choisi pour elle.

Cette vision suffit à lui redonner courage. Redressant les épaules, elle s'avança en faisant rouler sa valise, puis sortit du bâtiment avant de humer l'air tiède de la nuit d'avril.

Devant elle, au bout du tapis rouge étalé pour accueillir les invités venus du monde entier, elle aperçut le jet de Ash et reconnut ses armoiries sur le flanc de l'appareil.

Personne ne surgit sur son chemin pour l'arrêter, et elle gravit les quelques marches de la passerelle en portant sa valise. Celle-ci était bien lourde, se dit Sophia en pénétrant dans le jet vide, un peu essoufflée.

A vrai dire, elle n'avait pas l'habitude de porter ses bagages elle-même, ni même de les préparer…

La cabine principale était élégante mais austère, comparée à celles des jets privés qu'elle avait coutume d'emprunter. Visiblement, Ash utilisait cet avion comme une extension de son bureau. A la différence des hommes appartenant au cercle de la jet-set dans lequel elle évoluait, l'ami de son frère était avant tout un homme d'affaires, en dépit de son titre de maharajah.

A l'extrémité de la cabine, Sophia aperçut une porte. Sans réfléchir, elle s'avança et l'ouvrit, avant de découvrir une chambre équipée d'un grand lit. A côté de celui-ci, une autre porte donnait sur la salle de bains.

La cabine était plongée dans la pénombre et, quand Sophia s'approcha du hublot, elle vit Ash s'avancer à grands pas sur le tapis rouge, accompagné d'un steward en uniforme. Elle se raidit en retenant son souffle. Elle aurait voulu se précipiter vers lui et le supplier de la laisser rester à bord, mais il fronçait les sourcils d'un air irrité et impatient…

Sophia regarda la porte de la salle de bains. Et si elle se cachait là, tout simplement, et attendait qu'ils aient décollé pour révéler sa présence ? De cette façon, Ash serait bien forcé de l'emmener à Bombay.

De dimensions réduites, la salle de bains comportait néanmoins une douche assez grande et était équipée des commodités habituelles. Sa valise occupant presque toute la surface au sol, Sophia s'assit dessus après avoir refermé et verrouillé la porte.

Il y avait forcément une autre salle de bains dans le jet, aussi serait-elle en sécurité dans sa cachette, jusqu'au décollage.

Dès qu'il pénétra dans la cabine, Ash ôta sa veste et s'installa à son bureau avant d'ouvrir son ordinateur portable. Il aurait aimé échanger quelques mots avec Sophia avant de partir, notamment pour lui dire que son mariage ne serait pas aussi sinistre qu'elle le craignait, mais il n'avait pas réussi à la trouver.

Peut-être était-ce mieux ainsi, songea-t-il en repoussant son ordinateur. En effet, si elle lui avait demandé de nouveau de l'aider, qu'aurait-il fait ? Irrité de sentir sa libido réagir de manière éloquente, il se leva et fit quelques pas dans la cabine.

Son corps manifestait un besoin *physique*, rien de plus, et de toute façon il n'y avait aucune place pour Sophia dans sa vie.

Sophia sentit que l'avion commençait à rouler, puis qu'il prenait de la vitesse avant de quitter la piste.

Elle avait réussi ! Elle avait quitté Santina et, à présent, il était trop tard pour changer d'avis. Au matin, sa famille découvrirait qu'elle était partie, et son père... Eh bien, il serait furieux contre elle, mais puisqu'il ne voulait pas l'écouter elle n'avait pas d'autre moyen de lui signifier qu'elle ne voulait pas de ce mariage.

Lorsque l'avion eut atteint son altitude de croisière, Sophia ouvrit lentement la porte de la salle de bains. La pénombre régnait toujours dans la chambre mais, au bas de la porte communiquant avec la cabine principale, un rai de lumière filtrait.

Elle s'avança vers la porte avant de s'arrêter, soudain saisie par une terrible appréhension. Si elle allait rejoindre Ash dans cet état de vulnérabilité, elle risquait de... Qu'avait-elle à redouter ? Craignait-elle de se jeter dans ses bras pour le supplier de la réconforter, de la protéger ? C'était ridicule. Si elle paniquait de la sorte, c'était uniquement parce qu'elle venait de commettre l'acte le plus audacieux de sa vie.

Par conséquent, mieux valait attendre un peu avant d'aller retrouver Ash — juste le temps d'avoir recouvré ses esprits.

Le steward s'arrêta devant Ash et s'inclina. Embauché temporairement pour remplacer Jamail, qui avait dû rentrer chez lui pour s'occuper de sa mère malade, cet homme déplaisait à Ash. Il se montrait trop empressé, et il y avait quelque chose dans son regard qu'il n'aimait pas.

Toutefois, il était peut-être injuste envers lui, songea Ash en baissant les yeux sur sa montre. Il était un peu plus de 1 heure du matin et, comme il fallait au moins six heures pour rallier Bombay, il serait 9 h 30 heure locale quand ils atterriraient.

Il avait organisé le rendez-vous chez lui, en ville, pour gagner du temps. De cette façon, il pourrait partir pour

Nailpur dès le jour suivant, afin de retourner à ses affaires et à son rôle de dirigeant de cet Etat du Rajasthan.

Un nouvel e-mail apparut dans sa boîte de réception, venant de Hassan. Son ami regrettait qu'ils n'aient pas eu le temps de se voir vraiment et de n'avoir pu échanger que quelques mots.

C'était vrai que maintenant, avec leurs vies bien remplies, Alex, Hassan et lui n'avaient pas souvent l'occasion de passer du temps ensemble. Ash répondit :

Tu devrais peut-être te fiancer aussi, comme ça, nous pourrions nous retrouver tous les trois !

Puis il se concentra sur les points cruciaux dont il voulait discuter le lendemain, avec le consortium qui allait gérer la rénovation de l'un des plus petits palais de Nailpur, destiné à devenir un hôtel de luxe.

Personnellement, Ash n'avait pas besoin de l'argent que rapporterait cette entreprise. Tout profit serait investi dans les projets visant à aider le peuple de Nailpur.

Il s'appuya à son dossier en songeant aux difficultés que lui et les jeunes directeurs qu'il avait embauchés rencontraient auprès des habitants. Il était difficile de convaincre les agriculteurs qu'en adoptant la technologie moderne ils obtiendraient un rapport coût-efficacité beaucoup plus intéressant.

Quant à l'hôtel et aux autres projets que Ash envisageait, ils attireraient les touristes et de nouveaux capitaux dans la région, ce qui aiderait celle-ci à devenir plus autonome. La terre et le climat offraient toutes les conditions nécessaires à la production de presque toute la nourriture destinée aux touristes, mais les paysans locaux avaient peur d'adopter les nouvelles méthodes d'agriculture proposées par Ash. Pour contourner le problème, celui-ci encourageait leurs fils, et leurs filles, à s'inscrire dans les lycées agricoles dans l'espoir qu'à leur retour ils parviendraient à convaincre leurs familles de se rallier à la technologie moderne.

Soudain, la porte menant à la petite cuisine s'ouvrit sur le steward, qui vint lui demander s'il désirait boire ou manger quelque chose.

Dans la chambre éclairée par les étoiles visibles depuis le hublot, Sophia était assise sur le lit, immobile. De peur que Ash ne découvre sa présence avant qu'elle ne soit prête à l'affronter, elle n'avait pas osé allumer. Mais elle ne pouvait pas rester cachée là indéfiniment.

Après avoir inspiré à fond, elle se leva et se dirigea vers la porte, puis s'arrêta en entendant un bruit de voix : Ash parlait avec quelqu'un.

Elle ne pouvait aller le retrouver maintenant, il fallait qu'elle attende qu'il soit seul. Après s'être rassise, Sophia étouffa un bâillement. La journée avait été longue et épuisante, et ce lit semblait très confortable…

Deux minutes plus tard, après avoir ôté ses chaussures et sa robe, elle se pelotonna sous les draps fins tandis que ses paupières se fermaient déjà.

Chapitre 4

4 heures… Dans deux heures environ, ils atterriraient. Il ferait bien d'aller dormir un peu, songea Ash en refermant son ordinateur.

Il entra dans la chambre sans se donner la peine d'allumer de lampe et se dirigea vers la salle de bains. Puis, après s'être déshabillé rapidement, il ouvrit le robinet de la douche.

Quelques instants plus tard, il s'essuya à la hâte avant d'enfiler l'un des deux épais peignoirs suspendus à la porte. Et quand il regagna la chambre, il alluma cette fois la lampe. Aussitôt, il se figea, n'en croyant pas ses yeux.

— Sophia ! Qu'est-ce que…

Réveillée en sursaut, Sophia se redressa sur son séant en serrant le drap contre sa poitrine.

— Je suis désolée, Ash, dit-elle aussitôt, le cœur battant à tout rompre. Je comptais aller te voir, je voulais t'avertir de ma présence à bord, mais tu parlais avec quelqu'un… Ensuite, j'étais si fatiguée que je… je me suis endormie…

C'était bien la dernière chose dont il avait besoin, songea Ash. Le parfum de la peau de Sophia lui titillait les narines, sensuel et féminin en diable, éveillant tous ses sens.

— Tu l'as fait exprès, n'est-ce pas ? répliqua-t-il d'un ton accusateur. Alors que je t'avais dit que je ne pouvais pas t'aider ! Je n'aime pas qu'on me force la main, Sophia.

Sophia se hérissa. Comment osait-il l'accuser d'avoir tout manigancé, délibérément ?

— Tu te trompes, riposta-t-elle en redressant le menton. Je n'essaie pas de te forcer la main. Je suis allée à l'aéroport en espérant qu'il y aurait encore un départ pour Londres, mais la plupart des vols habituels avaient été annulés, à cause du nombre de jets privés arrivés sur l'île. Quand l'hôtesse m'a dit que le tien serait le premier à partir, je…

— Tu es montée à bord sans te poser de questions. Te rends-tu compte des conséquences diplomatiques que va entraîner ton attitude irresponsable ? Et je ne parle pas uniquement de ton père. Comment crois-tu que ton futur mari réagira en apprenant que tu t'es enfuie avec un autre homme, quelques heures après l'annonce de vos fiançailles ?

— Il ne sera jamais mon mari. Jamais. Je regrette qu'il n'y ait eu que ton avion, Ash, je t'assure, mais je n'avais pas le choix. Je ne laisserai pas mon père me sacrifier au profit de son ambition. Tout ce que je veux, c'est aller à Londres. J'ai mon passeport. Dès que ton jet aura atterri à Bombay, tu seras débarrassé de moi.

Elle lui lança un regard hautain.

— De toute façon, je m'étais trompée. Je te prenais pour un être spécial, Ash, un vrai héros, quelqu'un vers qui je pouvais me tourner, mais c'était une erreur. Pourtant j'aurais dû m'en douter, puisque tu m'as rejetée autrefois, alors que j'avais placé toute ma confiance en toi.

Saisissant aussitôt l'allusion, Ash se sentit blessé dans son amour-propre.

— Lorsque tu m'as offert ta virginité, je l'ai refusée pour ton bien, tu le sais. Tu avais seize ans, Sophia. En te prenant ton innocence, je t'aurais déshonorée et j'aurais failli à mon devoir.

— N'en parlons plus. A présent, je ne te demande qu'une

chose : m'emmener à Bombay. De toute façon, personne ne saura que j'ai quitté l'île avec toi.

— En effet, pour la simple raison que, de fait, tu n'es pas partie *avec* moi. Mais, pourquoi Londres ?

— J'ai des amis là-bas, répondit-elle en évitant son regard.

— Des *amis* — ou un homme ? Un amant qui…

— Non ! protesta Sophia en le regardant dans les yeux.

A présent, la crainte d'être découverte par Ash faisait place à une sensation beaucoup plus insidieuse, qui se propageait dans tout son corps. Sous son peignoir noué à la hâte, Ash était sans doute complètement nu. Mais pourquoi cela l'aurait-il troublée ? Elle ne le désirait plus, depuis longtemps.

Pourtant, Sophia ne pouvait détacher son regard de l'échancrure du peignoir, laissant entrevoir la toison sombre couvrant son torse puissant, un ventre plat et musclé…

Dans cet espace réduit, il ressemblait vraiment à un fauve enfermé dans une cage, songea-t-elle en le regardant marcher de long en large dans la cabine d'un air courroucé.

Elle déglutit avec peine et détourna les yeux.

— Je devrais demander à mon pilote de faire demi-tour et…

Cédant à la panique, Sophia s'élança vers lui et lui saisit le bras. Mais, dans le mouvement, le drap protégeant sa nudité glissa à terre.

Ses seins étaient ravissants, sa taille délicieusement fine, mettant en valeur ses hanches rondes. Quant au minuscule triangle de dentelle censé dissimuler sa féminité, il ne servait qu'à attirer l'attention sur cette partie exquise de son anatomie.

Cette fois, la réalité submergea Ash : il désirait Sophia, même si ce constat lui déplaisait au plus haut point.

Dans la lumière tamisée, sa peau dorée luisait doucement…

Dans cet environnement sobre, presque monacal, la sensualité émanant de son corps superbe paraissait encore plus luxuriante.

Au fond, l'austérité de ce décor reflétait le vide de sa vie émotionnelle, se dit-il soudain. Mais devant le corps presque nu de Sophia, prêt à s'offrir à la volupté, il ne pouvait plus refouler le bouillonnement intérieur qui l'avait tourmenté toute la soirée.

A cet instant, alors que Sophia s'efforçait de remonter le drap sur sa poitrine, l'avion perdit brusquement de l'altitude. Déstabilisée, elle laissa échapper un halètement tandis qu'elle se trouvait projetée vers le lit.

Sans réfléchir, Ash tendit les bras pour l'empêcher de tomber. Cette initiative s'avéra désastreuse : il tenait maintenant le corps nu de Sophia à quelques centimètres du sien, qui réagit violemment à ce contact.

Il aurait dû la lâcher, quitter cette cabine, mais au contraire il attira Sophia contre lui.

C'était impossible… Cela ne *devait* pas arriver, se répéta Sophia. Mais il était trop tard. Par ailleurs, en total désaccord avec sa volonté, son corps traître *désirait* ce qui se passait en cet instant.

Fascinée, elle vit les longs doigts se poser sur son sein gauche, puis la tête brune de Ash se pencher avant de déposer de minuscules baisers brûlants sur le téton de l'autre sein.

Sophia ferma les yeux tandis qu'une coulée de lave chaude inondait ses veines. D'où venait ce plaisir pur et si intense ? Cet instinct qui jaillissait du plus profond de son être ? Pourtant Sophia, totalement inexpérimentée en dépit de sa réputation scandaleuse, n'avait jamais connu une telle intimité.

Elle posa les mains sur la tête de Ash et la maintint

contre son sein. Puis, creusant les reins, elle s'abandonna à la volupté qui avait pris possession d'elle.

Les sensations qui naissaient sous la bouche de Ash diffusaient une douce chaleur dans tout le corps de Sophia, mais surtout à l'endroit le plus intime de sa féminité. Cet endroit secret palpitait, répondant à chaque caresse prodiguée par les mains et la bouche expertes de Ash.

Le désir vibrait en elle, exigeant un assouvissement immédiat. Pourtant, elle s'était promis de préserver son trésor le plus précieux, de ne l'offrir qu'à l'homme qu'elle aimerait et qui l'aimerait en retour.

Ash laissa échapper une plainte rauque. Sophia était tout ce qu'il s'était refusé à imaginer, et bien plus encore. A présent, la réserve qu'il avait tenté de s'imposer durant toute la soirée cédait, emportée par un torrent impétueux.

Un parfum de vanille et d'amandes se dégageait du corps de Sophia, sa chair était brûlante, prête à s'abandonner au plaisir. Les pointes sombres de ses seins frémissaient, de plus en plus dures. Ash glissa une main entre ses cuisses et caressa l'endroit où bouillonnait le désir de Sophia. Aussitôt, sa virilité réagit, lui arrachant un nouveau soupir. Son membre était dur et prêt, lui aussi, et si excité que c'en était presque douloureux.

Ash défit à la hâte la culotte de Sophia, finement nouée sur ses hanches. Son sexe s'offrit alors à ses caresses, doux et délicat. Au moment où Ash allait s'aventurer dans les plis humides et chauds, quelqu'un frappa à la porte avant d'entrebâiller celle-ci.

Il eut à peine le temps d'envelopper le corps nu de Sophia dans le drap et de refermer son propre peignoir avant que le steward ne pénètre dans la pièce. Les yeux écarquillés, l'homme s'excusa et sortit en bredouillant qu'en raison de forts vents contraires l'avion atterrirait avec environ quinze minutes de retard.

Submergé par une vague de dégoût, Ash se sentit glacé. Comment avait-il pu renoncer ainsi à tout self-control ?

— Tu ferais mieux de te rhabiller, dit-il sans regarder Sophia.

Quelle folie s'était donc emparée d'elle ? se demanda-t-elle avec un mélange de stupeur et d'incrédulité. Elle renfila ses vêtements en silence tandis que Ash se rhabillait lui aussi, puis, sans un mot, ils quittèrent la cabine.

Lorsque le pilote annonça qu'ils allaient atterrir, Ash n'avait pas adressé la parole à Sophia une seule fois. Mais c'était parfait ainsi. En effet, elle était encore trop sous le choc et trop furieuse contre elle-même de s'être comportée de façon aussi irresponsable, aussi insensée…

— Boucle ta ceinture, dit soudain Ash d'un ton sec.

A cet instant, Sophia surprit le regard du steward dardé sur elle et frémit. Grâce au réflexe de Ash, il n'avait pas vu son corps nu, mais il savait fort bien ce qui s'était passé.

Désormais, à cause de ce moment de folie, elle ne pourrait plus jamais prétendre avoir conservé sa pureté intacte. Jusqu'à son dernier jour, elle se souviendrait d'avoir trahi la promesse faite à elle-même, en succombant à… à un désir qu'elle avait cru anéanti des années plus tôt, songea Sophia tandis que l'avion roulait sur la piste.

Le vol pour Londres serait long, lui aussi, se dit-elle alors. Restait à espérer qu'elle n'attendrait pas trop longtemps à l'aéroport avant de repartir.

Sophia regarda sa montre. Au palais, on se réveillait peu à peu, et sa bonne allait bientôt découvrir sa chambre vide et constater qu'elle n'avait pas dormi dans son lit. Sophia sentit son ventre se nouer, mais sa résolution n'avait pas faibli d'un iota : elle n'épouserait pas le prince espagnol choisi par son père.

Lorsque Ash déboucla sa ceinture de sécurité et se leva, elle l'imita aussitôt.

— Ma valise, lança-t-elle en le voyant se diriger vers la porte.

— Laisse cela, répliqua-t-il d'un ton brutal.

Il s'effaça pour la laisser passer.

— Le steward va s'en occuper, poursuivit-il.

— Mais je voudrais prendre le premier vol pour Londres...

Elle s'interrompit et resta figée sur place : caméramans et photographes se bousculaient au bas de la passerelle.

Sans doute agacé de la voir rester immobile, Ash se rapprocha avant de s'arrêter en poussant un juron étouffé.

— Félicitations ! Tu as bien réussi ton coup : fuir clandestinement, et t'arranger pour montrer ton exploit au monde entier, dit-il avec colère.

— Non, c'est faux ! protesta Sophia. Je n'y suis pour rien, je t'assure !

Il la foudroya du regard. Il ne la croyait pas, c'était évident.

Ces fichus paparazzi... Aucun moyen d'y échapper, reconnut Ash. Faire demi-tour et se réfugier dans l'avion n'aurait servi qu'à alimenter leurs ragots et à les exciter.

Ils n'avaient pas le choix : il fallait affronter la meute.

— Allons-y, dit-il en prenant fermement le bras de Sophia.

Dès qu'ils atteignirent le bas de la passerelle, les questions indiscrètes fusèrent de toutes parts.

— Est-ce vrai que vous êtes ensemble et que vous avez fui votre fiancé, Sophia ?

— Pourriez-vous nous dire deux mots sur la nuit que vous avez passée à bord du jet ?

— Le roi Eduardo est-il au courant de votre liaison ?

— Allez-vous rester ensemble, ou la princesse va-t-elle retourner à son fiancé ?

— Avez-vous apprécié les divertissements inclus dans le vol, Votre Altesse ? demanda un type d'un ton goguenard.

En même temps, il braquait l'objectif de la caméra sur le visage de Sophia. Incapable de supporter cette violence, elle se tourna vers Ash et lui agrippa le bras, avant d'appuyer son visage contre sa poitrine pour se dérober aux regards indiscrets et avides dardés sur elle.

— Merci, princesse ! s'écria l'un deux. La photo va être fantastique !

— Ainsi, j'avais raison : c'est toi qui a orchestré tout ceci, lança Ash d'un ton accusateur. Tu n'as donc aucun sens de l'honneur, ni aucune dignité ? Ta réputation t'est-elle indifférente ? Sans parler de celle de ton père et de ton fiancé, quand ces… ces prédateurs vont étaler leurs photos dans les journaux du monde entier, et diffuser leurs vidéo sur tous les supports possibles et imaginables. Tu t'en moques complètement, c'est cela ?

— Je n'ai rien fait, se défendit Sophia d'une voix tremblante.

Que Ash la croie responsable de la présence des paparazzi lui était insupportable. Son attitude la blessait, tout autant que celle des journalistes la plongeait dans une inquiétude sans nom.

Certes, Sophia avait l'habitude d'être harcelée par la presse, de se voir bombardée de questions indiscrètes concernant sa vie privée et ses relations avec les hommes. Mais jusque-là, elle s'était sentie protégée à la pensée que quoi que racontent les journalistes, toutes leurs allégations étaient fausses.

A présent qu'elle avait partagé son intimité avec Ash, et que le steward les avait surpris ensemble dans sa cabine, dans une situation dépourvue de toute ambiguïté, tout avait changé.

— Je n'aurais vraiment eu aucun intérêt à les prévenir, poursuivit-elle. Je ne veux pas que mon père sache que je suis ici, au contraire : jusqu'à mon arrivée à Londres, je souhaite qu'il ignore tout de mon escapade.

— Personne d'autre que toi n'aurait pu les prévenir.

A cet instant, Ash aperçut le steward qui se faufilait parmi les journalistes, puis s'arrêtait devant l'un d'eux. Celui-ci lui tendit alors une épaisse enveloppe, que le steward glissa aussitôt dans sa poche en jetant un coup d'œil par-dessus son épaule.

Ainsi, il avait eu raison de se méfier de ce type, songea Ash. Et apparemment Sophia était sincère. Ce n'était pas le moment d'interroger le steward, mais ce salaud ne perdait rien pour attendre…

— Par ici, dit-il à Sophia en l'entraînant par le bras.

Il se fraya un passage parmi les paparazzi avant de se diriger vers la limousine qui l'attendait.

— Je ne veux pas quitter l'aéroport, s'écria Sophia. Je dois trouver un vol pour Londres.

— Et moi, je dois me rendre à mon bureau pour un rendez-vous très important, riposta Ash. C'est là que nous allons pour l'instant, à moins, bien sûr, que tu ne souhaites que je t'abandonne à ces rapaces… Nous nous occuperons de ton billet plus tard.

Horrifiée à la pensée qu'il puisse envisager de la laisser seule avec les journalistes, Sophia monta à bord de la limousine sans ajouter un mot.

Bien qu'elle ait toujours désiré venir à Bombay — et pas seulement parce que ce pays était celui de Ash —, Sophia n'avait jamais mis le pied sur le sol indien.

Lorsque la limousine s'engagea dans les rues animées de la ville, elle resta tournée vers la vitre en écarquillant les yeux, avide de tout voir.

— Tout est si coloré, si vivant ! murmura-t-elle en se retournant brièvement vers Ash. En comparaison, tous les pays que j'ai visités semblent ternes…

Soudain, alors qu'ils attendaient que le feu change de couleur à un carrefour, un jeune garçon surgit de nulle part avec un seau d'eau à la main et entreprit de nettoyer le pare-brise de la limousine, en dépit des signes énergiques du chauffeur qui lui demandait de s'écarter du véhicule.

Lorsque le gamin malingre vit que Sophia le regardait, il lui adressa un large sourire et interrompit son astiquage pour venir de son côté.

Quand il la vit fouiller dans son sac à main, Ash tressaillit en repensant à Nasreen. Elle n'aimait pas les pauvres et n'avait jamais tenté de dissimuler son mépris pour eux.

— Tiens, dit-il en sortant une pièce de la poche de son pantalon.

De toute façon, Sophia n'avait pas d'argent indien. A cet instant, le chauffeur redémarra.

— Oh ! demande-lui de s'arrêter, Ash : je voudrais donner cet argent au garçon, supplia Sophia en lui adressant un charmant sourire.

Tout homme aurait été séduit par un tel sourire, songea-t-il. Et par Sophia elle-même… Aussitôt, Ash repoussa cette pensée d'un haussement d'épaules et accéda à sa requête.

Après avoir quitté le centre de la ville, ils empruntèrent une route longeant le front de mer. De l'autre côté, Sophia découvrit avec surprise les beaux immeubles Art déco qu'elle n'avait jusque-là vus qu'en photo. Avant qu'elle n'ait pu interroger Ash, la limousine emprunta une autre route menant à un quartier résidentiel, dont les immeubles contemporains affichaient un luxe époustouflant.

Quelques instants plus tard, le chauffeur arrêta le véhicule devant une haute construction au style particulièrement audacieux.

— Ma valise, rappela-t-elle à Ash.

Sophia ignora la main qu'il lui tendait pour l'aider à sortir de la limousine. En effet, elle préférait éviter le moindre contact physique, de crainte d'attiser le feu qui couvait encore en elle.

— Le chauffeur la fera monter à l'appartement, répliqua Ash en consultant sa montre.

Trouver un vol pour Sophia ne devrait pas prendre trop de temps. Bien sûr, il aurait pu la laisser se débrouiller, mais ce n'était pas dans ses habitudes. Ash avait été élevé dans le sens des responsabilités envers son héritage et du devoir envers ceux qui dépendaient de lui. Ces principes faisaient partie du rôle de maharajah qui lui avait échu dès sa naissance.

Quand il aurait des enfants à son tour, un fils — un héritier —, il ferait en sorte que celui-ci comprenne les devoirs incombant aux privilèges et à la fortune dont il hériterait, mais sans l'accabler pour autant d'un poids trop lourd à porter pour ses jeunes épaules.

Un enfant devait avoir le droit d'être un enfant et de grandir entouré de l'amour de ses parents, ainsi que dans le respect mutuel. Devenu orphelin très tôt, Ash avait manqué de cet amour, mais il savait par ailleurs que le fait d'avoir des parents ne représentait pas une garantie. Sophia en était la preuve.

Sophia… Voici qu'il se laissait de nouveau aller à la compassion.

Ash s'arrêta un instant dans le hall et se retourna vers

elle. Ses cheveux bruns étaient légèrement décoiffés, son visage ne portait aucun maquillage, mais ses yeux sombres brillaient de curiosité tandis qu'elle regardait autour d'elle, les lèvres entrouvertes.

A son grand dépit, le désir, brut, sauvage, et totalement malvenu, jaillit une fois encore en lui.

— L'ascenseur est par là, dit-il en détournant les yeux.

Sophia le suivit, tout en regrettant qu'il ne l'ait pas laissée à l'aéroport. A présent, elle aurait déjà trouvé une place à bord d'un vol pour Londres, songea-t-elle avec irritation.

Comme tout l'immeuble, l'ascenseur était très moderne, tout de verre et acier. Et, lorsque Sophia pénétra dans l'appartement, elle ne fut pas du tout surprise de découvrir un vaste espace ouvert, dont l'un des murs était remplacé par une immense paroi vitrée donnant sur une terrasse. De là, le panorama était d'une beauté à couper le souffle.

Le blanc dominait dans la pièce, ponctué d'un large éventail de gris et de quelques touches d'un somptueux noir mat. Un univers tout en élégance masculine. Comme Ash lui-même, songea Sophia en sentant une bienfaisante chaleur se propager dans son ventre.

— Assieds-toi. Je vais préparer un petit déjeuner.

— Je n'ai pas faim, Ash. Je ne désire qu'une chose : aller à Londres. Je ne voulais pas venir ici…

Sophia s'interrompit tandis que son mobile émettait le bip annonçant l'arrivée d'un texto. Elle se raidit en serrant nerveusement son sac. A Santina, tout le monde devait maintenant savoir qu'elle avait quitté le palais.

Dès que Ash sortit de la pièce, elle prit son téléphone : le message venait de Carlotta.

> Qu'est-ce que tu fabriques ? Tu as été surprise au lit avec Ash, on ne parle que de cela sur internet ! Les journalistes sont venus et ont essayé de soutirer la vérité à père sur ta relation avec Ash. Il ne leur a rien dit, bien sûr ! Au

contraire, il est sorti en trombe de la pièce. Il est très en colère, Sophia. Et humilié. J'espère que ça en vaut la peine. Mais, vu mon expérience, j'ai des doutes…

Les doigts tremblants et le cœur battant à tout rompre, Sophia supprima rapidement le message.

Dans la cuisine, la télévision diffusait un bulletin d'informations, sur une chaîne anglaise. Quand son propre visage apparut sur l'écran, Ash reposa la carafe de jus de fruits frais avant de rester figé devant le poste.

« Après la découverte de la présence de la princesse Sophia à bord du jet du maharajah de Nailpur, indiqua le présentateur, un porte-parole du palais de Santina a fait une déclaration officielle expliquant que lorsque la princesse Sophia avait informé son père qu'un homme allait venir lui demander sa main, le roi Eduardo avait préféré ignorer l'existence de sa liaison avec le maharajah. Pensant qu'elle faisait allusion à un autre prétendant, il avait annoncé des fiançailles…

» L'affaire ayant maintenant été élucidée, le roi est ravi de faire savoir que la princesse Sophia est fiancée au maharajah de Nailpur… »

Quittant brusquement la cuisine, Ash regagna le salon et saisit la télécommande. Dès qu'il eut appuyé sur une touche, l'écran caché apparut sur son socle de verre.

— Que se passe-t-il ? demanda Sophia en écoutant un présentateur détailler la météo prévue pour le lendemain.

— Attends, dit Ash d'une voix crispée.

Immobile sur le sofa, elle se concentra sur le journaliste qui présentait les gros titres du journal.

« Pour commencer, j'ai une mauvaise nouvelle à annoncer à tous les marieurs et marieuses de Bombay. En effet, le roi de Santina vient d'annoncer que la benjamine de la famille, la princesse Sophia, allait épouser le maharajah de Nailpur… »

Horrifiée et incrédule, Sophia écouta les précisions que donnait maintenant le journaliste en souriant.

Quand il passa à un autre sujet d'actualité, elle se tourna vers Ash.

— Tu vas devoir parler à mon père, dit-elle d'une voix blanche. Lui expliquer…

— Je vais lui parler, en effet, et le plus vite possible, répliqua-t-il d'un ton froid. Mais, de toute évidence, il a estimé qu'il n'avait pas le choix. La vraie responsable de cette situation, c'est toi, Sophia. En montant clandestinement à bord de mon jet, tu as déclenché un processus inexorable.

Qu'aurait-elle pu répondre à cela ? songea Sophia en le regardant sortir son smartphone de sa poche. Il avait l'air si sombre, si furieux… Pour la première fois de sa vie, elle se trouvait face à un homme encore plus impressionnant et plus redoutable que son père.

Ash le maharajah, le dirigeant de son peuple… Un Ash qui ne reculerait devant rien pour sauvegarder l'intégrité et l'honneur de son titre. Sophia le comprit d'instinct, et cette certitude la fit frémir au plus profond d'elle-même.

Lorsque Ash appela le palais, on lui passa aussitôt le roi Eduardo. Visiblement, le père de Sophia attendait son appel.

— Ash, lâcha le souverain d'une voix dure.

— Majesté… Il y a eu un malentendu.

— Un malentendu ? répéta son interlocuteur. Il n'y a *aucun* malentendu : vous avez humilié publiquement ma famille, et le fiancé de Sophia !

— Je comprends votre colère, Majesté, mais je peux vous l'assurer : rien ne s'est passé qui puisse vous nuire, ni à vous ni au fiancé de Sophia.

Sophia l'écoutait parler tout en s'efforçant de refouler son désespoir.

— La vérité, poursuivit-il, c'est que Sophia a été bouleversée par l'annonce inattendue de ses fiançailles. Dans un instant de panique, elle est montée à bord de mon jet à mon insu, en espérant gagner Londres, via Bombay. Elle a commis là un acte impulsif, irréfléchi, je vous l'accorde, mais elle n'avait aucunement l'intention de causer de l'embarras à quiconque.

— Allez-vous maintenant me dire qu'elle vous a fait ces confidences sur l'oreiller, à bord de votre jet ? Me prenez-vous pour un imbécile ? Sophia ne désire peut-être pas se marier, mais elle n'a pas le choix. Et c'est sa propre faute. Son nom et sa photo font la une de tous les journaux à sensation, elle est associée aux pires ragots, elle s'affiche avec un homme différent chaque semaine — et maintenant ce nouveau scandale…

Son père parlait si fort et était si furieux que Sophia entendait tout ce qu'il disait. Le visage en feu, elle subissait un véritable martyre.

De toute façon, il ne la comprenait pas, il ne l'avait jamais comprise.

— Eh bien, il n'y a plus qu'une chose à faire, à présent, poursuivit le roi Eduardo : vous devez l'épouser, le plus rapidement possible. A partir de maintenant et jusqu'à ce qu'elle devienne votre femme, Sophia ne fait plus partie de la famille. Et, si vous ne l'épousez pas, je la renierai et la déshériterai. Elle n'a apporté que de la honte et des ennuis dans cette famille : cela suffit ! La seule façon pour elle de se racheter, c'est de mettre un terme à ces ragots infâmes en vous épousant.

Ash entendit un bruit sec à l'autre bout du fil : le roi lui avait raccroché au nez.

Chapitre 5

Elle avait entendu les paroles de son père, comprit-il en regardant Sophia.

Le roi Eduardo l'avait mis dans une position intenable, et maintenant un tumulte d'émotions contradictoires se bousculaient en lui.

Sa fierté se rebellait à la pensée que quiconque, même un pair royal, lui donne des ordres. Et pourtant, son propre sens du devoir lui imposait une décision en accord avec le désir du roi. En effet, Ash ne pouvait trahir l'héritage de ses ancêtres, ni l'amitié qui le liait au frère de Sophia — et, en un sens, son devoir envers Sophia elle-même. En refusant de l'épouser, il la condamnait à la disgrâce et à l'humiliation.

— Mon père ne pensait pas ce qu'il a dit, fit Sophia d'une voix mal assurée.

Le dictat de son père l'avait choquée, mais ce qui l'avait troublée encore davantage, c'était la douleur aiguë qui l'avait saisie en songeant à ses rêves d'adolescente. Comme ils étaient différents de la dure réalité !

Elle avait si souvent rêvé d'épouser Ash, autrefois, imaginant une relation romantique, pleine d'amour et de bonheur partagés…

— Nous ne pouvons pas nous marier, Ash.

— Nous n'avons pas le choix, répliqua-t-il brutalement.

— Je veux me marier par amour.

— Tu as perdu ce droit en montant à bord de mon jet sans me demander mon avis.

Sophia redressa les épaules pour chasser la douleur qui naissait dans sa poitrine. Des années plus tôt, elle s'était juré qu'il n'aurait plus le pouvoir de lui faire mal. Elle était devenue *insensible* à Ash.

Ainsi qu'elle l'avait prouvé dans la cabine de son jet ? Aussitôt, une chaleur brûlante envahit son corps au souvenir de ce qui s'était passé.

— Non, je l'ai perdu en venant au monde, murmura-t-elle.

Ash resta silencieux, l'air sévère et résolu. Subitement, Sophia sentit son appréhension se muer en une véritable terreur.

L'homme qui se trouvait devant elle était un maharajah, un chef d'Etat, un homme qui ne laisserait aucun obstacle entraver son chemin. Un dirigeant qui entendait agir en conformité avec son devoir envers son peuple. Or sa présence non désirée représentait un obstacle réel pour lui, songea-t-elle en sentant un frisson glacé lui parcourir le dos.

— Je me trouve au milieu de négociations très importantes, avec des gens pour qui le sens moral est capital, dit-il. Si je ne t'épouse pas, ma réputation d'homme d'honneur en sera souillée. Je ne peux pas me le permettre. J'ai un devoir à remplir envers mes ancêtres — et surtout envers mon peuple. Leur avenir, l'éducation de leurs enfants et l'avenir de ceux-ci dépendent en grande partie du développement de l'économie locale.

Il fronça les sourcils.

— Si l'on sait, comme ce sera le cas, que ton père a insisté pour que je t'épouse et que j'ai refusé, mes projets se verront sérieusement compromis. Pour les gens de notre rang et de notre statut, c'est ainsi que cela fonctionne : tu le sais aussi bien que moi, Sophia.

Chacune de ses paroles confirmait ses pires craintes. A présent, Sophia savait très bien où se situaient les priorités de Ash. Et celles-ci ne correspondaient pas du tout aux siennes.

Ash se détourna et regarda par la fenêtre. Il ne désirait vraiment pas en arriver là, mais il n'avait pas le choix. L'honneur attaché à son nom devait passer avant toute autre considération, avant tout intérêt ou tout sentiment personnels. Et puis, il devrait bien se marier un jour ! Aux yeux du monde extérieur, son mariage avec Sophia serait considéré comme une décision pratique, raisonnable et acceptable. De toute façon, il fallait un héritier au maharajah de Nailpur.

Un héritier conçu avec Sophia, au sein d'un mariage arrangé, par devoir ?

L'espace d'un instant, Ash se rappela l'intensité des instants qu'ils avaient partagés dans la cabine de son jet. Il essaya de repousser ce souvenir, mais il était trop tard : des images torrides défilaient dans son esprit.

Evitant soigneusement de la regarder, il reprit :

— Nous savons tous les deux que si nous avions eu le choix nous n'aurions pas envisagé ce mariage, mais puisque nous ne *l'avons pas*… A en juger d'après ce qui s'est passé hier soir, nous pouvons au moins espérer une bonne entente physique. Et comme tu le sais toi-même d'expérience, j'en suis sûr, une sexualité harmonieuse améliore la vie de ceux qui la partagent.

Une sexualité harmonieuse ? Son expérience ? Etait-ce là le mariage dont Sophia avait rêvé, fondé sur de l'amour vrai et réciproque ?

A cet instant, une sonnerie discrète retentit.

— C'est mon rendez-vous, dit Ash. Dès qu'il sera terminé, j'entamerai l'organisation de notre mariage. Vu les circonstances, efficacité et discrétion seront de mise. En présentant notre union comme un fait accompli, nous mettrons un terme aux rumeurs et aux spéculations, plus sûrement qu'en annonçant notre mariage prochain à la presse.

Cette fois, il se tourna vers Sophia avant d'ajouter :

— Dès que nous serons mariés, nous irons à Nailpur. J'ai des affaires à régler là-bas, et cette retraite nous permettra de respirer, le temps que les journalistes se calment et passent à autre chose. Quand nous reviendrons dans le monde, tu seras ma femme.

— Et la mère de ton enfant ? demanda Sophia, la bouche sèche.

— Oui. Si nous avons la chance de concevoir rapidement.

Il lui adressa un regard sévère.

— Que cela soit bien clair, Sophia : ta conduite sera celle d'une femme mariée, fidèle à son époux et à ses vœux de mariage.

— Tu veux dire un mariage dénué d'amour, avec un époux que je n'ai pas choisi ?

— C'est à cause de ton propre comportement que nous nous trouvons dans cette situation, répliqua Ash d'un ton glacial. Quant à l'amour, c'est la dernière chose que j'attendrai de notre mariage — et en dehors de lui. Pour le bien des enfants, j'espère que notre union sera respectable, et que nous ne ferons rien qui puisse faire rejaillir le déshonneur sur eux, ni sur leur famille.

Tant de fierté, tant d'importance accordée au devoir ! songea Sophia. Et aucune place pour l'amour. Pourtant, Ash avait aimé Nasreen. Avait-il enterré son cœur et sa capacité à aimer avec sa première épouse ?

Question stupide, se dit-elle aussitôt. Pourquoi se serait-elle souciée de cela ? Elle aussi avait sa fierté et, grâce à celle-ci, Sophia ne commettrait jamais l'erreur de désirer l'amour de Ash.

Après avoir frappé brièvement, un assistant de Ash entra dans la pièce.

— Votre Altesse, je suis désolé de vous déranger, mais M. Alwar Singh est arrivé, accompagné de son comptable et de son avocate.

— Merci, Kamir, dit Ash en se dirigeant vers la porte ouverte. Entrez, monsieur Singh, je vous en prie.

Il tendit la main à un homme distingué d'une cinquantaine d'années, suivi d'une femme élégante aux cheveux noirs, vêtue d'un superbe *salwar kameez*, tenue portée par les femmes dans le nord et le nord-ouest de l'Inde, consistant en un pantalon ample resserré aux chevilles et une tunique. Derrière elle entra un homme en costume classique.

— Je suis désolé de vous avoir fait attendre, reprit Ash. Avant de passer dans mon bureau, permettez-moi de vous présenter ma fiancée, la princesse Sophia de Santina.

Il se tourna en souriant vers elle, mais son sourire était feint, remarqua Sophia. Habituée au protocole et aux bonnes manières, elle n'eut aucun mal à s'avancer vers M. Singh et ses compagnons avant d'accepter leurs félicitations.

Ash avait tenu à la présenter. En agissant ainsi, il rendait leur mariage officiel, si bien qu'à présent il serait impossible de revenir en arrière.

— Kamir, voudriez-vous aller demander dans la cuisine qu'on serve le thé dans mon bureau, s'il vous plaît ?

Il se tourna vers Sophia avant d'ajouter d'un ton poli :

— Si tu veux bien nous excuser, Sophia…

— Nous essaierons de ne pas le garder trop longtemps, dit M. Singh en souriant avant de quitter la pièce.

Sophia se retrouva seule dans le vaste espace silencieux. Seule avec la perspective terrifiante d'un avenir vide, et l'échec définitif de l'objectif qu'elle s'était promis d'atteindre un jour.

Soudain, elle repensa au texto de Carlotta. Prenant son mobile dans son sac, elle lui envoya un bref message.

Vais épouser Ash.

Puis elle éteignit l'appareil. Au même instant, la porte s'ouvrit sur un jeune homme en veste blanche, qui lui demanda si elle désirait du thé ou du café.

— Du café, merci.

Dans son bureau, Ash avait beau s'efforcer de se concentrer sur les propos de Alwar Singh, ses pensées étaient ailleurs. Il venait d'officialiser ses fiançailles avec Sophia, de façon à la fois publique et privée. Elle serait sa femme. La réaction de son corps fut immédiate et fort éloquente.

Toutefois, Ash ne commettrait pas deux fois la même erreur. Ce mariage serait fondé sur le plus pur pragmatisme et devrait notamment répondre à son besoin d'avoir un héritier. L'amour n'y tiendrait *aucune* place et, par ailleurs, il serait exclu que Sophia continue de mener sa vie de dépravée…

Le comptable de Alwar Singh parcourut des chiffres concernant la transformation du vieux palais abandonné en hôtel de classe internationale.

— Vous aurez bien entendu une part de quarante pour cent, dit l'avocate.

— Cinquante, conformément à ce qui avait été décidé, lâcha Ash d'une voix ferme.

— C'est M. Singh qui investira le plus et qui prendra le plus de risques dans l'affaire.

— Non, répliqua Ash. En tant que maharajah de Nailpur, j'ai des responsabilités envers mon peuple et l'héritage culturel laissé par mes ancêtres. Si le patrimoine historique *unique* du palais est endommagé, de quelque façon que ce soit, au cours du processus de transformation, un bien irremplaçable sera détruit — non seulement pour nous tous, au présent, mais aussi pour les générations futures. C'est ma part de risques.

Lorsque le rendez-vous fut terminé et ses visiteurs partis, Ash se concentra sur les aspects légaux et pratiques de son mariage.

Dans le salon, Sophia reposa le magazine anglais qu'elle essayait en vain de lire. Dès lors qu'elle était libérée de la présence de Ash, son désir d'indépendance refaisait surface. Son désir d'indépendance, ou sa peur ?

Mais, au fond, qu'avait-elle à craindre ? Son mariage avec Ash aurait représenté un danger si elle était restée vulnérable à lui, si l'amour qu'elle avait éprouvé autrefois pour lui avait encore existé. Or ce n'était pas le cas.

Seul son désir de contrôler sa propre vie lui dictait de fuir. Qu'est-ce qui l'empêchait de s'en aller ? Rien. Sophia avait l'opportunité de se prouver à elle-même qu'elle était assez forte pour revendiquer son droit à la liberté.

De toute façon, il n'aurait servi à rien d'essayer de faire comprendre à Ash ce qu'elle ressentait. De toute évidence, ses sentiments ne comptaient pas pour lui.

Lorsque le jeune homme revint chercher le plateau, elle demanda calmement :

— Pourriez-vous m'apporter ma valise, s'il vous plaît ?

Il hocha la tête et quitta la pièce.

Ash venait de raccrocher le téléphone quand le plus jeune de ses assistants entra dans son bureau après avoir frappé.

— La princesse Sophia a réclamé sa valise, Votre Altesse.

Lorsque la porte se rouvrit, Sophia se retourna, mais ce n'était pas le jeune homme avec sa valise.

C'était Ash et, à en juger par l'expression réprobatrice qui se lisait sur ses traits, il avait deviné ses intentions.

Elle inspira à fond.

— Je ne veux pas t'épouser, Ash. Je crois que ce ne serait pas juste, ni pour toi ni pour moi.

— Tu es censée être une adulte, Sophia, répliqua-t-il, furieux. Mais tu te conduis comme une enfant égoïste et totalement irresponsable.

Son accusation toucha Sophia au cœur.

— Si tu refuses de m'épouser, poursuivit-il, alors que je viens de te présenter comme ma fiancée, les conséquences seront désastreuses. Non seulement mon statut de chef d'Etat sera remis en cause, mais mon peuple lui-même en sera affecté. En Inde, nous plaçons certaines valeurs au-dessus de tout : l'honneur, le devoir, le sens des responsabilités et le respect que nous devons à nos ancêtres. Ces valeurs font partie *intégrante* de nos vies.

Une lueur farouche traversa son regard.

— C'est toi qui es à l'origine de la situation dans laquelle nous nous trouvons, reprit-il. Et tu dois l'assumer : c'est ton devoir.

Il avait raison, reconnut Sophia. Même si l'entendre

décrire ainsi son attitude lui déplaisait et l'emplissait de honte.

— Très bien, dit-elle en hochant brièvement la tête.

Elle semblait si seule, si vulnérable… Malgré lui, Ash s'avança vers elle, puis s'arrêta net. Avant toute autre considération, il devait songer à son peuple et à son devoir.

— Tu me donnes ta parole que tu acceptes ce mariage, que tu reconnais que nous n'avons pas le choix ? insista-t-il.

Sophia acquiesça.

— Oui.

— Parfait. En temps normal, il faut respecter un délai après l'enregistrement de la demande, mais dans notre cas cette condition est suspendue : le mariage civil aura lieu demain.

Demain ! songea-t-elle en sentant son cœur marteler sa poitrine.

— J'ai informé ton père de nos projets. Lui et moi nous sommes mis d'accord : au lieu des célébrations officielles qui auraient dû avoir lieu, une réception post-mariage sera organisée plus tard dans l'année — soit à Nailpur, soit à Santina.

Ash sortit un écrin de sa poche et le tendit à Sophia.

— Cette bague est un bijou de famille, elle aura peut-être besoin d'être ajustée.

Sophia contempla l'impressionnant coffret recouvert de velours grenat dont le couvercle était orné d'un blason. Ash ne l'ouvrirait pas lui-même, il ne lui passerait pas la bague au doigt…

Quand elle découvrit l'anneau de platine serti d'un diamant en forme de poire, Sophia retint son souffle : c'était le plus gros et le plus somptueux qu'elle ait jamais vu. Ce bijou appartenait à sa famille, avait dit Ash. L'avait-il offert à Nasreen avant elle…

— Est-ce la bague de fiançailles de ta première épouse ? demanda-t-elle en s'efforçant de prendre un ton détaché.

A ces mots, un mélange de culpabilité et de rage envahit Ash.

— Non. Elle a appartenu à mon arrière-grand-mère.

Il n'avait pas offert à Nasreen la bague que son aïeul avait fait créer pour sa femme en témoignage de son amour pour elle.

De toute façon, Nasreen lui avait révélé qu'elle convoitait l'énorme émeraude faisant partie d'une autre parure — avant d'ajouter qu'elle serait ravie de porter l'ensemble…

Ash avait estimé juste que Sophia porte le bijou de son arrière-grand-mère. Soudain troublé par sa décision, il fronça les sourcils, puis jugea plus sage de ne pas s'appesantir sur ses motivations.

Soulagée de ne pas porter la bague de Nasreen, Sophia prit délicatement l'anneau de platine et le glissa à son doigt. Il lui allait à la perfection ! découvrit-elle avec surprise.

Le bijou était à sa taille et lui allait bien, constata Ash. On aurait dit que la bague de son arrière-grand-mère avait été conçue pour Sophia.

— Alex m'a envoyé un texto pour me demander ce qu'il se passait, dit-il pour changer de sujet. Apparemment, ton père lui a parlé de notre futur mariage. Je dois te prévenir que j'ai répondu à Alex en lui expliquant que, durant la soirée organisée en l'honneur de ses fiançailles, nous nous étions rendu compte toi et moi que nous nourrissions des sentiments réciproques impossibles à ignorer.

— Alex nous croit amoureux ?

— Nous avons beau être de vieux amis, lui et moi, tu es néanmoins sa sœur. J'ai estimé qu'il valait mieux lui laisser penser que notre décision était fondée sur un désir partagé.

Ash afficha un air indifférent.

— Cela m'amène à te parler d'un point important : je pense qu'en public il sera préférable de nous comporter comme si nous étions vraiment heureux d'être ensemble. Je ne souhaite pas que notre mariage devienne l'objet de rumeurs et de spéculations. D'autant qu'après l'annonce, faite par le roi Eduardo en personne, de tes fiançailles avec un autre homme, la presse va se montrer très curieuse. Si les journalistes constatent que les sentiments qui nous lient sont authentiques et partagés, ils se lasseront vite.

— Mais mon père les a peut-être informés qu'il avait insisté pour que tu m'épouses…

— Il ne leur a rien dit de tel. Et il partage mon avis : la découverte soudaine de notre amour réciproque lui fournira une excuse valable à donner au prince.

Ignorant le tressaillement qui le parcourait, Ash conclut en regardant sa future femme dans les yeux :

— Je suis déterminé à faire en sorte que ce mariage fonctionne et qu'il soit crédible aux yeux du monde extérieur, Sophia.

C'était fait. Debout dans le bureau de l'état civil choisi par Ash, Sophia était maintenant légalement sa femme. La cérémonie avait été si dépouillée de faste qu'en dépit de son appréhension elle avait été touchée par l'échange de mots simples, mais lourds de sens, qui les avait engagés l'un envers l'autre.

Pour l'occasion, Sophia avait choisi une robe simple en lin blanc et, lorsqu'il l'avait vue, Ash avait froncé les sourcils. Manifestement, il estimait qu'elle n'avait aucun droit à afficher pareil symbole de pureté virginale…

Au cours de la cérémonie, elle ne s'était pas du tout sentie frustrée de ne pas avoir droit au traditionnel mariage indien dont les célébrations duraient trois jours, dans une profusion d'exotisme et de glamour. Par ailleurs, la pompe et le décorum auxquels elle aurait eu droit dans la cathédrale de Santina ne lui avaient pas manqué non plus.

Sophia n'avait songé qu'aux couples qui se mariaient par amour.

Quand une douleur aiguë lui traversa la poitrine, elle la refoula de toutes ses forces. Elle ne rêvait plus d'être aimée par Ash, aussi cette nostalgie soudaine n'avait-elle *aucune* raison d'être.

Ils avaient signé le registre devant témoins, et Ash lui avait dit que son père avait l'intention d'annoncer la nouvelle à sa famille dans la soirée.

— Carlotta va dire que j'ai agi de façon précipitée.

— Et tu répliqueras que notre amour ne pouvait pas attendre.

Lorsqu'ils ressortirent dans la rue vibrante de couleurs, de sons et d'odeurs, Sophia se sentit envahie par un sentiment d'irréalité.

A présent, il était trop tard pour changer d'avis. Ils étaient mariés. Elle était l'épouse de Ash. Cherchant désespérément à chasser la détresse qui la gagnait, elle regarda par la vitre tandis que la limousine s'éloignait du bureau de l'état civil.

Il était impossible de rester insensible à l'effervescence et aux couleurs de l'Inde, songea Sophia. Elle aurait tant aimé interroger Ash sur la ville de Nailpur et la demeure qui allait devenir la sienne… Mais elle ne devait pas oublier que leur mariage était une union *arrangée*, pour des raisons dynastiques et diplomatiques. Son époux ne souhaitait avoir aucun lien de nature sentimentale avec elle. Il n'attendait d'elle que la fidélité et un héritier.

— Nous devons retourner à l'appartement, dit-il. Nous prenons l'avion pour Nailpur dans deux heures.

Le bip signala l'arrivée d'un nouveau texto. Cette fois, il provenait de sa mère, et non de Carlotta.

Ma chérie, ton père et moi sommes tellement contents pour vous deux. Je me souviens que tu adorais Ash, autrefois. Sois heureuse.

Heureuse…

Un autre texto arriva à cet instant, de Carlotta.

Tu es sûre d'avoir pris la bonne décision ?

Sophia refoula l'émotion qui lui nouait la gorge et appuya sur « Répondre ».

C'est un rêve devenu réalité. J'aime Ash depuis toujours et je suis folle de joie.

Folle de joie… Elle aurait plutôt dû écrire : *folle de désespoir.*

Ash contempla la rue bigarrée. Il avait agi de façon juste — la seule envisageable, vu les circonstances. Alors, pourquoi avait-il l'impression d'avoir négligé un détail important ? Pourquoi ressentait-il une menace dont il aurait dû se protéger ?

En réalité, Ash connaissait parfaitement la cause de son inquiétude. Elle était apparue au moment où il avait été sur le point de renoncer à tout self-control face à Sophia, dans la cabine de son jet.

Il avait failli succomber, au mépris de toute logique, de toute *raison*. Car, s'il s'était laissé aller à commettre un tel acte — à s'abandonner aux émotions qui avaient rugi en lui —, il se serait exposé à des conséquences aussi considérables que s'il avait fait l'amour sans utiliser de préservatif.

S'il avait cédé à son désir… Mais il s'était arrêté à temps, grâce à l'apparition inopinée du steward.

Maintenant que Ash était conscient de cette faiblesse, il serait mieux armé pour y faire face.

Et il y *ferait* face.

Chapitre 6

La nuit venait de tomber quand l'avion survola Bombay. Fascinée, Sophia contempla les lumières multicolores qui formaient un long croissant, dont les contours se détachaient sur le ciel violet.

Ash se tourna vers sa femme. Celle-ci regardait par le hublot tandis que l'avion passait au-dessus de Marine Drive.

— On appelle cet endroit « Le collier de la reine », dit-il.

Sophia hocha la tête en silence. Après avoir rêvé toute son adolescence de devenir la femme de Ash, se retrouver ainsi avec lui dans cet avion à échanger des banalités lui paraissait une version si pâle, si banale, si éloignée de ses fantasmes…

— Nailpur n'est pas Bombay, ajouta Ash.

— Non, je sais. J'ai beaucoup aimé le peu que j'ai vu de Bombay, mais je suis très impatiente de découvrir Nailpur et le Rajasthan. J'ai lu quelque part que ce nom voulait dire « Le pays des rois ». Mon père apprécierait ce détail !

— Nailpur n'est pas prisé des touristes qui viennent au Rajasthan. C'est un Etat pauvre, où nombre de gens sont analphabètes et où les palais tombent en ruine. Il est de mon devoir de sortir mon peuple de la pauvreté. Les temps où la classe des maharajahs s'adonnait à une vie de luxe alors que leur peuple endurait une existence misérable sont révolus. Et il est également de mon devoir de vivre parmi mon peuple. En tant que mon épouse et la mère de mes enfants, tu devras partager cette vie. Si tu espérais passer ton temps à Bombay…

— Ce n'est pas le cas, l'interrompit Sophia.

Elle ne lui révélerait pas qu'autrefois elle avait dévoré tout ce qui était accessible concernant le Rajasthan en général, et Nailpur en particulier. Parce qu'elle voulait en savoir le plus possible sur le pays de Ash.

Son second mariage ne tournerait pas à l'échec comme le premier, se promit Ash. Cette nouvelle union tiendrait, et pas seulement pour préserver sa fierté. Avec ses anciens codes féodaux régissant la famille et le mariage, le peuple de Nailpur accueillerait favorablement une maharani de sang royal.

Sa maharani et sa femme, dont la sensualité satisferait le désir qu'elle éveillait en lui, et qui lui accorderait ce que son premier mariage lui avait refusé…

Comme chaque fois qu'il songeait à l'échec et à la déception que lui avait apportés son premier mariage, Ash fut assailli par une vague de culpabilité et d'amertume. Sa vie entière serait-elle assombrie par les erreurs qu'il avait commises ?

Des erreurs qui avaient coûté la vie à Nasreen.

Quand il l'avait épousée, Ash avait espéré donner et recevoir de l'amour de leur union. Et, quand il avait compris que ce sentiment ne pourrait jamais exister ni chez lui ni chez elle, il s'était éloigné de Nasreen. Il l'avait laissée vivre de son côté, furieux contre lui-même et affreusement déçu.

La réalité avait porté un coup terrible à sa fierté. Ash avait en effet découvert que, même avec la meilleure volonté du monde, il ne pourrait faire naître l'amour qu'il avait été si sûr de partager avec sa femme.

A cause des erreurs, de l'arrogance et de la présomption

insupportables de son mari, Nasreen avait trouvé la mort. Il ne se permettrait jamais de l'oublier.

Avec Sophia, la situation était différente. Cette fois, il ne pourrait y avoir — il n'y aurait *aucune* complication émotionnelle. De cette façon, Ash ne prendrait aucun risque et leur mariage serait construit sur des bases sûres.

Lorsque l'avion amorça sa descente, Sophia aperçut peu à peu, nimbées de la lumière argentée de la lune et des étoiles, d'immenses étendues recouvertes de tunnels en plastique, semblables à ceux utilisés pour protéger les cultures.

Se tournant vers Ash, qui travaillait maintenant sur son ordinateur portable, elle demanda :

— Je croyais que cette région était trop sèche pour être cultivée, et que c'était pour cela que ses habitants étaient condamnés à la pauvreté et au nomadisme ?

— En effet, répondit-il, sans quitter son écran des yeux. Mais les experts que j'ai fait venir ont découvert une rivière souterraine, dont nous avons réussi à faire monter l'eau à la surface, par un système de forage. Cela a permis de commencer à cultiver la terre. Mais les gens sont habitués aux méthodes traditionnelles et il n'est pas toujours facile de les persuader d'adopter les technologies nouvelles. Toutefois, je n'ai pas l'intention de renoncer.

Après avoir appuyé sur une touche du clavier, il se tourna vers Sophia.

— Cette réserve d'eau est très précieuse. C'est pourquoi, en plus d'amener les gens à s'adapter aux nouvelles méthodes d'agriculture, nous souhaitons aussi leur apprendre à utiliser cette réserve avec discernement.

Un léger sourire se forma sur sa bouche bien dessinée.

— En fait, si j'ai fait venir des experts, c'est parce que

j'avais vu des tableaux réalisés par mon arrière-grand-père, sur lesquels figurait un vaste bassin, à l'intérieur même du palais. De nos jours, celui-ci n'existe plus, mais cette eau devait forcément venir de quelque part. Et, par chance, j'avais deviné juste.

A cet instant, le signal s'alluma : le moment était venu de boucler les ceintures de sécurité. Un jeune steward souriant passa bientôt pour vérifier qu'ils avaient bien fermé la leur, puis s'éloigna après leur avoir souhaité un bon atterrissage.

A son grand soulagement, Sophia avait découvert en montant à bord que le steward qui les avait surpris dans la cabine de Ash, au cours du vol Santina-Bombay, avait été remplacé…

Bientôt, le jet s'immobilisa sur la piste et lorsque la porte s'ouvrit et qu'elle s'avança sur la passerelle, aucun journaliste ne se trouvait sur le tarmac. Seul un petit groupe d'officiels les attendait.

Ayant appelé les membres du Conseil depuis Bombay pour les prévenir de son mariage, Ash leur présenta Sophia dès qu'ils furent tous deux descendus d'avion.

En digne princesse royale, son épouse était très au fait du protocole, si bien que ses conseillers l'accueillirent d'un air soulagé et approbateur. A vrai dire, Sophia l'avait surpris par ses connaissances sur la région, reconnut-il en s'installant à côté d'elle sur la banquette arrière de la limousine.

Le respect des rites et la préservation des traditions comptaient beaucoup aux yeux de ses conseillers, surtout les plus âgés. Certains d'entre eux avaient connu non seulement ses parents, mais aussi ses grands-parents, avant les terribles inondations qui leur avaient coûté la vie.

Bientôt, la limousine quitta l'autoroute, puis suivit une route traversant des terres agricoles avant de s'approcher d'une ville fortifiée. La porte principale était flanquée d'immenses tigres de pierre — identiques à ceux qui figuraient sur le blason ornant le jet et la portière de la limousine, constata Sophia en retenant son souffle.

Elle avait lu beaucoup de choses sur les villes mythiques du Rajasthan, mais sans trouver beaucoup d'informations concernant Nailpur, mis à part une description de son architecture, typiquement râjasthâni par sa beauté et son raffinement.

Lorsqu'ils eurent franchi la porte monumentale, Sophia découvrit une ville incroyablement animée en dépit de l'heure tardive. La limousine passait à peine dans les ruelles bordées d'impressionnantes maisons de pierre aux fenêtres étroites. Soudain, la rue déboucha sur une place bondée.

Des jeunes hommes circulaient en tous sens à moto. Transportant souvent plusieurs passagers, ils slalomaient avec adresse au milieu de chameaux ornés de parures spectaculaires, faites d'un assemblage d'émaux et de pompons multicolores. Installées sur leur dos et dominant la foule, des femmes se balançaient au gré de leur lente progression.

Eblouie par les teintes vives des broderies rehaussant leur tenue traditionnelle, Sophia les regarda avec émerveillement, le front collé à la vitre.

Alors qu'il était maintenant très tard, toutes sortes de marchands étaient encore installés sur les marches des hautes bâtisses entourant la place. Ils vendaient des poteries, des épices, des fleurs, des bracelets aux innombrables couleurs…

Au lieu de saris ou de *salwar kameez*, les femmes portaient maintenant des jupes aux teintes vives et des chemises ajustées, remarqua Sophia. Un voile léger, dont l'une des extrémités était maintenue dans leur ceinture, enveloppait leurs épaules et leur couvrait la tête.

Sophia dévorait le spectacle qui s'offrait à ses yeux

avec une avidité d'enfant, constata Ash en l'observant. Elle regardait partout, comme si elle craignait de manquer quelque chose.

Il songea à sa première femme. Nasreen détestait le traditionalisme de Nailpur. Elle dédaignait la tenue indienne — de Nailpur ou d'ailleurs —, lui préférant les vêtements occidentaux, de préférence de haute couture.

Le sari qu'elle portait le jour de sa mort avait été la cause de leur dernière dispute. Ash lui avait en effet demandé de le revêtir pour assister à un événement officiel auquel ils étaient invités. Par ce geste, il entendait rendre hommage aux femmes de Nailpur qui avaient confectionné le sari spécialement pour leur maharani et le lui avaient offert en guise de cadeau de mariage.

En forçant sa femme à s'habiller ainsi, Ash l'avait tuée. Une fois encore, il sentit la culpabilité se refermer autour de sa poitrine comme un étau, dont il ne pourrait jamais s'échapper.

Après avoir traversé la place sous une multitude de regards curieux mais discrets, la limousine s'engagea dans une nouvelle ruelle pavée. De chaque côté, des femmes étaient assises sur le pas des portes, surveillant de gros chaudrons tandis que les enfants jouaient alentour.

Soudain, la rue s'élargit, les maisons devenant plus hautes, agrémentées de balcons ouvragés et de portes aux linteaux de pierre sculptée. Puis ils arrivèrent sur une autre place au fond de laquelle se dressait le palais, dont le corps principal était flanqué de chaque côté d'ailes imposantes, construites dans le même style architectural.

Ayant grandi au sein d'une famille royale, entourée d'une architecture grandiose, Sophia ne s'était pas attendue à être impressionnée par le palais de Ash. Mais quand ils furent accueillis par la garde, composée d'hommes en costume traditionnel et portant d'imposants turbans râjasthâni de couleur pourpre, elle se tourna vers Ash.

— Ils ont l'air encore plus redoutables que les gardes de mon père ! Et leurs turbans sont magnifiques !

— Les guerriers du Rajasthan sont réputés pour leur bravoure et leur endurance, ainsi que pour leur loyauté envers leur souverain. Quant aux turbans, leur style et leur teinte indiquent le statut de celui qui le porte. Le rouge fait référence à la couleur principale du blason de ma famille.

— Ils sont splendides !

Sophia s'arrêta sur la dernière des marches de marbre blanc, incrusté de bandes d'onyx vert jade.

— Je suppose que lorsque tu as épousé Nasreen tu portais le costume traditionnel ?

— Oui, répondit-il brièvement.

De toute évidence, il n'avait pas envie d'en discuter avec elle. Sophia ignora la douleur qui lui traversait la poitrine et pénétra dans le palais.

Aussitôt, elle s'immobilisa et regarda autour d'elle. Ils se trouvaient maintenant à l'intérieur d'un majestueux hall d'honneur au sol pavé de marbre, dont le pourtour était délimité par d'élégantes colonnes d'albâtre décorées à la feuille d'or.

Dans des alcôves étaient installés de longs sofas bas, de bois sculpté orné de motifs dorés et garnis de coussins de soie aux couleurs vives. Diffusée par de nombreuses lanternes suspendues au plafond, la lumière dessinait sur le sol des motifs géométriques. Un parfum de jasmin embaumait l'atmosphère, et des pétales de rose flottaient dans les larges bols en or repoussé que des serviteurs leur apportèrent pour qu'ils se lavent les mains.

Une servante vêtue d'un *salwar kameez* de soie ivoire et or apparut bientôt et s'inclina devant son maître, puis devant Sophia. Elle pouvait conduire la maharani à ses appartements, dit Ash à la jeune femme. Ils dîneraient dans une heure, ajouta-t-il à l'adresse de Sophia.

A l'étage, à l'extrémité d'un long couloir où étaient exposés des objets d'art de grande valeur, la jeune servante ouvrit une porte et s'effaça pour laisser passer Sophia.

— Ce sont les appartements personnels de la maharani, expliqua-t-elle dans un anglais hésitant. Depuis que l'arrière-grand-père de Son Altesse s'est marié par amour et n'a eu qu'une seule épouse, il n'y a plus de sérail au palais. Mais la tradition est restée : la maharani jouit d'un domaine privé.

La porte comportait un *jali*, élément typique de l'architecture du Rajasthan consistant en un panneau de marbre finement sculpté, à la façon d'un paravent. La fonction de cet écran était de préserver l'intimité des femmes en leur permettant de voir à l'extérieur sans être vues, mais il favorisait aussi la circulation de l'air. C'était l'œuvre d'un artisan exceptionnel, songea Sophia avec admiration.

Après avoir franchi le seuil, elle découvrit une belle entrée, dont les murs étaient ornés de miroirs reflétant la lumière des lanternes installées dans des niches. Au fond, des doubles portes de bois sculpté ouvraient sur une pièce plus vaste, dont le parquet ciré était partiellement recouvert de somptueux tapis. De longs sofas étaient disposés çà et là, similaires à ceux du grand hall d'honneur.

Un immense lustre dominait l'espace et face aux doubles portes, à l'autre extrémité de l'entrée, de grands volets intérieurs donnaient sur un jardin privé. On accédait à cette oasis par quelques marches, constata bientôt Sophia, et l'on pouvait alors fermer les yeux et se laisser charmer par le bruissement de l'eau d'une fontaine.

— C'est très beau, dit-elle à la jeune servante.

Celle-ci lui adressa un grand sourire avant de répliquer :

— La chambre est par ici, si vous voulez bien me suivre…

La pièce était plus européenne que Sophia n'aurait imaginé, décorée dans le style des années 1930, et agrémentée de magnifiques lampes de verre soufflé. Elle découvrit un dressing et une salle de bains attenants à la chambre.

Le temps de prendre une douche, de se sécher les cheveux — qu'elle choisit de laisser tomber librement sur ses épaules — et de se changer, elle fut prête au bout d'une heure.

Sophia s'observa dans le miroir de la salle de bains. La tenue qu'on lui avait choisie lui parut un peu indécente avec ce décolleté qui dévoilait sa poitrine et ce jeu de transparences qui exposait son corps plus qu'il ne le masquait. Dommage qu'elle n'ait rien trouvé dans ses propres effets qui convienne.

— A présent, je dois vous emmener rejoindre le maharajah, annonça Parveen, la servante qui l'avait aidée à sa toilette.

Aussi suivit-elle la jeune servante à travers un dédale de couloirs, en songeant qu'il faudrait qu'elle prenne sans tarder contact avec sa famille afin qu'on lui fasse parvenir le reste de ses affaires.

Parveen la conduisit jusqu'à des doubles portes gardées par deux des hommes au turban rouge. Après s'être inclinés devant Sophia, ceux-ci ouvrirent les portes.

Quand elle entra dans la pièce, Sophia cligna des yeux, éblouie. Du sol au plafond, les murs étaient couverts de mosaïques de verre coloré et de bris de miroir réfléchissant la lumière projetée par les lanternes.

Assis sur un coussin richement brodé, Ash l'attendait devant une table basse sur laquelle était disposé un assortiment de plats très appétissants.

— Ces mosaïques étaient autrefois considérées comme

un symbole de pouvoir. On les appelle des *sheesh mahal*, ce qui pourrait à peu près se traduire par « palais des miroirs ».

Deux domestiques attendaient pour les servir, mais Ash les renvoya.

— Quand cela est possible, je préfère me passer du protocole, dit-il après leur départ.

Sophia s'assit sur le second coussin, en face de lui.

— Je suis d'accord avec toi, approuva-t-elle. Mais mon père a hélas tendance à préférer la pompe et le cérémonial.

— Ceux qui travaillent ici vivent de leur salaire, aussi serait-il injuste de les congédier. Toutefois, je crois qu'ils sont un peu déconcertés par mon goût pour l'indépendance et le secret. Ce sont des choses qui n'ont pas de place dans le mode de vie familial indien, mais il me convient.

Disait-il cela en guise d'avertissement ? Entendait-il la prévenir qu'il ne comptait pas partager d'intimité avec elle, en dehors de celle nécessaire à la conception de leurs futurs enfants ?

— L'ensemble des plats que tu vois devant toi constitue un *thali*, poursuivit-il. Ce sont des mets traditionnels du Rajasthan, végétariens pour la plupart, mais comme tu le constateras bientôt les *lal maas*, par exemple, c'est-à-dire des currys d'agneau, sont des spécialités très populaires.

— Tout a l'air délicieux, dit Sophia.

Comme elle adorait la cuisine épicée, elle n'hésita pas à se servir dans les différents plats. Toutefois, son appétit fut vite modéré par une légère appréhension, sur laquelle elle refusa de s'interroger.

Quand ils eurent terminé de dîner, les domestiques vinrent ôter les restes du repas, puis Parveen réapparut. Au moment où Sophia s'apprêtait à la suivre, Ash se pencha vers elle.

— J'irai te rejoindre dans une heure — si cela te convient.

Son cœur se mit à battre violemment, tandis que sa bouche devenait soudain sèche.

— Oui, articula-t-elle avec effort.

La nuit de noces qu'il avait partagée avec Nasreen avait dû être tellement différente ! Il avait sans doute attiré sa femme contre lui, là, sur ces coussins… peut-être même avait-il glissé des mets rares entre ses lèvres en lui murmurant des mots d'amour…

Sophia s'interdit de laisser ses pensées s'égarer ainsi. Cette attitude l'affaiblissait, la rendait vulnérable et surtout ne servait à rien. Le passé était passé et elle n'était plus une adolescente éprise d'idéal, se répéta-t-elle en suivant Parveen.

Dans la chambre, une chemise de nuit de soie était étalée sur le lit. Et, dans la salle de bains, de la vapeur montait de la vaste baignoire rectangulaire, toute en mosaïque colorée, des pétales de rose flottant gracieusement à la surface de l'eau.

Sophia avait pris une douche juste avant le dîner. Mais elle n'ignorait rien des traditions orientales. L'usage voulait que la jeune épouse prenne un bien rituel avant de s'offrir à son époux pour la nuit de noces. Il aurait été mal vu de ne pas s'y conformer.

— Merci, Parveen. Je n'ai plus besoin de vous.

Dans une heure, avait dit Ash. Elle fit un rapide calcul : il avait fallu dix bonnes minutes pour regagner ses appartements, avec ces longs couloirs. Leur réseau compliqué, avait expliqué Parveen, avait été dessiné pour décourager les envahisseurs ennemis.

Affreusement nerveuse, Sophia se déshabilla à la hâte dans sa chambre, les doigts tremblants.

L'eau parfumée était très agréable, mais elle n'osa pas s'attarder dans la baignoire, de crainte que Ash n'arrive alors qu'elle s'y trouvait encore. Après s'être essuyée, elle regagna la chambre et contempla la chemise de nuit préparée pour elle. Détournant les yeux, elle saisit un épais peignoir et s'en enveloppa.

A cet instant, un bruit de pas résonna dans la pièce jouxtant la chambre. Ash allait forcément la comparer à sa première épouse, songea Sophia, le ventre noué. A son désavantage, sans aucun doute…

Chapitre 7

Sans même se donner la peine de frapper, son époux entra et s'avança dans la chambre.

Loin de lui donner un air féminin, sa longue tunique brodée d'or ne servait qu'à renforcer sa beauté virile, constata Sophia. La lumière projetait des ombres accentuant ses hautes pommettes et dissimulant l'expression de son regard.

— Si nous avons la chance de concevoir un enfant rapidement, cela nous évitera de partager une intimité que nous ne souhaitons ni l'un ni l'autre, dit Ash.

Il éprouvait le besoin de signifier à Sophia qu'il ne l'avait pas épousée parce qu'il la désirait. Cherchait-il à l'en convaincre, ou à se convaincre lui-même ? Car, en dépit de tous ses efforts, Ash n'avait pu dompter le désir farouche qui le ravageait. Le simple fait de la regarder maintenant, en sachant ce qui allait se passer, suffisait à attiser le feu qui le dévorait, sans qu'il y puisse rien changer.

Toutefois, il devait garder le contrôle de la situation, se souvenir de la nature de leur union et des raisons qui l'avaient poussé à s'y résoudre.

Lentement, il commença à défaire les liens qui fermaient sa tunique, dévoilant peu à peu son corps nu. Incapable de détourner les yeux, fascinée et le cœur battant la chamade, Sophia le regarda ôter le long vêtement, puis venir vers elle.

Ash était tout en muscles fins et virils, en force impérieuse

— son corps aurait fourni un modèle idéal aux sculpteurs de la Grèce antique… Sophia aperçut la cicatrice marquant sa cuisse, désagréable souvenir d'un match de polo, lui avait raconté Alex.

Avec toute la ferveur de ses seize ans, elle s'était raccrochée à ces petits détails grappillés avec avidité. A l'époque, elle rêvait de se donner corps et âme à Ash.

A présent, son cœur battait si fort qu'elle eut l'impression qu'il allait exploser dans sa poitrine.

Tout autre homme que lui aurait été flatté dans sa vanité par le regard que Sophia dardait sur son corps, songea Ash. Il s'efforça de lutter contre l'effet qu'elle produisait sur lui. De toute façon, elle avait adressé ce même regard à tant d'autres hommes avant lui ! Toutefois, il n'aurait pas souhaité que Sophia soit restée pure jusqu'à sa nuit de noces. De son côté, il n'avait certes pas mené une vie de moine depuis la mort de sa première épouse.

Ils étaient tous deux des adultes, forts d'un vécu et d'expériences personnelles différents. Mais, maintenant qu'ils étaient mariés, Ash ne tolérerait aucune infidélité de la part de son épouse.

Après avoir franchi les quelques pas qui les séparaient encore, il dénoua la ceinture du peignoir de Sophia en prenant tout son temps, puis fit glisser le tissu sur ses épaules. Lorsque ses doigts effleurèrent sa peau chaude et douce, Ash tressaillit violemment. La sensualité émanant de cette femme était presque insupportable.

Mais il ne se laisserait pas submerger, il ne perdrait pas le contrôle, se promit-il. Et pourtant un besoin irrésistible le taraudait, celui d'enfouir son visage dans la masse parfumée de ses cheveux, de s'enivrer de la senteur de Sophia, avant que cette senteur se transforme en un effluve plus puissant, un parfum plus animal qui sourdrait d'elle quand elle s'abandonnerait au plaisir.

Ash brûlait de promener ses mains sur tout son corps, de titiller les pointes fermes de ses seins jusqu'à ce que Sophia halète sans retenue. Il voulait s'aventurer dans la douce moiteur de son sexe et goûter à sa liqueur. Il voulait… il voulait la posséder comme jamais aucun homme ne l'avait possédée avant lui, s'avoua Ash.

Quand il la souleva dans ses bras pour l'emporter vers le lit, la légèreté de son corps le surprit.

Après l'avoir allongée sur la soie brodée, il referma les doigts sur son sein d'ivoire. Sa chair était douce et chaude, et son téton se dressa aussitôt sous sa paume. Ash en fit rouler la pointe entre ses doigts tandis que le ventre de Sophia se tendait et que tout son corps se mettait à trembler.

Elle savait faire croire à son partenaire qu'il était désiré, elle connaissait toutes les ruses, songea-t-il. Eh bien, il était prêt à jouer le jeu…

Penchant la tête vers son sein, il en caressa le bourgeon épanoui sous sa langue, puis le titilla à petits coups brefs et répétés afin d'exacerber le plaisir de Sophia. Quand elle écarta les jambes en une invite instinctive, il abandonna son sein pour laisser glisser sa main sur son ventre, avant de caresser l'intérieur soyeux de ses cuisses.

Il allait la posséder, songea Sophia. Son corps s'y préparait, le *désirait*, mais ses sens et ses émotions se languissaient d'une intimité dépassant le simple plaisir physique. Pourtant, celui que Ash faisait naître en elle était divin.

Fermant les yeux, elle se sentit perdue dans l'impériosité d'un désir qui prenait racine au plus profond de sa psyché. Un désir qu'elle ne pouvait espérer contrôler et qui submergeait toutes ses résolutions, toutes ses pensées.

Lorsqu'il se glissa entre ses jambes, les mots jaillirent du plus profond d'elle-même :

— Embrasse-moi, Ash. Embrasse-moi…

Elle lui passa les mains autour du cou et les referma sur sa nuque, puis attira son visage vers le sien en lui offrant sa bouche.

Tant de passion. *Trop* de passion, songea Ash. Il devait la repousser, s'écarter d'elle, mais la douceur de Sophia, les caresses affamées de sa langue contre ses lèvres… On aurait dit qu'elle allait mourir de soif s'il la privait de son baiser. Incapable de résister plus longtemps, Ash se trouva transporté dans un endroit où les sens prévalaient sur la raison.

Cédant à son propre désir, il prit la bouche de Sophia avec fièvre et l'embrassa à en perdre le souffle.

— Si ce sont des baisers que tu veux, eh bien, je vais t'en donner, murmura-t-il contre ses lèvres.

Sophia sentit sa bouche trembler sous celle de Ash. A cet instant, il passa les mains dans ses cheveux, avant de se pencher pour embrasser sa gorge avec une douceur et une lenteur exquises. Puis il se redressa et lui mordilla l'oreille, tout en caressant sous son pouce l'endroit si sensible, juste en dessous du lobe.

Un gémissement s'échappa de ses lèvres, et ses yeux s'assombrirent. Elle ne tentait pas de dissimuler son désir, constata Ash tandis qu'elle le regardait dans les yeux, comme pour lui offrir ce qu'elle ressentait.

Sophia était la femme la plus sensuelle qu'il ait jamais tenue dans ses bras. Elle était ardeur brûlante et douceur féminine à la fois, en un mélange qui enflammait la libido de Ash. Aucune femme ne l'avait jamais regardé avec une telle confiance, un tel abandon. Aucune femme n'avait libéré un tel torrent en lui, insatiable et incontrôlable.

Il n'aurait pas dû l'embrasser. Mais, maintenant qu'il avait cédé à la prière de Sophia, il ne pouvait plus s'arrêter.

Prenant son visage entre ses mains, Ash s'empara de sa bouche avec la même fougue qu'il aurait pénétré son corps avec son sexe, jusqu'à ce qu'elle plie sous lui, qu'elle se soumette à son désir et à sa volonté.

En même temps que la volupté déferlait dans tout son corps, Sophia accueillit le premier coup de reins que donnait Ash. Puis, lorsqu'elle sentit son membre viril frémir en elle, une joie sauvage la parcourut. Impatiente d'être possédée par Ash, elle souleva les hanches pour s'accorder au rythme qu'il instaurait peu à peu.

Ash la pénétra plus profondément encore avant de s'immobiliser, retenu par une barrière qui n'aurait pas dû se trouver là : celle de la virginité.

Choqué et incrédule, il tenta d'assimiler cette découverte, tandis que son corps vibrait, réclamant l'assouvissement.

Il ne pouvait pas s'arrêter, c'était impossible, songea Sophia. Pas maintenant, alors qu'elle le désirait avec une telle intensité. Noyée dans son propre désir, elle avait presque oublié sa virginité… Elle ne comprit ce qu'il se passait qu'au moment où Ash voulut se retirer. Aussitôt, elle resserra ses muscles les plus intimes autour de son membre, pour le retenir en elle, coûte que coûte.

— Tu veux que je te donne un enfant, chuchota-t-elle. C'est pour cela que nous sommes ensemble, dans ce lit.

C'était vrai, reconnut Ash. Par ailleurs, le fourreau moite et chaud l'enserrait de façon délicieuse, annihilant toutes ses tentatives de garder le contrôle. Ash le sentit lui échapper tandis que le désir rugissait en lui. Dans un dernier sursaut de lucidité, il voulut de nouveau se dégager de Sophia, mais son corps refusa de lui obéir et son sexe s'enfonça au contraire davantage encore en elle.

Sophia se mit à bouger avec lui en poussant des petits gémissements terriblement excitants. S'arrêter maintenant aurait été impossible. Et, quand la barrière céda, le cri qui échappa à Sophia fut non pas de douleur mais de pur plaisir et de ravissement.

Maintenant, elle avait ce qu'elle désirait depuis si longtemps, pensa-t-elle, en proie à la plus grande confusion. Ash était à elle, au sens le plus intime qui soit. Il lui avait pris ce qu'elle avait toujours désiré lui offrir, et son propre corps s'abandonnait à sa possession. Le plaisir surgissait, encore plus intense qu'elle ne l'avait imaginé, vague après vague, chacune l'emportant plus haut, plus loin. Ivre des sensations que Ash faisait naître en elle, Sophia enroula les jambes autour de ses hanches et le tint plus fort à chaque coup de reins.

L'orgasme fut rapide et intense, pour tous les deux, laissant Sophia haletante et tremblante.

Lorsqu'il reprit ses esprits, Ash s'écarta d'elle et la contempla, furieux contre lui-même.

Rien ne s'était déroulé comme il l'avait prévu. Il avait pensé que le sexe serait agréable mais maîtrisé. Qu'ils jouiraient ensemble comme deux personnes expérimentées connaissant la valeur du plaisir, mais s'abstenant de toute implication émotionnelle. L'étreinte serait purement physique et soumise à un contrôle strict.

Mais Sophia avait réussi à le troubler au-delà de toute mesure, à tel point qu'il avait perdu tout self-control.

Elle l'avait accepté là où Nasreen l'avait rejeté.

Au cours de leur nuit de noces, sa première épouse lui avait révélé qu'elle ne souhaitait pas être aimée de lui. Parce qu'elle avait déjà donné son cœur à un autre homme, avait-elle expliqué. Celui-ci étant marié, ils vivaient une liaison secrète, à laquelle elle n'avait pas l'intention de mettre un terme. Elle attendait de Ash qu'il tolère cette situation et elle espérait que leur mariage lui servirait de couverture.

Elle avait accompagné ces paroles d'un haussement d'épaules et d'une petite moue capricieuse.

La colère qu'avait alors ressentie Ash avait été si puissante qu'elle avait détruit tout désir physique pour sa femme. Mais aussi — ce qui était bien plus difficile à accepter — son désir de tout faire pour l'aimer. Cette conception de sa vie conjugale faisait partie de lui. Il en était fier, et pourtant il avait suffi de quelques mots de Nasreen pour lui montrer la misérable faiblesse de ce désir.

Son cœur s'était alors fermé à la jeune femme. Il n'avait pu lui pardonner, ni *se* pardonner ce que la situation avait révélé de lui-même.

A partir de ce moment, Ash avait renoncé à tout projet de vie commune. Et c'était à cause de ce renoncement que Nasreen était morte. S'il avait moins pensé à sa fierté, s'il avait reconsidéré ses attentes, ils auraient pu trouver un arrangement.

Et ils auraient conçu un héritier tout en vivant chacun leur vie. S'il s'était montré un peu plus réaliste, ils auraient peut-être pu sauver quelque chose de ce mariage, et alors Nasreen serait sans doute encore vivante. Au lieu de cela, Ash avait laissé ses émotions prendre le contrôle.

Aussi méritait-il la culpabilité qui ne le quittait plus. Par conséquent, il n'avait aucunement le droit de savourer ses étreintes avec Sophia. Ni de ressentir le plaisir unique de lui avoir pris sa virginité, de savoir qu'elle avait vécu sa première expérience charnelle avec lui, tandis qu'il lui faisait découvrir la volupté.

Non, il ne se permettrait pas de savourer ce sentiment de mâle satisfaction. Au contraire, il se punirait pour s'être laissé aller à y *songer*. Quant au plaisir qu'il avait éprouvé, il résultait d'une trop longue abstinence, rien de plus.

Ash quitta le lit et se retourna pour regarder Sophia. Etendue sur le lit, les yeux encore émerveillés, le corps alangui, apaisé, un léger sourire flottant sur ses lèvres, elle était l'image même de la femme comblée.

S'il la prenait dans ses bras, s'il la serrait contre lui en murmurant que leur étreinte avait été différente de tout ce qu'il avait vécu jusque-là ; s'il lui disait qu'elle, Sophia, ne ressemblait à aucune autre femme qu'il avait connue avant elle…

Au prix d'un effort surhumain, Ash réussit à transformer la faiblesse qui le gagnait en rage. Comme Nasreen, Sophia l'avait trompé, lui révélant une réalité affectant leur mariage dès leur nuit de noces — même si la découverte de sa virginité n'avait rien à voir avec les déclarations de Nasreen.

Se raccrochant à ces raisons afin d'alimenter sa colère, il se sentit soulagé. De cette façon, il ne s'abandonnerait pas à des sentiments contre lesquels il avait déjà dû lutter une fois. Contre la tendresse et l'attention, contre…

Des sentiments qui ne signifiaient *rien*, qui *n'étaient rien*. Il les étoufferait, les anéantirait, parce que tel était son devoir.

— J'attends tes explications, dit-il sans regarder Sophia.

La froideur contenue dans la voix de Ash ramena Sophia sur terre.

Que lui était-il arrivé ? Comment avait-elle pu s'abandonner ainsi, alors qu'elle lui offrait tout ce qu'elle avait gardé si précieusement jusque-là ?

Oubliant toutes ses résolutions, toutes ses promesses, elle avait *désiré* le lui offrir, ce qui était absurde. Par ailleurs, il était tout aussi absurde de s'être livrée spontanément à ces transports, à cette passion, comme si son corps avait attendu cet instant, et Ash…

Un frisson glacé lui parcourut le dos. Ce n'était pas vrai. Cela ne pouvait pas être vrai. Alors, que s'était-il passé ? Un éblouissement, une révélation… C'était la seule réponse. Elle avait cédé à la magie de l'instant et avait eu l'impression d'atteindre le paradis.

Mais ce n'avait été qu'un mirage. Rien de tout cela n'avait été réel. Par conséquent, si elle voulait préserver son amour-propre et sa dignité, et supporter l'avenir qui l'attendait, Sophia devait oublier ce qui venait de se passer.

— Des explications sur ma virginité ? répliqua-t-elle d'un ton neutre.

— Oui, évidemment.

Son regard restait encore un peu brumeux, ses yeux immenses et sombres brillaient encore d'un éclat sensuel, sa bouche restait gonflée, ses lèvres plus foncées… Mais en plus des signes de la volupté il y avait quelque chose de vulnérable en Sophia, comme si elle avait besoin de… de réconfort ? De tendresse ? Ash n'en avait pas à lui offrir.

Il s'éloigna du lit et enfila sa tunique avant de se diriger vers la table, où la domestique avait déposé un seau à glace contenant une bouteille d'eau. Il la saisit et l'ouvrit, puis remplit deux verres avant d'en porter un à Sophia.

Quand elle prit le verre que lui tendait Ash, Sophia essaya de contrôler le tremblement de sa main. L'eau fraîche glissa bientôt dans sa gorge, lui redonnant des forces.

Ash vit une goutte d'eau tomber sur la poitrine de Sophia, puis couler entre ses seins. Il voulut détourner les yeux, mais en fut incapable. Il aurait aimé stopper la goutte de son doigt, la boire à même sa peau…

Ce mariage était fondé sur le devoir et le respect mutuel, se rappela-t-il avec sévérité. Un arrangement qui lui permettrait de se consacrer à son peuple et à ses responsabilités de chef d'Etat.

Lorsque Sophia remonta le drap sur son buste, Ash frémit néanmoins. Le rejetait-elle ? Et pourquoi son geste provoquait-il en lui le désir irrépressible de la rejoindre, de la sentir palpiter contre lui comme elle l'avait fait un peu plus tôt, au lieu de se protéger de lui ?

Soudain, Ash eut l'impression de ne plus être sûr de rien. Et pour lui qui se targuait de garder le contrôle de son existence, en toutes circonstances, cette pensée était intolérable.

— J'attends toujours tes explications, dit-il sèchement.

— La virginité serait-elle un crime ? répliqua Sophia en haussant les sourcils.

— Non. Mais reconnais que, vu le mal que tu te donnes pour faire croire au monde que tu mènes une vie sexuelle pour le moins débridée, je suis en droit de me poser des questions. Et j'exige une réponse, Sophia.

— Tu la connais déjà, dit-elle en redressant le menton. J'ai répondu à ta question quand je t'ai affirmé que je voulais me marier par amour. Lorsque tu m'as rejetée, Ash, je me suis promis que je ne me donnerais qu'à un homme qui m'aimerait autant que je l'aimerais. C'est pour cela que j'ai refusé le mariage imposé par mon père.

Sophia s'interrompit un instant pour refouler la douleur qui lui enserrait la poitrine.

— Quand tu m'as dit que j'étais responsable de cette situation, que j'en avais déclenché le processus en montant clandestinement à bord de ton jet, j'ai compris que je n'atteindrais jamais mon idéal. Mais je ne regrette pas d'en avoir fait ma priorité jusque-là. Lorsque tu m'as repoussée jadis en me disant que tu ne me désirais pas parce que j'étais trop jeune et que tu étais fiancé, j'ai tellement envié ta future femme… Alors je me suis juré qu'un jour je rencontrerais un homme qui m'aimerait comme tu affirmais que tu aimerais ta femme. Je me suis juré de l'attendre. Et qu'il serait mon premier et mon seul amant.

Pourquoi ses paroles ébranlaient-elles sa conscience ? Ce qu'elle appelait « rejet » n'avait été que la conduite la plus honorable, se répéta Ash. Prendre son innocence aurait équivalu à abuser d'elle et à bafouer ses propres valeurs, même s'il n'avait pas été fiancé à Nasreen.

Il avait eu raison de refuser ce que Sophia lui offrait, ç'avait été la *seule* attitude à adopter.

Alors, pourquoi se sentait-il étreint par une émotion si intense que le simple fait de respirer lui faisait mal ? Une sensation de perte immense et de regrets lui emplissait la poitrine, aiguisée par la culpabilité habituelle.

Sans le regarder, Sophia reprit :

— Mais, si les hommes de mon entourage avaient su que j'étais vierge, ils auraient tout fait pour m'attirer dans leur lit, en considérant cela comme une sorte de défi. Alors j'ai décidé que la meilleure façon de les tenir à distance était de leur faire croire que j'avais des tas d'amants.

Cette fois, elle leva les yeux vers Ash.

— Désires-tu d'autres précisions ?

Ash retourna se servir un verre d'eau en essayant de repousser la culpabilité qui menaçait de le submerger.

— Comptes-tu persister à rechercher cet amour unique, maintenant que tu es ma femme ? répliqua-t-il d'un ton sarcastique.

Pourquoi avait-il posé cette question ? se demanda-t-il. Et pourquoi sentait-il une rage sourde s'emparer de lui à la seule pensée que Sophia puisse se donner à un autre homme ? A cause du souvenir du désastre qu'avait été son premier mariage, et pour aucune autre raison.

— Non, répondit-elle avec calme.

Elle était sincère, comprit Ash. Elle se rebellait contre les décisions de son père et l'environnement dans lequel elle avait grandi, mais son héritage royal était inscrit dans sa chair et elle tiendrait le rôle qui lui était échu à sa naissance, songea-t-il avec respect et admiration.

— Je ne suis plus une enfant, Ash, poursuivit-elle. Quand j'ai accepté de t'épouser, je savais à quoi je m'engageais. Et je suis d'accord avec toi : pour les gens de notre rang, c'est un devoir d'assumer le rôle dont nous avons hérité en venant au monde.

Une lueur incandescente traversa ses yeux bruns.

— Si tu as été déçu par la découverte de ma virginité, j'en suis désolée. Mais je serai aussi impliquée dans ce mariage que je l'aurais été s'il avait été fondé sur l'amour. Et je te serai fidèle : je ne veux pas que mes enfants aient jamais à se demander si mon mari est bien leur père. *Jamais.*

Ash ferma les yeux. L'espace d'un instant, à l'écouter, il avait eu envie… Une fois de plus, il réprima l'émotion qui montait du plus profond de son être. Evitant de regarder Sophia, il posa son verre sur la table et quitta sa chambre.

Elle était seule, son mari était parti. Après avoir partagé une telle intimité, Sophia aurait tant aimé que Ash reste auprès d'elle ! Mais il ne s'était agi que de sexe, se rappela-t-elle, aussi n'aurait-il servi à rien de continuer à entretenir des rêves évanouis depuis longtemps.

Mieux valait regarder la réalité en face, et l'avenir. Qu'allait-elle faire de sa vie, désormais ? Quels buts allait-elle se donner ?

Au sein de la famille royale de Santina, on ne lui avait jamais permis de s'initier à aucune activité sérieuse, en dehors des études. Le seul rôle qu'on attendait d'elle était de paraître aux cérémonies officielles en sa qualité de benjamine du roi.

Si Sophia en avait eu l'opportunité, elle aurait aimé s'impliquer dans un rôle bien plus exigeant. Un jour, elle avait réussi à persuader sa mère de la laisser visiter une école et ce qu'elle y avait vu l'avait remplie d'enthousiasme. Elle aurait aussi voulu faire quelque chose pour aider les personnes dans le besoin, à Santina, mais son père avait totalement désapprouvé cette idée.

A présent, en tant qu'épouse de Ash et maharani de Nailpur, certains devoirs lui incombaient. Serait-ce là son salut ? En s'impliquant dans son rôle d'Etat, oublierait-elle l'amour ?

Celui-ci pouvait revêtir toutes sortes de formes, songea Sophia. En s'impliquant auprès du peuple de Nailpur, en aimant les gens, elle trouverait le moyen de les aider. Et ses actions profiteraient autant à elle-même qu'à eux.

Toutefois, cette perspective ne suffit pas à chasser la tristesse qui lui serrait le cœur.

Incapable de se décider à gagner son lit, Ash arpenta sa chambre en tournant et retournant les paroles de Sophia dans son esprit. Il s'en voulait de ne pas avoir suivi l'instinct qui lui répétait inlassablement qu'il y avait de la vulnérabilité en elle, en dépit de tout ce qu'on racontait sur son compte.

Pourquoi ne s'était-il pas plus inquiété de découvrir la vérité ? Pourquoi ne s'était-il pas interrogé sur ses propres réticences ?

Parce que le passé s'était mêlé au présent, et que le souvenir de Nasreen obscurcissait tout. Son devoir lui imposait de ne jamais oublier sa première épouse et de ne jamais ignorer la culpabilité qu'il ressentait envers elle.

De toute façon, il était trop tard, aussi était-il inutile

de regretter de ne pas s'être interrogé davantage sur le comportement de Sophia. Désormais ils étaient mariés et savaient tous deux qu'ils avaient intérêt à tirer le meilleur parti de la situation.

Ash ôta sa tunique et alla se coucher. La découverte de la virginité de sa femme avait ébranlé toutes les certitudes qu'il nourrissait envers elle. Soudain, son lit lui parut affreusement vide, et il se sentit impuissant à maintenir les barrières qu'il avait érigées en lui pour contenir ses émotions.

La culpabilité, la souffrance, une impression de perte infinie… Tout se mêlait en un chaos insupportable.

Soudain, Ash se redressa sur son séant, un voile de sueur froide perlant à son front. Que lui arrivait-il ? se demanda-t-il avec stupeur. Rien. Ce n'était *rien*. Et, pour se le prouver, il resterait éloigné du lit de Sophia tant qu'il ne serait pas certain de pouvoir la prendre sans éprouver la moindre émotion.

Leur mariage était fondé sur la nécessité, et il fonctionnerait parce que c'était leur devoir qu'il fonctionne. Leur union ne serait menacée par aucune émotion ou aucun désir déplacés. Et puis leur première étreinte allait peut-être porter ses fruits…

Lorsqu'ils sauraient si Sophia était enceinte ou non, il la rejoindrait dans son lit.

Quant au désir qui le consumait encore à cet instant même, Ash le dominerait. Parce que s'y abandonner équivaudrait à s'exposer à la vulnérabilité — et il ne pouvait se le permettre.

Chapitre 8

Depuis leur nuit de noces, c'est-à-dire depuis presque trois semaines, Ash ne l'avait pas touchée une seule fois.

Lui manquait-il ? Sophia ferma les yeux en sentant l'humiliation la gagner. En effet, elle devait reconnaître que son corps réclamait le plaisir que Ash lui avait donné. Tout en elle réclamait Ash.

Elle s'était attendue à ressentir de telles sensations avec l'homme qu'elle aimerait, mais elle n'aimait pas Ash. Il ne l'aimait pas non plus, aussi le désir qui la consumait lui laissait-il un goût amer.

Ash lui avait dit qu'ils devraient attendre de savoir si elle était enceinte avant de coucher de nouveau ensemble. Apparemment, il n'était pas pressé de revenir partager son lit. Ce qui n'était pas étonnant puisque, pour Ash, lui faire l'amour relevait du devoir conjugal.

Les paroles de son mari avaient blessé si profondément Sophia que, lorsqu'elle avait appris qu'elle n'était pas enceinte, elle ne lui en avait rien dit. Au fond, elle redoutait qu'en dépit de ce qu'il avait affirmé elle ait souffert de la comparaison entre elle et Nasreen. Et qu'à présent il ne puisse imaginer de la toucher.

Sophia n'aimait pas laisser sa première épouse s'immiscer ainsi dans ses pensées, mais elle ne pouvait s'en empêcher.

Puisque, sans même l'aimer, Ash avait pu lui faire

ressentir une telle volupté, qu'en avait-il été pour Nasreen ? Il n'était sans doute jamais resté longtemps éloigné de sa jeune épouse…

Brusquement, Sophia sentit la jalousie déferler en elle. C'était stupide. Elle ne pouvait se permettre d'être jalouse de Nasreen et devait au contraire se concentrer sur sa propre vie. Alors, pourquoi ne pouvait-elle s'empêcher de questionner Parveen sur la première épouse de Ash ?

Lorsque, au mépris du protocole dans lequel elle avait été élevée, elle avait interrogé la jeune servante, celle-ci s'était d'abord montrée réticente à satisfaire sa curiosité. Puis, peu à peu, Sophia l'avait persuadée de se confier à elle.

En fait, Nasreen n'était pas très aimée du personnel du palais, avait dit Parveen. D'ailleurs, elle y séjournait rarement, préférant vivre à Bombay auprès de sa famille.

— Quand une femme se marie, la famille de son mari devient la sienne, mais la maharani était restée très liée à ses parents, avait poursuivi la jeune fille.

— Mais Ash, le maharajah, l'aimait-il ?

Après un léger silence, Parveen avait répondu :

— Oui, il l'aimait beaucoup. Mais un homme peut aimer plus d'une épouse. Et celle qui lui donnera son premier fils occupera toujours une place spéciale dans son cœur.

Quelle allusion discrète ! soupira Sophia en repensant aux paroles de Parveen. Heureusement, aujourd'hui, elle avait de quoi occuper son temps et ses pensées.

En effet, elle devait aller visiter l'école d'un petit village situé non loin de la ville, accompagnée par Aashna, l'épouse de l'un des principaux conseillers de Ash. Celle-ci, qui avait été institutrice avant son mariage, était devenue en quelque sorte une dame d'honneur non officielle pour Sophia.

— Vous serez peut-être choquée de voir la pauvreté

qui règne dans le village, prévint-elle. L'Inde n'est pas l'Europe et, bien que Ash fasse des efforts considérables pour moderniser le pays et améliorer le système d'éducation de nos enfants, cela prendra du temps. La première génération de jeunes diplômés à avoir bénéficié du programme qu'il a mis en place revient seulement maintenant à Nailpur pour aider leurs familles. Nombre de ces jeunes gens ont étudié l'agriculture. En faisant en sorte que nos productions locales suffisent à nourrir les autochtones et en attirant les touristes, Ash espère redonner de la vitalité à notre région et développer l'économie.

L'admiration perçait dans la voix de Aashna, remarqua Sophia en l'écoutant attentivement.

— Nous avons aussi de jeunes diplômés en médecine, poursuivit-elle. Ils travailleront dans le nouvel hôpital qui sera inauguré d'ici à la fin de l'année. Ash a déjà accompli beaucoup pour son peuple, mais il reste tant à faire, surtout du côté des jeunes mères des tribus. Leurs maris ne sont pas toujours disposés à les laisser profiter des soins modernes. Le style de vie nomade traditionnel tient une place importante dans notre identité et notre héritage culturel, mais il a ses limites…

Sophia se sentit très fière de Ash et, en même temps, vit se renforcer son propre désir de contribuer elle-même à l'amélioration des conditions de vie des habitants de Nailpur.

— L'intérêt que porte la maharani au nouveau programme d'éducation nous honore, Majesté. Aujourd'hui, mon épouse l'accompagne dans un village où l'on vient d'ouvrir une nouvelle école.

Ash apposa sa signature au bas du dernier des documents apportés par son conseiller et leva les yeux vers celui-ci.

— De quelle école s'agit-il ? demanda-t-il malgré lui.

— Celle du village situé dans l'oasis de White Dove, où viennent aussi les enfants de certains nomades.

Après s'être incliné, le conseiller reprit les documents et quitta la pièce.

Cela faisait trois semaines que Ash avait épousé Sophia et, excepté les moments brûlants partagés durant leur nuit de noces, ils avaient vécu loin l'un de l'autre. Parce qu'il craignait les désirs et les émotions qui persistaient à s'agiter en lui et qui auraient pu le submerger s'il allait vers sa femme ?

C'était uniquement le choc causé par la découverte de la virginité de Sophia qui l'avait privé de tout contrôle, conclut Ash. Il n'avait jamais envisagé qu'entre eux les contacts se borneraient à quelques rares visites nocturnes. Ils étaient des partenaires, après tout, et en tant qu'épouse du souverain elle avait un rôle à jouer auprès du peuple de Nailpur. Rôle qu'elle assumait déjà sans avoir besoin de son aide. Et, à en croire son conseiller, elle se débrouillait fort bien.

Ash alla ouvrir la porte et appela l'un de ses assistants.

— Faites venir ma voiture, dit-il. Mais je n'aurai pas besoin d'escorte officielle.

Assise à même le sol poussiéreux de l'unique salle de classe de l'école, un bâtiment d'un seul étage, Sophia réussit peu à peu à vaincre la timidité des enfants.

Les yeux brillants et dans leur anglais encore hésitant, ils parlèrent bientôt des matières qu'ils étudiaient. Leur uniforme d'écolier était fourni par l'Etat, expliquèrent-ils, et une fois que la glace fut rompue ils lui confièrent qu'ils aimaient beaucoup leur nouvelle école. Ensuite, quand ils évoquèrent le maharajah, qu'ils semblaient vénérer profondément et sincèrement, leurs petites voix vibrèrent d'enthousiasme.

Leur élan et leur joie, ainsi que leurs yeux sombres si brillants, émurent beaucoup Sophia. Les enfants qu'elle aurait avec Ash leur ressembleraient. Ce serait à eux qu'elle pourrait donner tout l'amour dont Ash ne voulait pas. Ils ne connaîtraient rien de la solitude dans laquelle elle avait grandi, écrasée par la distance qui la séparait de ses parents. A cause de celle-ci, elle n'avait jamais osé se confier à eux ni leur parler des craintes qui l'habitaient.

Soudain, le petit garçon qui lui démontrait avec fierté son habileté à se servir d'un ordinateur se leva et ses yeux noirs s'agrandirent avant qu'il ne s'incline avec déférence. Se retournant, Sophia vit Ash, à quelques pas d'elle. Vêtu d'un somptueux costume gris clair, il la dominait de toute sa hauteur.

Quand il tendit la main vers elle, Sophia la prit aussitôt. En effet, le protocole devait être respecté en public, même si en privé Ash ne l'avait plus touchée depuis trois semaines.

Elle se leva, tandis que son mari remerciait cordialement les maîtres d'école de leur avoir permis de perturber l'emploi du temps de la classe. Après avoir serré la main à tout le monde, il sortit avec Sophia.

Dehors, l'odeur forte des chameaux lui monta aux narines. Les tenant par la longe, les nomades attendaient avec patience tandis qu'à côté d'eux les femmes bavardaient entre elles. Dès qu'elles virent Ash, elles s'inclinèrent devant lui, faisant tinter leurs bijoux colorés. Pudiquement, elles tenaient leur *odhni* devant leur visage, l'extrémité du tissu coloré et transparent flottant dans la brise légère.

— La maharani rentrera au palais avec moi, dit Ash à l'escorte qui attendait Sophia.

Il se tourna vers elle avant d'ajouter :

— J'ai à te parler.

— Cela tombe bien, répliqua Sophia. Car moi aussi j'ai quelque chose à te dire.

Toutefois, quand ils furent installés à l'arrière du véhicule faisant route vers le palais, elle sentit son assurance disparaître. Silencieux, Ash gardait le visage tourné vers la vitre dans une attitude qui n'incitait pas au dialogue. Pourtant, il avait dit vouloir lui parler…

La vue de Sophia assise au milieu des enfants, parfaitement à l'aise et heureuse de se trouver avec eux, avait touché un point sensible en Ash. Il avait réussi à persuader Nasreen de l'accompagner dans une école une seule fois. Là, elle s'était plainte de la saleté des enfants et avait refusé de les approcher, et même de leur adresser la parole.

Il se rappelait encore l'air confus et blessé qui se lisait dans leurs yeux, et dans ceux de leurs mères. Ce jour-là, Ash s'était juré que ce genre de situation ne se reproduirait plus jamais.

Sophia venant d'une autre culture, il ne se serait jamais attendu à ce qu'elle s'intéresse aux enfants de Nailpur. Et pourtant elle avait réussi à établir un contact avec eux, auquel les enfants avaient répondu avec une joie manifeste.

— Mon plus ancien conseiller a suggéré que tu occupes une fonction officielle, dit-il d'un ton brusque. Par conséquent, j'ai pensé que tu voudrais peut-être t'impliquer personnellement dans le nouveau programme d'éducation.

Sophia se tourna vers lui, le visage radieux.

— Oh ! Ash, j'adorerais cela ! En fait, je voulais justement te demander si je pourrais me rendre utile, de façon concrète… Je… j'aime beaucoup les enfants.

Lorsqu'une légère roseur envahit ses joues, Ash comprit qu'elle faisait allusion non seulement aux enfants de Nailpur en général, mais à ceux qu'ils auraient ensemble. La réaction immédiate de son corps, l'accélération des battements de son cœur et la violence de son désir le laissèrent sans voix.

— J'allais te demander comment je pourrais m'investir davantage, poursuivit-elle, les yeux brillants. Et, comme cela, te soulager peut-être d'une partie des devoirs qui pèsent sur tes épaules.

— Il y a aussi le projet de création d'un nouvel hôpital, destiné à accueillir les femmes et les enfants, répondit-il. Les femmes, surtout celles des tribus nomades, se laisseront plus facilement approcher par toi. Elles te confieront leurs problèmes de santé, plus qu'à moi. Leur culture leur interdit tout contact avec les hommes en dehors de leur cercle familial. A long terme, je voudrais les intégrer davantage dans la société moderne, mais c'est compliqué et il ne faut rien précipiter.

— Non, tu as raison, approuva Sophia. De tels domaines doivent être abordés avec précaution. Je pourrais peut-être apprendre leur langue — juste le minimum… Pour faciliter le contact…

A l'intérieur du véhicule, l'atmosphère avait maintenant changé, si bien que Sophia parlait librement avec lui, comme autrefois.

— Je veux assumer mon rôle de maharani, ajouta-t-elle avec élan, autant que j'en suis capable.

Quittant la route poussiéreuse, la limousine passa la porte fortifiée.

— En l'absence de toute information contraire de ta part, dit Ash, j'en déduis que tu n'es…

Sophia comprit aussitôt à quoi il faisait allusion.

— Non, l'interrompit-elle. Je ne suis pas enceinte.

Ce soir, il s'autoriserait à aller la rejoindre, décida Ash. Il céderait au désir qui le consumait. Après tout, il était de son devoir de concevoir un héritier, et Sophia lui appartenait. Partager sa couche ne signifiait rien de particulier, et cela ne romprait en rien son engagement à garder ses distances avec elle.

Dès que Sophia franchit le seuil de ses appartements, Parveen vint l'informer, avec une excitation mal dissimulée, que *beaucoup de caisses* étaient arrivées de Santina.

Après avoir demandé qu'on lui prépare du thé et les délicieux petits biscuits dont elle craignait de ne plus pouvoir se priver, Sophia se dirigea vers son dressing où l'attendaient lesdites caisses.

Lorsqu'elle souleva le couvercle de la première, elle découvrit une grande enveloppe déposée sur le dessus, portant le sceau personnel de son père.

Fronçant légèrement les sourcils, Sophia la prit et rompit le sceau. Toute petite, elle avait toujours été fascinée de voir son père presser son cachet dans la cire rouge avant de l'apposer sur le papier. A cette époque-là, elle était heureuse : elle n'avait pas encore pris conscience des doutes entourant sa naissance et sa légitimité.

La lettre était manuscrite, constata-t-elle bientôt en dépliant la large feuille de papier ivoire. Son père lui rappelait sans doute combien sa conduite l'avait irrité… Sur le moment, elle eut envie de replier la missive sans la lire, mais son sens du devoir l'en empêcha.

Quittant le dressing, Sophia alla s'asseoir sur le sofa de sa chambre et commença à lire la lettre de son père. A son grand étonnement, au lieu de lui faire des reproches, il s'adressait à elle avec une relative chaleur.

« Ma chère fille,

» Je t'écris pour te dire que je suis ravi de ton mariage.

C'est une excellente union, qui me convient en tout point. Les liens d'amitié noués entre Alessandro et Ash durant leur enfance, et entretenus depuis, se voient maintenant cimentés par ton mariage avec Ash. Cet heureux rapprochement ne pourra que renforcer les liens existant entre nos deux Etats. De tels liens jouent un rôle essentiel dans l'esprit des dirigeants, et c'est pour cette raison que j'ai toujours mis l'accent, auprès de tous mes enfants, sur l'importance capitale des mariages réussis.

» Si je me suis montré trop strict envers toi, c'était parce que je me suis beaucoup inquiété à ton sujet. Mais je sais qu'avec Ash tu seras en sécurité.

» Je sais également que nos deux Etats pourront envisager de forger des liens encore plus puissants par le biais des affaires, autant que par celui des intérêts personnels qu'ils partagent. »

Son père avait ensuite signé de sa grande signature extravagante.

Les mots devinrent flous tandis que Sophia relisait la lettre. *Ma chère fille*, avait-il écrit. Bien sûr, il en venait rapidement aux avantages matériels que Santina espérait tirer de ce mariage, mais la gentillesse émanant du ton général de la lettre lui faisait monter les larmes aux yeux.

Elle repensa à la confiance que lui avait témoignée Ash en acceptant son désir de s'impliquer en personne dans le programme d'éducation. Ni l'attention de son père ni la confiance de son mari ne pouvaient se comparer à l'amour dont elle avait rêvé autrefois mais, à leur façon, ils lui offraient un peu de réconfort et d'espoir en l'avenir.

Une jeune bonne vint lui apporter le thé et les biscuits, puis quitta tranquillement la pièce.

Sophia sourit et se pencha pour choisir un petit gâteau rond au sésame.

Puis, quand elle eut vidé sa tasse et dégusté plusieurs biscuits, elle se leva, impatiente d'examiner le contenu des caisses envoyées de Santina.

Deux heures plus tard, elle et Parveen en avaient vidé trois et avaient empli les penderies, les rayonnages et les tiroirs du dressing. Il n'y avait plus de disponible que la rangée de placards occupant l'un des murs.

— Nous allons y ranger le reste, Parveen, dit-elle en les désignant à la jeune fille.

Celle-ci resta immobile, l'air très mal à l'aise.

— Qu'y a-t-il ? demanda Sophia.

Après un silence, Parveen répondit rapidement, sans la regarder en face.

— Je suis désolée, maharani Sophia, mais les vêtements de maharani Nasreen y sont conservés.

Les vêtements de Nasreen étaient restés là, des années après sa mort… Envahie par un mélange de colère et de répulsion, Sophia contempla les portes closes avec stupeur. Puis un frisson glacé lui parcourut la peau, accompagné d'une émotion à laquelle elle refusa de donner un nom.

Ash aimait encore sa première femme au point de ne pouvoir se débarrasser de ses tenues. Il les gardait dans une pièce qui lui appartenait maintenant, à elle, sa seconde épouse. Au cours de leur nuit de noces, c'était probablement en songeant à Nasreen qu'il l'avait possédée. Et c'était sans doute cet amour encore vivace qui l'empêchait de revenir partager son lit.

Très bien, Sophia s'en accommoderait mais, en revanche, elle n'avait pas l'intention de tolérer la présence des vêtements de Nasreen dans ce qui était maintenant *son* dressing, décida-t-elle avec humeur.

— Merci, Parveen. Vous pouvez disposer, à présent, je vais me débrouiller avec ce qui reste.

La jeune servante s'en alla aussitôt, avec un soulagement évident, remarqua Sophia.

Dès qu'elle se retrouva seule dans le dressing, elle se dirigea vers les portes avant de s'arrêter devant. Après avoir inspiré à fond, elle en ouvrit une d'un geste brusque. Soulevées par le léger courant d'air provoqué par l'ouverture de la porte, les soies délicates ondulèrent légèrement.

Sophia ferma les yeux en sentant un effluve entêtant lui caresser les narines. Celui du parfum porté autrefois par la femme qu'avait aimée Ash.

Sa colère fut soudain remplacée par quelque chose de plus destructeur, de plus douloureux. La simple vue des vêtements de Nasreen avait suffi à raviver l'ancienne blessure.

Rouvrant les yeux, Sophia effleura les tenues raffinées : saris somptueux brodés de sequins dorés, *salwar kameez* aux ravissants tons vifs ou pastel… Quelle allure aurait-elle dans ces habits ayant appartenu à une autre — à la femme chérie par Ash ?

Poussée par une force incontrôlable, elle tendit la main vers un *salwar kameez* d'un beau turquoise clair.

Tout en arpentant les jardins privés sur lesquels donnaient ses appartements, Ash fut gagné par une étrange sensation de malaise. Pourquoi cet environnement dans lequel il se sentait toujours si apaisé, où il goûtait une solitude bénie, lui donnait-il ce soir une pénible impression d'abandon, voire de réclusion ?

Parce qu'une telle paix était destinée à être partagée, se dit-il soudain en tressaillant. Avec Sophia…

A la simple pensée de sa jeune épouse, il sentit le désir vibrer dans tout son corps.

Chaque nuit, le souvenir des moments qu'ils avaient partagés au soir de leurs noces le tourmentait tandis qu'il essayait en vain de trouver le sommeil.

La faim le rongeait sans répit, celle de voir de nouveau le feu brûlant dans ses yeux quand elle l'avait regardé. De la toucher, de la serrer contre lui et de se perdre en elle en oubliant le passé. De ne songer qu'à ce qu'ils allaient forger ensemble, à l'enfant qui leur viendrait.

Un gémissement sourd échappa à Ash alors qu'il faisait demi-tour en direction du palais.

Il n'aurait pas dû céder au désir impérieux qui avait pris possession de lui, mais il se sentait gouverné par une force dépassant toute logique, toute raison. Trop pressé pour emprunter le dédale de corridors menant aux appartements de Sophia, il décida d'utiliser le passage secret que son arrière-grand-père avait fait réaliser au moment du réaménagement du palais. De cette façon, son aïeul pouvait rejoindre son épouse à l'insu des serviteurs, et en toute simplicité.

Dissimulée dans le mur grâce à une peinture aux motifs savants, la porte céda sous sa poussée et, après avoir traversé l'entrée des appartements de Sophia, Ash se dirigea à pas pressés vers sa chambre.

Quand il eut ouvert la porte, il se figea tandis qu'un frisson glacé parcourait tout son corps.

N'en croyant pas ses yeux, Ash contempla en silence la femme qui se tenait de dos devant lui.

Nasreen… Il avait beau savoir que c'était impossible qu'elle soit là, à quelques mètres à peine de lui, il ne put refréner la fureur noire qui montait en lui, le submergeant comme un raz-de-marée.

Dès que la silhouette turquoise bougea, il la reconnut :

Sophia. Seul le corps incroyable de Sophia pouvait se mouvoir ainsi…

La colère qui avait pris possession de lui était dirigée contre Nasreen, pour avoir trahi le devoir qui aurait dû les réunir au lieu de les séparer ; contre Sophia, pour avoir osé revêtir ce *salwar kameez* qui ne lui appartenait pas — mais aussi et surtout contre lui-même.

Sa fureur l'aveuglait, le laissant sans défense contre sa puissance destructrice. En trois enjambées, il rejoignit Sophia et la fit pivoter sur elle-même.

— Ote ces vêtements, ordonna-t-il. *Immédiatement*. A moins que tu ne veuilles que je ne te les ôte moi-même.

Chapitre 9

Tremblant sous le choc, Sophia contempla son mari en silence.

A vrai dire, la colère de Ash était totalement justifiée, reconnut-elle en son for intérieur. Elle avait violé un lieu intime, qui n'aurait jamais dû être pénétré par quiconque.

Elle aurait voulu s'excuser, dire à Ash qu'elle avait cédé à une impulsion stupide, que son comportement était impardonnable… Mais il semblait en proie à une telle rage qu'elle ne put articuler un mot.

Ash avait l'impression d'avoir la chair à vif. La colère, la honte, l'amertume se mêlaient à la culpabilité qui bouillait en lui, formant un chaos insupportable.

Il n'avait pas le droit d'en vouloir à Nasreen. Ni de se sentir floué d'une chose dont il se languissait. Il n'avait pas même le droit de se languir. Il était venu là ce soir pour être avec Sophia, après s'être forcé à garder ses distances avec elle, luttant contre ses démons et contre le désir qu'elle éveillait en lui.

Or il n'avait aucun droit d'entretenir ce désir. En se le permettant, il enfreignait les règles qu'il s'était imposées après la mort de Nasreen.

Il n'avait pas le droit de désirer Sophia. Il n'avait *aucun* droit, sinon celui de supporter le poids de la culpabilité qu'il ne devait *jamais* oublier. Aussi n'avait-il maintenant plus qu'une chose à faire : tourner les talons, s'en aller et s'infliger ainsi le châtiment qu'il méritait.

Ensuite, il ne reviendrait à Sophia que lorsqu'il se serait débarrassé de tout désir pour elle.

A cet instant, elle essaya de se libérer, et le parfum de Nasreen, lourd et trop sucré, lui monta aux narines.

Un dégoût irrépressible envahit Ash.

— Ote ces vêtements, répéta-t-il d'une voix dure.

Les traits presque déformés par le dégoût, il lui lâcha brutalement le poignet. La toucher lui était odieux, comprit Sophia. Son attitude le révulsait, à tel point qu'il lui était intolérable de demeurer dans la même pièce qu'elle.

Elle avait commis un acte impardonnable, mais il était trop tard pour regretter cette faiblesse momentanée. Elle avait fait un faux pas, à l'instant même où Ash venait enfin la rejoindre dans sa chambre. A cette pensée, Sophia sentit un désir incongru s'emparer d'elle.

Comment pouvait-elle se laisser aller ainsi, alors que Ash la désirait dans un seul but : concevoir un héritier ?

Où était passé son amour-propre ? Soudain, Sophia souhaita que Ash s'en aille afin qu'elle puisse se débarrasser des habits qui semblaient maintenant lui brûler la peau. Redressant les épaules, elle passa devant lui, le corps tremblant de la tête aux pieds.

Ainsi, elle l'ignorait, songea Ash en la regardant s'éloigner. Soudain, le chaos qui régnait en lui lui fit perdre la tête. Il la rejoignit et l'attira à lui. Puis, incapable de supporter plus longtemps la vue des vêtements de Nasreen, il saisit sa tunique à l'encolure et déchira le tissu en un bruit sec.

— Non…

Après coup, il se haïrait d'avoir détruit le beau sari ayant appartenu à Nasreen, elle le pressentait. Et il la détesterait elle, la jugeant responsable de ce geste.

Mais Ash ne l'écoutait pas, comprit-elle en essayant de repousser ses mains. Il refusa de lâcher la tunique et acheva de la déchirer jusqu'en bas. Sophia poussa un cri de protestation et, cette fois, Ash sembla émerger de sa fureur.

Le visage blême, il se détourna.

— Enlève-les, répéta-t-il d'une voix blanche. Maintenant.

— Très bien ! s'écria-t-elle d'un ton furieux en se débarrassant de la tunique déchirée.

A présent, ces vêtements l'écœuraient ; la sensation de la soie sur sa peau lui était insupportable, elle l'emprisonnait. D'un geste rageur, elle laissa tomber les différentes pièces sur le sol, puis les repoussa d'un coup de pied.

Ne portant plus que sa propre culotte, elle se redressa, le souffle court, tandis que la force de sa colère laissait Ash muet de stupeur.

Elle était… magnifique, reconnut-il. Oui, magnifique. A présent, tout souvenir de Nasreen avait disparu, et Sophia se révélait exactement telle qu'elle était en son essence : elle-même. Et il la désirait avec une telle intensité que c'en était à peine supportable.

— Tu es satisfait, maintenant ? lança-t-elle, les yeux étincelants.

— Non, je ne suis pas satisfait, dit-il d'une voix rauque en franchissant les quelques pas qui les séparaient. Et je ne le serai pas tant que tu n'auras pas conçu notre enfant.

L'instant d'après, elle était dans ses bras tandis qu'il l'embrassait sauvagement, pour la punir, l'humilier. Et pourtant Sophia ne pouvait lui résister. L'urgence palpitait entre eux, en eux, les emportant dans une sorte de vague incandescente qui annihilait tout sur son passage.

Elle désirait Ash, elle brûlait d'être possédée par lui. Plus rien d'autre n'avait d'importance.

Il devait s'arrêter, tout de suite, songea Ash dans une

sorte de brouillard. Toute sa raison le lui enjoignait. Il voulut obéir à la voix qui résonnait dans son esprit, mais lorsqu'il essaya de s'écarter de Sophia elle se lova contre lui.

C'était impossible, il ne pouvait pas la quitter, pas maintenant. Ivre de sa senteur virile, Sophia défit les premiers boutons de sa chemise et posa ses lèvres sur son épaule nue.

Ash ferma les paupières. Quand une femme l'avait-elle ébranlé ainsi ? Une plainte rauque franchit ses lèvres. Les baisers de Sophia, à la fois doux et passionnés, provoquaient en lui des sensations inconnues. Il avait envie d'être touché par elle, *partout*, d'être caressé au plus intime de son corps.

Jamais il n'avait ressenti de tels désirs. Il n'avait même jamais soupçonné qu'ils puissent exister. Il voulait s'abandonner à ses caresses, à l'exploration de ses mains, de sa bouche. Il voulait s'offrir à Sophia, se donner à elle, tout entier.

Lorsqu'il lui prit la main, Sophia se sentit gagnée par le désespoir. Ash refusait qu'elle le touche. Il allait la repousser. Mais à sa grande stupeur, au lieu de lâcher sa main, il la posa sur son érection.

Une joie incroyablement érotique déferla en elle. La sensation de sa virilité frémissant sous sa paume et ses doigts était merveilleuse, vertigineuse.

— Ash…

Sur ses lèvres, son prénom avait flotté en un doux murmure. Dans la lumière tamisée de la chambre, sa peau luisait d'un doré clair. Lorsqu'il regarda ses seins ronds et pleins, avec leurs pointes gonflées et sombres, Ash sentit tout contrôle s'évanouir. Entre deux baisers ardents, il se déshabilla à la hâte.

Et, quand Sophia tressaillit en découvrant son corps nu, puis fit descendre son regard sur son sexe dressé, il se sentit envahi par une fierté toute virile.

— Caresse-moi, ordonna-t-il d'une voix douce. Goûte-moi.

Ses paroles embrasèrent Sophia. Fermant les yeux, elle se laissa entraîner vers le lit, où Ash l'allongea délicatement sur le dos, avant de s'étendre à côté d'elle.

— Caresse-moi, répéta-t-il en lui prenant de nouveau la main.

Le seul son de sa voix électrisa Sophia. Après s'être redressée, elle se pencha pour effleurer son ventre musclé. Le fait de toucher Ash faisait naître des frissons dans tout son corps, tandis qu'une chaleur humide se répandait entre ses cuisses.

S'enhardissant, elle se pencha davantage et posa ses lèvres sur son érection. Sa chair était si chaude, si douce… Soudain, une image traversa l'esprit de Sophia : elle s'imagina chevauchant Ash, son membre puissant la pénétrant au plus profond de sa féminité.

Combien de temps pourrait-il encore tenir ? Comment un homme aurait-il pu résister au torrent impétueux qui déferlait en lui ? Ash ne parvenait plus à se raccrocher à rien… Après avoir soulevé Sophia, il l'installa sur lui et cueillit le soupir qui franchit ses lèvres quand il referma les mains sur ses seins.

Lorsqu'il la souleva de nouveau pour la pénétrer, elle se mit à bouger d'instinct. Son sexe était prêt, ouvert et chaud, si bien que Ash ne put résister au désir d'en caresser l'orée et de titiller le bouton secret qui gonfla aussitôt sous ses doigts.

Sophia frémit tout entière et poussa un cri délicieusement féminin. Ivre d'elle, Ash eut envie de la goûter avec sa bouche et sa langue. Après s'être retiré, il se laissa glisser le long de son corps jusqu'à ce que ses lèvres puissent savourer sa liqueur intime. Lorsqu'il s'aventura dans les plis les plus secrets de sa féminité, elle poussa de longues plaintes rauques.

Le plaisir qui saisit Sophia était si intense qu'elle se demanda si elle pourrait le supporter. Et, quand Ash cessa sa torture exquise pour introduire de nouveau en elle son membre puissant et donner de vigoureux coups de reins, elle cria de nouveau tandis qu'ils basculaient tous deux dans l'extase.

Sans réfléchir, Ash caressa le dos humide de Sophia. Etroitement enlacés dans une sorte de complétude charnelle, ils reposaient en silence après avoir sombré ensemble dans le plaisir. Ou, plutôt, dans la volupté la plus incroyable qu'il ait jamais vécue.

D'un geste vif, il retira sa main et s'écarta de Sophia, mais sans quitter le lit. Ils étaient mari et femme, et il n'était pas une machine. Par ailleurs, Ash éprouvait un respect sincère envers Sophia et le rôle qu'elle jouait maintenant dans sa vie. Et puis elle s'était donnée à lui avec une sensualité inouïe, mais aussi avec générosité, reconnut-il.

Il resterait avec elle par respect, envers elle et envers leur mariage, se dit-il pour se convaincre. A cet instant, Sophia tressaillit.

— Qu'y a-t-il ? demanda-t-il en fronçant les sourcils.

— Tu as vraiment besoin de poser la question ? Ce n'est pas moi que tu as basculée sur ton lit ce soir, n'est-ce pas, Ash ? C'est Nasreen. Mais c'est ma faute, je n'aurais jamais dû porter ses vêtements. Je ne sais pas pourquoi j'ai agi ainsi. J'ai eu tort : je sais que tu l'aimes encore.

Sophia le croyait capable d'un tel acte ? Elle pensait qu'il aurait pu partager ce plaisir incroyable avec elle en songeant à une autre ?

— Non. Je n'aime plus Nasreen.

Ces paroles avaient franchi ses lèvres malgré lui. Un processus s'était déclenché, brisant sa culpabilité dont il se servait comme d'un bouclier. Un barrage cédait en Ash, laissant libre cours à ses pensées les plus intimes, pensées qu'il n'avait jamais énoncées à voix haute, devant personne. Elles surgissaient du plus profond de son être en un flot indomptable.

— En vérité, je n'ai jamais aimé Nasreen…

Interloquée, Sophia le regarda en silence. Depuis son mariage, elle avait mûri et appris à mieux connaître Ash, aussi était-elle certaine qu'il était sincère. Et, maintenant qu'il avait commencé à parler, il semblait ne plus pouvoir contrôler le flot de paroles qui franchissait ses lèvres.

— J'aurais dû l'aimer. Il était de mon devoir de l'aimer, poursuivit-il d'une voix rauque. Comme il était de mon devoir de faire en sorte que notre mariage soit bâti sur le même amour que celui qui avait uni mon arrière-grand-père et son épouse. Orphelin de bonne heure, j'avais grandi auprès d'une gouvernante qui me parlait de leur amour comme d'un modèle à suivre. Et je croyais qu'il suffisait d'avoir envie d'aimer ma femme pour que cela soit vrai. J'étais à la fois naïf et arrogant.

Une lueur dure traversa son regard.

— Quand les cérémonies de notre mariage ont été terminées et que j'ai regardé ma ravissante épouse, quand je l'ai écoutée, j'ai compris l'abîme qui nous séparait. Lorsque j'ai vu l'étendue de sa vanité et de sa superficialité, son égoïsme et son avidité, j'en ai conclu que c'était moi qui n'étais pas digne. Je n'étais pas digne de mon devoir, ni de recevoir le don d'amour qu'avaient partagé mes arrière-grands-parents.

Les mots s'écoulaient sans difficulté, à présent, comme s'ils n'avaient attendu que le moment de pouvoir s'échapper enfin. Comme s'il avait fallu la présence de cette femme pour qu'ils sortent de lui. Sophia, qui l'écoutait en silence. Parce qu'elle seule pourrait comprendre, qu'elle seule…

— Je n'aurais jamais dû l'épouser.

— Tu n'avais pas le choix, dit doucement Sophia.

— Peut-être. Mais ensuite, quand j'ai compris que mes attentes étaient irréalisables, j'ai eu le choix de prendre un autre chemin. J'aurais pu, *j'aurais dû*, choisir de construire notre mariage sur d'autres bases, plus pratiques mais néanmoins réalistes et réalisables.

Il voulait dire, comme *leur* mariage, songea Sophia en repoussant la souffrance qui lui étreignait la poitrine.

— Mais je ne l'ai pas fait, bien entendu. Je me suis laissé dominer par mes émotions, par ma colère envers moi-même d'avoir nourri des espérances vaines au lieu de me concentrer sur ce que je pouvais construire. Nasreen a été beaucoup plus réaliste. Elle m'a déclaré durant notre nuit de noces que ce mariage était purement diplomatique et dynastique, et que son cœur et son corps appartenaient pour toujours à un autre homme.

Sophia laissa échapper un soupir.

— Elle t'a dit qu'elle aimait quelqu'un d'autre ?

— Tu compatis à mon sort ? Ce n'est pas la peine, Sophia. Parce qu'au fond j'ai été soulagé quand elle m'a révélé sa liaison. Puisqu'elle ne m'aimait pas, je n'aurais pas à simuler un amour qui n'existerait jamais. En tout cas, les querelles ont vite éclaté entre nous et sont devenues de plus en plus fréquentes. Nasreen avait prévu de vivre à Bombay, parmi ses amis. Alors que, de mon côté, je souhaitais qu'elle passe plus de temps ici, à Nailpur. Je voulais qu'elle m'aide à améliorer les conditions de vie de mon peuple.

Il s'interrompit un instant, l'air sombre.

— Le soir de sa mort, nous nous étions disputés plus violemment que d'habitude. J'étais allé la chercher à Bombay et je l'avais ramenée de force, parce que je désirais qu'elle m'accompagne à une réception officielle. Et j'avais insisté pour qu'elle porte un sari qui avait été tissé pour elle par les femmes des tribus. Elles le lui avaient offert comme cadeau de mariage.

Peu à peu, tout prenait un sens, comme les morceaux d'un puzzle compliqué et douloureux, songea Sophia.

— Nasreen était furieuse. Elle m'a alors annoncé qu'elle n'avait pas l'intention de concevoir un enfant pour l'instant, parce qu'une grossesse l'empêcherait de mener la vie qui lui convenait. Je devrais attendre qu'elle soit prête, a-t-elle ajouté. J'ai riposté, bien sûr. Je lui ai interdit de retourner à Bombay.

Quand il s'interrompit et resta silencieux, Sophia comprit qu'il devait faire un effort surhumain pour poursuivre.

— Profitant que j'étais retenu dans mon bureau, reprit-il enfin, elle a quitté le palais au volant de sa voiture de sport. Elle avait insisté pour la garder, arguant que c'était la seule liberté dont elle pouvait jouir à Nailpur. Quand j'ai été averti de son départ, il était trop tard pour l'arrêter. Et trop tard pour lui sauver la vie.

Sophia tendit la main vers lui, mais la sensation de sa main fraîche sur la sienne fut insupportable à Ash. Il la repoussa. Il ne méritait pas sa compassion. Il devait supporter le poids de sa faute, châtiment pour son arrogance et sa fierté.

Incapable de regarder Sophia, il poursuivit son récit.

— Nasreen avait décapoté la voiture et, quand ils ont trouvé son corps, ils ont compris qu'elle avait été étranglée par le sari que je l'avais forcée à porter. Le tissu s'était pris dans l'une des roues de la voiture…

Les larmes se pressèrent sous les paupières de Sophia. Pauvre Nasreen, et pauvre Ash ! Mais il se montrait trop dur envers lui-même. C'était tellement typique du jeune homme qu'elle avait connu autrefois, qui croyait tant à l'honneur, le Ash pétri d'idéal et de justice !

— Je n'ai peut-être pas réussi à me comporter en homme d'honneur, ni à remplir mon devoir d'aimer Nasreen, ajouta-t-il d'une voix sourde. Mais j'assumerai la responsabilité de sa mort.

Sophia sentit son cœur se serrer tandis qu'il poursuivait.

— C'est à cause de cet échec que je désire construire notre mariage sur des fondations plus pratiques. Quand les émotions gouvernent nos vies, elles sont dangereuses.

Sophia partageait entièrement son avis. D'autant qu'à ce moment même des émotions *très* dangereuses se bousculaient en elle.

— Je dois te dire autre chose, reprit Ash. Ce qui s'est passé tout à l'heure prouve de nouveau que nous nous entendons bien sexuellement. Cela renforcera notre mariage. J'ajouterai encore que j'apprécie beaucoup ton engagement envers le peuple de Nailpur. Tu possèdes un don inné pour le contact avec les femmes et les enfants. J'ai vu la manière dont ils te répondaient. Je suis sûr que ton implication contribuera beaucoup à la réussite du programme que j'ai lancé et je t'en suis très reconnaissant, Sophia.

— Je le fais avec plaisir, dit-elle sincèrement. Et je suis ravie d'apporter mon aide, si modeste soit-elle. Je ne doute pas qu'il existe de nombreuses autres princesses qui…

— Non, l'interrompit Ash. Aucune d'entre elles ne ferait une meilleure maharani que toi, Sophia. Ni une meilleure mère pour nos enfants.

— Et aucun autre homme ne ferait un père plus honorable que toi, répliqua Sophia.

Certes, Ash serait un père honorable, songea-t-elle, mais serait-il un père affectueux ? Les enfants avaient besoin d'affection, d'amour.

Sophia se força à refouler ses craintes. Ash était fier d'elle, il éprouvait un puissant désir pour elle, qu'elle partageait. Sur ces fondations, elle construirait sa nouvelle vie. Et son enthousiasme ne serait plus miné par de fausses assertions concernant sa relation avec Nasreen.

Maintenant que Ash s'était confié à elle, ils avaient l'opportunité de repartir de zéro. Tout était désormais possible, à condition de renoncer pour toujours à ses rêves d'amour adolescents.

Mais c'était sans doute aussi bien ainsi, car il était hors de question que Sophia retombe amoureuse de Ash, comme autrefois.

Chapitre 10

Quand il entendit le rire clair et joyeux de sa femme monter de la cour de ses appartements privés, Ash hâta le pas. Il était impatient de lui parler des résultats des tests effectués sur la qualité des sols.

Depuis que les barrières qu'il s'imposait s'étaient écroulées, et qu'il avait révélé la vérité sur son premier mariage, sa vie avait changé du tout au tout. Et ces changements étaient survenus grâce à sa relation avec Sophia, songea-t-il en entrant dans le jardin.

Cet endroit était devenu une véritable oasis vers laquelle les gens convergeaient naturellement, attirés par sa femme. Chacun désirait lui confier ses soucis et ses espoirs.

Comme lui-même…

Lorsque Ash s'approcha de la fontaine, le bruissement mélodieux de l'eau l'apaisa aussitôt, mais c'était surtout la présence de Sophia qui emplit son cœur d'une douce chaleur.

Le son de la voix de sa femme, la lumière de son sourire avaient non seulement produit un effet bénéfique sur lui, mais ils avaient changé toute l'atmosphère du palais. Une harmonie nouvelle régnait entre tous les membres du personnel, qui se lisait dans leur sourire et dans leurs gestes.

Il avait pris la bonne décision en l'épousant. Leur mariage n'était pas fondé sur des émotions. De la même façon, l'intimité passionnée qu'ils partageaient la nuit était nourrie par un désir charnel mutuel, dénué de toute implication sentimentale.

Alors, pourquoi Ash ressentait-il une vive anxiété dès qu'il pensait à Sophia ? Pourquoi n'arrivait-il pas à se détendre tant qu'il n'avait pas entendu son rire, vu son sourire ? En fait, il avait sans cesse besoin d'être rassuré, d'être certain qu'elle était aussi satisfaite de leur mariage que lui. Ne s'agissait-il pas là de réactions… émotionnelles ?

Non, décida-t-il en plissant le front. Il était inquiet à son sujet, tout simplement. Sa femme s'était impliquée dans son nouveau rôle avec un tel enthousiasme qu'il devait veiller à ce qu'elle ne surestime pas ses forces.

Lorsque Ash s'avança vers elle, Sophia tenta de calmer les battements désordonnés de son cœur. Dès qu'elle apercevait son mari, une joie immense l'envahissait. Maintenant qu'ils passaient plus de temps ensemble et qu'ils travaillaient de concert à l'avenir du peuple de Nailpur, elle aurait dû être habituée à le côtoyer mais, dès qu'il s'approchait d'elle, elle ne pouvait contrôler les réactions de son cœur.

En outre, aujourd'hui, elle avait une raison particulière de se réjouir de sa venue.

Sophia se tourna vers la jeune bonne qui venait d'apporter le thé.

— Merci, dit-elle en souriant. Je le servirai moi-même.

Puis elle poursuivit, à l'adresse de son mari :

— Je l'ai fait préparer quand j'ai appris que tu étais rentré. Comment cela s'est-il passé ?

— Encore mieux que je ne l'espérais, répondit-il en acceptant la tasse qu'elle lui tendait. Les tests ont confirmé que nous pourrons faire pousser une plus grande diversité de céréales que je ne l'avais pensé. Si tout se passe bien, non seulement le peuple de Nailpur sera autonome en ce qui concerne la production agricole, mais nos agriculteurs pourront aussi vendre le surplus.

— Je suis si contente, Ash ! s'exclama-t-elle. Tu as consacré tant de temps et d'énergie à ce projet.

— Pas plus que tu n'en accordes aux tiens, Sophia.

C'était le moment de le lui dire, songea-t-elle avec un léger tressaillement.

— Apparemment, nous avons de la chance dans tous nos projets, Ash. Mais, tant que le Dr Kumar ne l'aura pas confirmé, je ne peux pas en être certaine.

Ash reposa sa tasse sur le plateau et la regarda.

— Je crois que je suis enceinte…

Sophia avait su qu'il serait content. Mais le bonheur qui illumina le visage de Ash lui alla droit au cœur. Et, quand il lui prit les mains en murmurant son prénom, elle se sentit étrangement émue.

Cela faisait quelques jours qu'elle soupçonnait une grossesse et elle ne s'était pas inquiétée, sachant que cette nouvelle satisferait son mari. Mais la tendresse et la joie qui brillaient au fond de ses yeux firent naître en elle une émotion sur laquelle elle refusa de s'attarder.

— Je vais faire venir le Dr Kumar tout de suite, dit Ash d'une voix rauque.

La nouvelle qu'elle venait de lui annoncer était si merveilleuse qu'il ne pouvait réprimer la joie immense qui avait pris possession de lui. En même temps, il s'inquiétait déjà pour la santé de Sophia.

— Il est encore très tôt, répliqua-t-elle.

— Par conséquent, tu dois faire attention à toi. Peut-être serait-il préférable que tu réduises tes activités et que tu ailles à Bombay ? Là-bas tu pourrais te reposer davantage…

— Je n'ai aucune envie d'aller à Bombay, l'interrompit Sophia.

Elle le regarda en souriant : il arpentait maintenant la cour d'un pas nerveux…

— Je pourrai parfaitement me reposer ici, poursuivit-elle. *Si* j'en ai besoin, ce qui n'est pas le cas pour l'instant. Je veux rester au palais, dans notre demeure, qui sera aussi celle de notre enfant. Quant à réduire mes activités, Ash, je suis jeune et en bonne santé — et une grossesse est un phénomène tout à fait naturel !

— Je ne veux pas que tu…

— Tu ne veux pas que je prenne des risques, n'est-ce pas ? l'interrompit-elle de nouveau. Je sais et je te promets que je n'en prendrai aucun, mais tu ne dois pas trop me protéger.

Les émotions qui se bousculaient en elle se faisaient trop intenses, songea Sophia. Il fallait qu'elle se concentre sur des détails pratiques.

— Ton idée de donner la garde-robe de Nasreen a rencontré un succès total. Nous avons reçu des lettres adorables venant des différents organismes caritatifs que j'avais contactés. Tous nous disent leur reconnaissance et leur émotion d'avoir reçu de telles donations au nom de Nasreen.

Ash n'avait pas du tout l'intention de parler des vêtements de Nasreen, ni des organismes caritatifs qui en avaient bénéficié. Il désirait parler d'eux, de leur enfant, de leur avenir. Mais il devait se montrer indulgent et doux envers Sophia, songea-t-il. Surtout maintenant qu'elle était enceinte.

— Tant mieux. Mais ton idée de créer des bourses en hommage à sa mémoire est très généreuse, Sophia. En réalité, elles devraient porter ton nom parce que Nasreen n'aurait jamais été capable d'une telle générosité.

— Je suis heureuse de me montrer généreuse en son nom, répliqua Sophia.

En vérité, elle avait agi ainsi surtout pour que Ash soit en paix. Maintenant qu'elle était enceinte, c'était encore plus important. Elle souhaitait que leur enfant ait un père libéré de ce passé sombre qui obscurcissait encore le futur. Ash avait trop souffert, à cause de ce qu'il avait considéré comme un échec personnel. Echec à cause duquel il ne prendrait jamais le risque de laisser des émotions s'insinuer dans son second mariage.

Après tout, n'était-ce pas ce qu'elle désirait aussi ? Alors, pourquoi se sentait-elle soudain envahie par un mélange de regret et de tristesse ?

Ce vague à l'âme était totalement déplacé, décida Sophia. Il était hors de question qu'elle s'abandonne à la nostalgie. Le sort de leur enfant en dépendait.

Lorsque la radiologue étala le gel froid sur son ventre, Sophia tressaillit et laissa échapper un soupir, si bien que Ash tourna la tête vers elle. Quand il avait insisté pour assister à l'échographie, elle avait été surprise mais heureuse de son attitude. Toutefois, c'était de l'enfant qu'il se souciait, pas d'elle.

Comme il était le plus proche de la radiologue, ce fut à lui, et non à Sophia, que celle-ci s'adressa.

— Votre Altesse, la maharani porte des jumeaux — deux garçons.

Lorsque Ash se pencha aussitôt au-dessus de Sophia pour mieux voir les images que désignait la radiologue sur l'écran, elle ressentit le besoin irrésistible de prendre sa main. Elle aurait tant voulu que ce soit elle qu'il regarde avec une pareille incrédulité et un tel émerveillement… Alors que ces instants auraient dû être uniques et partagés, Sophia eut l'impression de ne pas compter pour elle-même.

Aux yeux de Ash, sa seule valeur était de porter ses enfants, ses précieux héritiers mâles.

Sophia se répéta qu'elle aurait dû s'attendre à une telle réaction, qu'en tant que prince de sang royal ayant conclu avec elle un mariage arrangé sa réaction était normale. Mais elle ne put empêcher son cœur de battre violemment dans sa poitrine.

Elle était ravie d'être enceinte, mais elle se sentait soudain très seule, au moment où elle aurait dû se sentir estimée et… chérie ? Adorée ? *Aimée*, tout simplement ?

Ignorant du tumulte qui se déchaînait en elle, Ash lui tournait le dos tandis qu'il s'entretenait maintenant avec le Dr Kumar.

Un homme capable d'ignorer sa femme dans un moment aussi particulier pourrait-il donner à ses enfants l'amour dont ils auraient besoin ? L'amour vrai d'un père ? Celui dont elle-même avait tant manqué !

Alors qu'elle aurait dû se réjouir, Sophia fut envahie par une affreuse sensation de vulnérabilité et d'angoisse.

Ash était en proie à un désir si violent de prendre la main de Sophia qu'il n'osa pas la regarder. Ce que venait de révéler l'échographie était tellement incroyable… Dès que la radiologue avait préparé Sophia pour l'examen, il s'était senti gagné par des émotions déstabilisantes, qu'il n'avait pas le droit d'éprouver. Mais, quand il avait contemplé les images stupéfiantes en écoutant les explications de la radiologue, il avait senti une joie irrépressible le submerger.

Celle-ci était tout à fait compréhensible et naturelle, mais cette autre émotion, cette inquiétude au sujet de Sophia…

— Le peuple de Nailpur sera ravi d'apprendre la prochaine naissance de vos fils, Altesse, dit le Dr Kumar.

— Le fait qu'il y ait deux enfants est une merveilleuse surprise, répliqua Ash. Pour le peuple de Nailpur et pour nous.

En dépit de ses courbes voluptueuses, Sophia était très fine, songea-t-il avec un regain d'inquiétude. Sa double grossesse constituait une difficulté qu'il n'avait pas envisagée. Soudain, Ash ressentit le besoin de prendre ses distances, de se protéger de l'intensité des émotions qui se bousculaient en lui — et qui menaçaient d'avoir raison du contrôle qu'il s'imposait.

— Je dois te laisser, dit-il brusquement, sans regarder Sophia. J'ai un rendez-vous important : le Dr Kumar organisera ton retour au palais. Mais avant de partir, je vais lui demander de trouver une infirmière qui s'installera…

— Non, l'interrompit-elle d'une voix ferme. C'est ridicule et superflu.

Le médecin et la radiologue s'éclipsèrent.

— Je ne suis pas malade, Ash, poursuivit Sophia. Je suis enceinte, et en parfaite santé !

— Tu es…

— Je porte tes héritiers, oui, je sais. Et j'espère que tu ne crois pas sincèrement que je pourrais prendre aucun risque susceptible de m'empêcher de les porter jusqu'au terme ?

— Je veux juste m'assurer que vous receviez les meilleurs soins possibles tous les trois, se défendit Ash.

Comment pouvait-il parler d'eux trois, alors qu'il ne s'était même pas donné la peine de lui témoigner la moindre affection, tout à l'heure ? se demanda Sophia un peu plus tard tandis qu'on la reconduisait au palais. Toutefois, elle ne devait pas se laisser démoraliser, se dit-elle aussitôt. Le fait qu'elle porte des jumeaux leur avait produit un choc, à elle autant qu'à Ash. Et puis la perspective de devenir parents allait forcément les rapprocher, se dit-elle pour se convaincre.

Chapitre 11

Au lieu de les rapprocher, sa grossesse avait produit exactement l'effet contraire. En effet, Ash gardait ses distances avec elle, encore plus qu'auparavant.

Deux mois après avoir découvert qu'elle attendait des jumeaux, Sophia s'installa dans son jardin privé en soupirant.

Ash se montrait très soucieux de la santé de sa femme et des bébés mais, dès qu'elle essayait de s'adresser à lui sur un plan plus personnel, il se renfrognait et changeait de sujet de conversation.

Alors que de son côté, et à sa grande honte, Sophia souffrait de plus en plus du manque d'intimité avec son mari. A tel point qu'un sentiment d'insécurité ne la quittait pas.

Ash ne venait plus la rejoindre dans son lit. Il la rejetait de nouveau.

A vrai dire, elle se sentait partagée. D'un côté, la Sophia d'hier désirait savoir ce qu'il était advenu de l'harmonie sexuelle dont avait parlé Ash. De l'autre, la nouvelle Sophia se sentait bien trop protectrice envers les enfants qu'elle portait pour prendre le risque d'une confrontation susceptible de détruire le lien fragile qui l'unissait à leur père.

Elle avait grandi avec un père distant, qui avait rejeté toutes ses tentatives de rapprochement. Aussi ne pouvait-elle supporter la pensée que ses précieux petits puissent vivre la même chose. Heureusement, ils auraient leur mère, quoi qu'il arrive. Et puis Ash serait un bon père, il serait présent de mille autres façons, se dit-elle pour se rassurer. Et il se montrerait protecteur, Sophia n'en doutait pas un instant.

Ash arpenta nerveusement son bureau. Il s'était forcé à travailler tard en se disant que certains documents requéraient son attention immédiate. Mais, en réalité, il savait très bien que ç'avait été le seul moyen de tenir en respect les démons qui l'assaillaient.

C'était illogique, stupide, inacceptable, ce besoin constant d'être avec Sophia. Et pas seulement *d'être* avec elle, car Ash désirait… Il s'immobilisa en plissant le front. Il avait cru que, pour un homme de discipline comme lui, rester éloigné du lit de Sophia ne serait pas difficile. Que, de toute façon, il s'agissait d'une simple mesure de précaution.

Après tout, même si les étreintes qu'ils partageaient étaient fabuleuses, ce n'était *que* du sexe. Mais en fait, à chaque nuit passée loin d'elle, son désir trouvait de nouveaux moyens de le torturer.

Le simple souvenir du parfum de sa peau, de son souffle précipité tandis qu'il éveillait ses sens, les adorables petits gémissements de plaisir qui s'échappaient de ses lèvres entrouvertes… Tous ces souvenirs harcelaient Ash sans répit tandis qu'il essayait en vain de trouver le sommeil.

Comment une femme avait-elle pu prendre une telle emprise sur lui, en l'espace de quelques semaines ? Il avait désiré de nombreuses femmes avant elle. Mais certainement jamais autant qu'il désirait Sophia.

Ce constat était un avertissement, songea Ash. Et un test. Il devait se prouver qu'il était capable de dominer ses pulsions et de rester éloigné du lit de Sophia. En premier lieu, pour ne pas mettre sa grossesse en danger, d'autant qu'elle portait des jumeaux, mais aussi parce que, lorsqu'il coucherait de nouveau avec elle, il aurait retrouvé le contrôle total de ses émotions.

Dans ces conditions, pourquoi se dirigeait-il maintenant vers les appartements de sa femme ?

Au lieu de se coucher comme elle en avait d'abord eu l'intention, Sophia s'était ravisée et avait passé un peignoir sur sa chemise de nuit.

Ce n'était pas raisonnable. Après avoir passé tant de temps à se faire à l'idée de ce à quoi ressemblerait sa vie avec Ash, elle allait anéantir tous ses efforts en cédant à une impulsion irrationnelle.

Non, il ne s'agissait pas d'elle, se répéta Sophia en s'avançant vers la porte. Elle devait interroger Ash parce que, s'il se comportait avec leurs fils comme avec elle, ces derniers risqueraient d'en souffrir…

La main posée sur la poignée de la porte de la chambre de Sophia, Ash hésita un instant en sentant le dégoût s'emparer de lui. Alors qu'il laissait retomber son bras, la porte s'ouvrit et sa femme apparut devant lui.

Sophia s'immobilisa en écarquillant les yeux. Ash était venu la voir… Une telle joie l'envahit qu'elle lui prit le bras sans réfléchir avant de l'attirer dans la chambre.

Ash se laissa entraîner sans résister. Il lut un tel ravissement sur les traits de Sophia que tout dégoût de lui-même disparut aussitôt.

Elle n'avait pas pris le temps de nouer la ceinture de son peignoir si bien que, lentement, il baissa les yeux sur ses seins visibles sous le tissu presque transparent de sa chemise de nuit. Ils semblaient plus pleins, remarqua-t-il.

Son cœur se mit à battre plus vite, de plus en plus vite, tandis que le désir rugissait en lui.

Ainsi, Ash était venu la rejoindre ! Et bientôt il la prendrait dans ses bras et l'emporterait dans leur lit, où ils retrouveraient leur merveilleuse intimité. Soudain, Sophia s'avoua que depuis que son mari ne venait plus la voir le soir elle vivait dans une sensation permanente de perte et d'abandon.

A présent qu'il était là, elle tremblait intérieurement et les larmes se pressaient sous ses paupières. C'étaient des larmes de soulagement. En effet, peut-être y avait-il tout de même de l'espoir pour le futur ? Puisque Ash était venu, en dépit de sa grossesse, cela signifiait qu'il ne la rejetait pas. En l'aimant, elle…

En l'aimant. Son cœur fit un bond dans sa poitrine tandis que la vérité la frappait soudain. Quand l'amour s'était-il insinué en elle ? Pour l'instant, elle n'était pas en état d'approfondir la question. Tout ce qui comptait, c'était la réalité aveuglante qui avait surgi devant ses yeux : elle aimait Ash. Ash, dont elle avait cru autrefois qu'il avait tué l'amour qu'elle lui portait en la rejetant cruellement le jour où elle s'était offerte à lui.

Elle aimait son mari, le père de leurs fils. Cette certitude l'aiderait à lutter, elle lui permettrait d'espérer… Or ils étaient mariés, et Ash avait juré de ne jamais laisser l'amour s'immiscer dans leur couple.

Mais, quand même, il était là… Il était venu vers elle.

Cette pièce contenait tout ce qui avait vraiment de la valeur dans son univers, se surprit à penser Ash. Il y avait là tout ce qu'il pourrait jamais désirer, tout ce dont il avait besoin, parce que Sophia s'y trouvait.

Quand il s'approcha d'elle, Sophia vit un éclat doré

luire au fond de ses yeux. Une chaleur, qui n'y avait jamais frémi auparavant.

— Ash…, murmura-t-elle.

Il était si près à présent qu'elle sentit son souffle lui caresser la peau.

— Ash… Je…

Ash cueillit les mots sur ses lèvres. Il la désirait tant que son corps brûlait littéralement. Il était resté trop longtemps loin d'elle, songea-t-il. Soudain, il sentit quelque chose céder en lui.

Enlaçant Sophia, il prit sa bouche avec frénésie, puis ses joues, son nez, tout son visage, tandis qu'elle creusait les reins en collant son corps au sien.

Ash se mit à caresser ses seins, si merveilleusement ronds, avec leurs pointes roses visibles sous la soie. Elle répondait si bien à ses caresses, laissant échapper de petits soupirs très excitants. Quand elle renversa la tête en arrière en fermant les yeux, il la souleva et l'emporta vers le lit.

Enivré par le goût de sa bouche, de sa peau, il laissa sa main descendre sur son ventre, avant de sentir le doux renflement sous sa paume. Ash frissonna et écarta sa main.

Egarée dans son plaisir, Sophia se demanda pourquoi Ash arrêtait brusquement de l'embrasser, puis se redressait et se détournait.

— Qu'y a-t-il ? l'interrogea-t-elle d'une voix tremblante. Qu'est-ce qui ne va pas ?

— Les jumeaux, répondit Ash d'une voix tendue.

Un immense dégoût de lui-même l'envahit de nouveau. Comment avait-il pu céder ainsi à son désir et prendre un risque qui aurait pu compromettre la santé des bébés, ainsi que le confort de Sophia ?

— Les jumeaux ? répéta Sophia avec difficulté.

Affreusement blessée par l'attitude de son mari, elle

ramena les pans de son peignoir sur son buste et son ventre. Après avoir pris conscience de son amour pour lui, puis l'avoir vu apparaître dans sa chambre, le regard empli de désir et de passion, elle ne pouvait pas tolérer son rejet.

— Je ne…

Sophia n'était pas d'humeur à le laisser continuer.

— Tu ne me désires plus maintenant que je suis enceinte, c'est cela que tu veux dire ? l'interrompit-elle. Puisque je porte tes fils, tu n'as plus besoin de coucher avec moi, c'est ça ? Très bien. Mais où est passée cette harmonie sexuelle dont tu parlais, quand tu cherchais à me persuader de t'épouser, Ash ? A moins que tu ne me trouves plus désirable, à cause de ma grossesse ? En tout cas, je tiens à te dire que venir ainsi et… faire ce que tu as fait avant de me rejeter… eh bien, c'est indigne de toi. Et ton attitude est cruelle et injuste !

Les larmes menaçant de l'étouffer, Sophia s'interrompit, déterminée à ne pas les laisser jaillir. Ash lui tournait le dos, immobile comme une statue. Il l'ignorait, il la rejetait complètement. Parce qu'il ne voulait pas qu'elle fasse partie de sa vie. Parce qu'il ne l'avait jamais voulu et ne le voudrait jamais.

Cette fois, c'était trop dur à supporter.

— M'as-tu jamais désirée, Ash ? Ou as-tu fait semblant ?

— Non, je ne faisais pas semblant.

Les mots avaient jailli du plus profond de lui-même avant qu'il ne puisse les refouler.

— Bien sûr que je te désirais, dit-il en se retournant vers Sophia.

Il la désirait *maintenant*. Il voulait la prendre, lui démontrer qu'elle se trompait. Mais il devait penser aux jumeaux avant de céder à lui-même.

— Mais tu ne m'as pas approchée depuis des semaines…, balbutia-t-elle. Et tout à l'heure…

— Je pensais aux jumeaux et à toi. Je ne voulais pas…

Ash déglutit avec peine.

— Je ne voulais pas prendre le risque de leur faire du mal ni… ni à toi. Tu es si fine… et tu portes deux bébés.

Sophia sentit une énorme boule se nicher dans sa gorge. Ash était sincère. Mais pourquoi ne s'était-il pas expliqué plus tôt ?

— Je suis une femme, Ash. Je suis faite pour porter tes fils sans problème. Et tu sais, être enceinte n'empêche pas de faire l'amour.

— Je préférais ne prendre *aucun* risque.

Sophia comprit ses craintes. Et qu'en plus il n'avait pu lui en parler parce qu'il était incapable d'exprimer ses émotions.

D'un coup, toutes ses propres peurs refirent surface. S'il ne pouvait exprimer ses émotions, comment pourrait-il témoigner de l'affection à ses fils ? Il les tiendrait à distance, par crainte de ne savoir gérer ce qu'il ressentait pour eux.

Une expression de tristesse infinie envahit les traits de Sophia.

— Qu'y a-t-il ? demanda Ash.

— Je sais ce que représentent les jumeaux pour toi, Ash, mais je crains qu'eux ils n'aient jamais aucune chance de le savoir. Parce que tu seras incapable de leur montrer ou de leur dire combien ils comptent pour toi. J'ai peur que tu gardes tes distances avec eux, comme tu le fais avec moi. Je sais combien il est douloureux d'avoir un père perpétuellement indifférent, crois-moi. Ce que c'est que de se sentir rejeté par lui. Un enfant ne peut pas deviner que, si son père se comporte ainsi, c'est parce qu'il est incapable de montrer ses émotions, ses sentiments.

Elle redressa les épaules.

— Je veux que nos fils connaissent le vrai Ash, celui que j'ai connu autrefois, le Ash heureux que j'aimais tant. Mais je crains qu'ils ne le voient jamais, parce que tu l'as emprisonné au plus profond de toi et que tu ne lui laisseras jamais la liberté de profiter de ses enfants et de les aimer.

Chacune des paroles de Sophia produisait un violent choc en Ash. Il avait l'impression que des verrous cédaient les uns après les autres, qu'il se trouvait entraîné inexorablement au cœur d'un labyrinthe où l'attendait une vérité incontournable.

Il ne pouvait pas supporter d'être l'homme que Sophia venait de décrire. Un individu qui, même s'il aimait ses enfants, ne pourrait pas le leur montrer. Un mari qui désirait follement sa femme, qui avait un besoin vital d'elle, mais qui devenait une espèce d'infirme dès qu'il s'agissait de l'exprimer.

— Sophia !

Ash eut l'impression que son prénom lui avait été arraché du cœur par une force inconnue. Le pas mal assuré, il se dirigea vers elle. Et, quand il lui prit les mains, il sentit un violent tremblement le parcourir de la tête aux pieds.

— Je te promets que je serai le père que tu désires pour nos fils. J'essaierai d'être le Ash dont tu as gardé le souvenir. Ils ne douteront *jamais* de mon amour.

— Ash…

— Quant à ne pas te désirer…

Il l'embrassa avec une telle douceur, une telle tendresse que Sophia ne douta plus de son désir pour elle.

— Je ne veux pas te faire de mal, ni aux bébés, chuchota-t-il.

— Il n'y a aucun risque, je t'assure. Nous ferons attention, nous nous y prendrons délicatement, lentement, et…

Le frisson qui ébranla Ash fut plus éloquent que toute

parole. Mais quand il la déshabilla avec des mains tremblantes, avant de contempler son corps nu avec vénération, ce fut au tour de Sophia de trembler.

Et cette fois, lorsque Ash posa la main sur son ventre, il y eut une délicatesse incroyable dans son geste. Il établissait un contact avec ses enfants, comprit Sophia, tandis que la chaleur de sa paume diffusait en elle une sensation merveilleuse. Elle se sentit protégée, choyée.

Mais Sophia désirait davantage de son mari, son corps réclamait ses caresses.

Comme s'il l'avait deviné, Ash laissa glisser sa main vers l'endroit le plus secret où pulsait son désir.

Ash… Elle l'aimait tant ! Soudain, son amour sembla déborder de son cœur et les larmes roulèrent sur son visage sans qu'elle tente de les retenir.

Quand il s'aperçut qu'elle pleurait, Ash se reprocha aussitôt de s'être montré trop brutal, en dépit de toutes ses précautions.

— Qu'y a-t-il ? fit-il d'une voix inquiète.

— J'ai peur, Ash, avoua Sophia. Parce que je suis de nouveau tombée amoureuse de toi… Et parfois je me demande comment je vais pouvoir assumer cela, puisque je sais que tu ne veux pas de mon amour.

Cette fois, Ash comprit que les toutes dernières pierres du mur qu'il avait érigé autour de ses émotions venaient de s'effondrer. Puis il vit une larme rouler sur le visage de Sophia, suivie d'une autre.

Lui qui n'avait jamais été capable de s'apitoyer sur ses propres souffrances, d'exprimer son propre chagrin s'émouvait désormais de la souffrance qu'il avait infligée à Sophia. La voir pleurer lui était insupportable.

Et il en était le seul responsable.

— Je désire ton amour, Sophia, dit-il d'une voix sourde,

plus que tout au monde. Et je te désire plus que je n'ai jamais désiré quiconque de toute ma vie. Je le sais depuis des semaines, même si je me suis acharné à le nier. Tu dis que tu as peur, eh bien, j'ai eu peur, moi aussi, peur de reconnaître que tu représentais tout pour moi. Tellement peur que je ne pouvais même pas reconnaître ma peur. C'était plus facile de faire comme si elle n'existait pas. Je savais ce qui m'arrivait, mais j'ai essayé de lutter contre, je t'ai repoussée, pour me punir d'éprouver ce que je ressentais pour toi.

— C'est vrai ? murmura Sophia. Tu m'aimes vraiment ?

La crainte qui se lisait dans ses beaux yeux déchira le cœur de Ash.

— Oui, ma chérie. Je t'aime. Et je compte bien passer le reste de ma vie à te prouver combien tu m'es précieuse. Mais tu vas devoir m'aider, Sophia. Je commettrai beaucoup d'erreurs et j'aurai besoin de toi pour m'apprendre à vous aimer, toi et nos enfants, comme vous le méritez.

— Je le promets. Je t'aiderai tous les jours, mon amour.

A cet instant, un léger frémissement parcourut Sophia, suivi d'un autre.

Elle laissa échapper un soupir et posa de nouveau la main de Ash sur son ventre.

— Tu les sens ? murmura-t-elle. Nos fils se manifestent pour nous dire qu'ils sont contents de leurs parents.

Et, quand Ash pencha la tête pour embrasser son ventre, elle comprit qu'en matière d'apprentissage son mari allait se révéler un excellent élève.

Épilogue

Ils avaient raison, avait reconnu Sophia. Elle aurait préféré aller jusqu'au terme de sa grossesse et accoucher de façon naturelle, mais elle devait se ranger à l'avis des spécialistes.

Pas tant parce que le Dr Kumar et l'obstétricien qu'il avait fait venir de Bombay insistaient pour procéder dès maintenant à une césarienne — par sécurité, avaient-ils expliqué, parce que les bébés devenaient trop gros.

Elle accepterait la césarienne à cause de la peur qu'elle avait surprise dans les yeux de Ash.

Certes, il avait affirmé que la décision lui appartenait, mais elle avait compris qu'il était dévoré par une anxiété sans nom. Et la nuit précédente, après que l'équipe médicale eut donné son avis, elle s'était réveillée et avait surpris son mari en train de faire les cent pas dans la chambre. Quand elle l'avait interrogé, il avait reconnu qu'il était terrifié à l'idée de la perdre.

— Nasreen est morte parce que je ne me suis pas soucié d'elle. Et maintenant j'ai une peur épouvantable de te perdre parce que je t'aurais trop écoutée.

Il n'avait pas ajouté que ç'aurait été là son châtiment, mais Sophia avait compris ce qu'il avait voulu dire. Aussitôt, elle avait décidé qu'elle ne pouvait pas le faire souffrir jusqu'au terme de sa grossesse.

Aussi se trouvait-elle maintenant à la clinique, tandis que Ash arpentait de nouveau la pièce d'un pas nerveux. Autour d'eux, le personnel préparait l'accouchement.

— Vous avez pris la décision la plus raisonnable, dit l'obstétricien. Il reste encore trois semaines jusqu'au terme de votre grossesse et les jumeaux sont déjà si gros que je ne serais vraiment pas tranquille, pour eux autant que pour vous.

Sophia hocha la tête et prit la main de Ash, qui se tenait à côté du lit.

— Je t'aime tant ! lui murmura-t-il à l'oreille en resserrant les doigts autour des siens.

Quelques instants plus tard, le premier, puis le second de leurs fils vinrent au monde, avant d'être présentés à leurs parents.

Lorsque Sophia vit l'expression de Ash, tandis qu'il tenait l'un, puis l'autre bébé, avant de les déposer avec douceur entre ses bras, elle n'eut plus aucune crainte : leurs fils profiteraient pleinement de l'amour de leur père.

Tous trois formeraient un trio soudé par leur sexe et, quand les jumeaux grandiraient, elle se sentirait parfois exclue en tant que femme, mais le lien qu'elle et Ash partageaient était si puissant que rien ne pourrait les séparer.

— Je te promets d'être le père que tu désires pour eux, Sophia, dit Ash avec tendresse. Et le mari aimant dont tu as tant rêvé autrefois et que tu mérites.

SHARON KENDRICK

L'enfant secret du cheikh

Traduction française de
LOUISE LAMBERSON

DIADÈME

HARLEQUIN

Titre original :
THE SHEIKH'S HEIR

Ce roman a déjà été publié en 2018.

Chapitre 1

Cette fichue soirée ne finirait donc jamais ?

Réfugié dans l'antichambre faiblement éclairée du palais de Santina, cheikh Hassan Al Abbas se tourna vers son fidèle assistant en soupirant.

— Pensez-vous que je peux m'éclipser et les laisser s'amuser sans moi, Benedict ?

En réalité, Hassan savait très bien ce que celui-ci allait répondre, avec son tact et sa politesse tout anglaise.

— Votre absence ne manquerait pas d'être remarquée, Altesse, commença son assistant. Vous êtes l'un des invités les plus prestigieux… En outre, votre ami le prince Alex se sentirait sans doute offensé de constater votre départ, alors que l'on célèbre ses fiançailles.

Hassan serra les poings en refoulant le désir d'ôter sa veste de smoking ajustée. Il aurait de loin préféré porter l'une de ses robes habituelles, à même la peau, et galoper dans le désert en sentant le vent lui fouetter le visage. Au lieu de cela, il était contraint de rester confiné dans ce palais.

— Et si je suis persuadé que toute cette histoire n'est qu'hypocrisie et superficialité ? répliqua-t-il d'une voix glaciale. Si je pense qu'Alex est sur le point de commettre la plus grosse erreur de sa vie ?

— Il est rare que deux hommes tombent parfaitement

d'accord lorsqu'il s'agit des femmes, avança Benedict avec sa diplomatie coutumière. Quant à la question du mariage…

— Ce n'est pas seulement le choix regrettable d'Alex que je désapprouve ! s'exclama Hassan.

Toute l'irritation qui couvait en lui jaillit soudain. Tous les reproches qu'il avait accumulés depuis que son plus vieil ami, le prince Alessandro Santina, avait annoncé qu'il allait épouser Allegra Jackson.

— Le pire, c'est qu'il ait abandonné celle à qui il était promis depuis toujours ! Une femme de noble naissance, qui aurait fait une bien meilleure épouse pour lui.

— Son amour est peut-être trop fort…

— Son *amour* ? coupa Hassan.

Un goût d'amertume lui monta aux lèvres tandis qu'une douleur brève mais intense lui étreignait le cœur. Mieux que quiconque, il savait que l'*amour* n'était qu'une illusion, un terrible leurre, susceptible d'anéantir des vies entières.

— Les gens parlent d'*amour* alors qu'en réalité, il ne s'agit que d'assouvir de simples besoins sexuels, poursuivit-il avec dédain. Et un futur dirigeant ne peut pas se laisser dominer par les exigences de sa libido. Le devoir doit passer avant son désir.

— Oui, Altesse, approuva Benedict.

Hassan secoua la tête avec incrédulité.

— Vous rendez-vous compte que le futur beau-père d'Alex est un sordide ex-footballeur qui collectionne éhontément épouses et maîtresses ?

— J'ai entendu dire quelque chose de ce genre, en effet.

— Je n'arrive pas à croire qu'Alex puisse envisager de se marier avec l'un des membres d'une famille aussi peu recommandable ! Avez-vous vu comment ils se sont conduits tout à l'heure ? Ils avalent le champagne comme si c'était de l'eau ! Quant à leurs excentricités, je préfère ne pas en parler…

— Altesse, je…

— Cette Allegra ne peut pas devenir l'épouse d'un prince héritier !

Hassan frappa du plat de la main sur un guéridon dont le bois précieux vibra sous le choc.

— C'est une traînée ! continua-t-il. Tout comme sa mère et ses sœurs ! Avez-vous assisté à ce pitoyable spectacle qui m'a poussé à fuir, Benedict ? Lorsque sa sœur est montée sur le podium et a voulu chanter ?

— Oui, Altesse, je l'ai vue, dit doucement son assistant. Mais le prince héritier a pris sa décision : il épousera Mlle Jackson, et je ne crois pas que quiconque puisse le faire changer d'avis — pas même vous.

Benedict haussa les sourcils de façon imperceptible.

— Ne pensez-vous pas que vous devriez maintenant aller rejoindre les invités, Altesse ? Avant qu'on ne commence à spéculer sur votre absence…

Hassan leva la main pour le faire taire et tendit l'oreille en se raidissant. Avait-il bien entendu un léger bruit, provoqué par quelque chose, ou *quelqu'un* ? Après ces mois passés au combat, percevait-il du danger partout ?

— Avez-vous entendu quelque chose, Benedict ?

— Non, Altesse.

Après un bref silence, Hassan hocha la tête et se détendit un peu.

— Très bien, retournons à cette parodie de réception, et voyons si je peux trouver une partenaire acceptable avec qui danser.

Il éclata d'un rire sardonique.

— Une femme qui soit l'opposé d'Allegra Jackson et de sa famille de malotrus !

Comment *osait*-il s'exprimer ainsi ?

Ella attendit quelques minutes afin d'être sûre qu'il soit vraiment parti, puis étira ses membres ankylosés. Elle était restée trop longtemps sans bouger, dans une position inconfortable. En outre, elle avait retenu son souffle la plupart du temps, craignant de révéler sa présence.

A un certain moment, elle avait bien cru qu'il allait la découvrir. Mais, par chance, ce mâle arrogant avait pensé s'être trompé et était allé rejoindre les autres — non sans avoir insulté Allegra et Izzy, ainsi que toute la famille Jackson.

L'Anglais l'avait appelé *Altesse*, et de toute façon, à en juger par l'impériosité et l'arrogance de son ton, cet homme était visiblement un aristocrate. Sa voix profonde était empreinte d'un léger accent et il en émanait une autorité et une fierté certaines. Etait-il possible qu'il s'agisse de ce puissant cheikh dont tout le monde parlait ? Le plus vieil ami du futur marié, dont la venue avait provoqué tant de rumeurs et d'excitation, comme s'il avait été une vedette de cinéma ?

Ella se leva avec maladresse. Les perles incrustées dans le tissu de sa robe sophistiquée s'enfonçaient dans sa peau et ses boucles indomptables avaient sans doute besoin d'un sérieux coup de brosse… Il fallait à tout prix qu'elle s'arrange un peu avant de retourner se mêler aux invités. Pourtant, elle aurait donné n'importe quoi pour ne pas remettre les pieds dans l'immense salle de réception, où l'on célébrait les fiançailles de sa sœur Allegra avec le prince héritier de Santina.

N'était-ce pas ironique qu'elle s'en soit échappée pour les mêmes raisons que le cheikh ? Au moment où sa sœur Izzy était montée en titubant sur le podium, Ella avait eu envie de disparaître sous terre. Elle aimait beaucoup Izzy, mais pourquoi fallait-il toujours qu'elle se ridiculise ? Pourquoi vouloir chanter en public alors qu'elle n'avait *aucun* talent ?

Après s'être éclipsée, Ella était venue se réfugier dans la pénombre de cette antichambre, avant que le silence ne soit troublé par un bruit de pas se rapprochant. D'instinct, elle s'était cachée derrière un coffre imposant. Quelques instants plus tard, elle avait entendu la porte s'ouvrir et se refermer doucement, puis une voix d'homme pousser un juron, bref mais explicite. Cette voix profonde et teintée d'un léger accent qui, ensuite, avait massacré sa famille.

Mais, au fond, cet homme n'avait-il pas raison ? Son père, Bobby Jackson, en était à sa troisième épouse, et il s'était marié deux fois avec l'une de ses ex. Sans compter ses innombrables liaisons extraconjugales — celles dont parlaient les journaux et celles qu'il réussissait à garder secrètes.

La vie de sa mère n'avait-elle pas été gâchée par un attachement sans espoir à un homme incapable de fidélité ? Douce et stupide, elle n'avait jamais su voir le moindre défaut chez son mari volage, si bien qu'elle avait accepté de l'épouser deux fois, se laissant traiter comme un objet par son mari.

Pour connaître l'exemple à ne *pas* suivre en matière de relation amoureuse, Ella n'avait eu qu'à regarder vivre ses parents. Très vite, elle s'était juré de ne *jamais* permettre à aucun homme de se moquer d'elle ainsi.

Après s'être penchée pour ramasser son sac à main, elle en sortit son peigne aux dents larges, le seul qui puisse l'aider à discipliner un tant soit peu ses boucles rebelles.

A présent, elle pouvait allumer une lampe. Le cheikh ne reviendrait pas. Il était sans doute en train de danser avec une partenaire digne de lui… La pauvre, se dit Ella avec une compassion sincère. Danser avec un type doté d'un ego aussi gigantesque devait représenter une véritable torture !

Quand elle appuya sur l'interrupteur, une lumière dorée jaillit, dévoilant la splendeur majestueuse de la vaste antichambre. Après avoir exploré la pièce, Ella découvrit un miroir accroché au fond d'une alcôve. Reculant d'un pas, elle examina son reflet d'un œil critique.

Sa robe était un peu courte à son gré, mais les perles argentées incrustées dans le tissu et la coupe audacieuse étaient tout à fait dans l'air du temps. Dans la profession d'Ella, le look était primordial. Ses clients à l'allure *flashy* désiraient rencontrer une professionnelle à leur image, et non une créature banale se fondant dans le décor. En tant qu'organisatrice d'événements ciblant la catégorie des nouveaux riches, Ella avait profité de la réputation de sa famille et, par conséquent, elle travaillait pour des gens fortunés, mais dont le goût était loin d'être très sûr.

Elle avait très vite appris les règles en vigueur dans ce milieu. Mais, de toute façon, le fait d'avoir grandi dans une atmosphère de scandales et souffert de la mauvaise réputation de sa famille lui avait appris à s'adapter quasiment à *tout* pour survivre.

Si un top model glamour voulait arriver à son mariage dans un carrosse couvert de strass étincelants, il s'attendait à ce que la personne qui organise l'événement étincelle tout autant. Alors, Ella éblouissait.

En plus de l'éternel rouge à lèvres vermillon accentuant sa grande bouche, elle arborait des tenues très tendance qui impressionnaient ses clients, et des chaussures dont les talons atteignaient parfois des hauteurs vertigineuses.

Mais ce n'était qu'une apparence. La vraie Ella restait en effet inaccessible à tous, dissimulée dans un lieu connu d'elle seule, où personne ne pouvait l'atteindre ou lui faire de mal. Débarrassée de tout clinquant, elle se métamorphosait en une autre femme lorsqu'elle rentrait chez elle. A ce moment-là, elle redevenait celle dont tout le monde s'était toujours moqué dans sa famille.

Ella aurait tant aimé se retrouver dans sa petite maison, sans maquillage, vêtue de son vieux jean et d'un T-shirt, avec de la peinture sous les ongles, au lieu de devoir supporter cette soirée interminable. Mais il s'agissait des fiançailles d'Allegra, soupira-t-elle avec résignation, aussi se devait-elle de faire un effort.

La situation était sans nul doute extraordinaire : une Jackson allait épouser un prince héritier, le fils aîné de l'une des familles royales méditerranéennes les plus anciennes et les plus respectées — et la guerre était déclarée. Ne venait-elle pas de l'entendre confirmer par l'arrogant cheikh ? Les journalistes se tenaient à l'affût du moindre faux pas, jubilant à la perspective de raconter les mésaventures de la famille Jackson, qui entreprenait de frayer avec l'aristocratie.

Eh bien, Ella leur montrerait ce que valait une Jackson ! A tous. Leurs cruelles remarques ne l'atteindraient pas.

Se sentant soudain affreusement vulnérable, elle se mordit la lèvre. Elle travaillait dur, depuis toujours, et pourtant, à cause de son nom de famille, des gens la cataloguaient. Ils se figuraient sans doute qu'elle passait son temps à siroter du champagne et à faire la fête, alors que rien n'aurait pu être plus éloigné de la réalité.

Après avoir passé le peigne dans ses cheveux, Ella vérifia que son mascara n'avait pas coulé, puis appliqua une nouvelle couche de rouge à lèvres écarlate.

Ses boucles d'oreilles ondulaient en scintillant — même son ombre à paupières bleue était pailletée. Son armure étincelante en place, elle était prête à affronter les foules.

La musique et les voix se précisèrent peu à peu tandis que ses talons claquaient sur le sol de marbre du couloir. Ses escarpins neufs, noirs et vernis, mettaient ses jambes en valeur. En outre, les hauts talons argentés la forçaient à se redresser et à se tenir droite, et ce soir Ella en avait bien besoin.

Elle contempla l'immense salle de réception brillamment éclairée et emplie d'invités glamour, puis laissa errer son regard vers la piste de danse. Les couples dansaient, pressés les uns contre les autres. Des aristocrates se mêlaient à des stars de télévision, tandis que des footballeurs autrefois très connus et ayant travaillé avec son père étaient accoudés au bar. Ella aperçut plusieurs membres de sa famille qui semblaient s'amuser, avec un enthousiasme un peu trop manifeste… A côté de son père qui vidait une flûte de champagne, elle vit sa mère non loin de lui, son éternel sourire optimiste aux lèvres. En fait, elle s'inquiétait, comprit Ella, parce que son mari buvait trop. Ou parce qu'elle craignait qu'il n'aille draguer une jeune femme qui aurait pu être sa fille.

Pourvu qu'elle ne le laisse pas s'enivrer, songea Ella, et qu'il ne se mette pas en tête de courtiser la petite amie — ou la femme — d'un invité !

A cet instant, elle aperçut Izzy. Sa sœur dansait, collée à son partenaire d'une façon si indécente que, gênée, Ella détourna les yeux. Sachant que cela n'aurait servi à rien de tenter de raisonner sa sœur, elle promena son regard sur les danseurs avant de l'arrêter sur un homme qui se détachait de tous les autres à cause de sa haute taille et de son allure exotique.

Ella battit des paupières. Il y avait toutes sortes d'hommes somptueux dans la salle de réception, mais celui-ci attirait le regard. En fait, il semblait déplacé au milieu des autres invités, mais Ella aurait été incapable d'expliquer pourquoi. Certes, il était plus grand que la moyenne, son corps était particulièrement musclé mais, surtout, un charisme puissant et impérieux irradiait de lui.

Tout en retenant son souffle, Ella étudia son visage avec attention. De la cruauté se dégageait de ces traits arrogants, songea-t-elle avec un frisson. Ces yeux noirs semblaient vides, dénués de toute émotion, et un sourire cynique arrondissait sa bouche sensuelle tandis qu'il écoutait sa compagne, une blonde qui s'adressait à lui en redressant le menton.

C'était lui, Ella le comprit d'instinct. L'homme qui avait émis un jugement aussi brutal envers sa famille, dans l'antichambre où elle était dissimulée derrière le coffre.

Fascinée malgré elle, elle ne pouvait détourner son regard. Sa peau mate luisait doucement, comme si ses traits avaient été sculptés dans un métal précieux. Lorsqu'une ravissante femme à la chevelure rousse passa soudain à côté de lui, il baissa aussitôt les yeux sur son décolleté plongeant.

Il était l'incarnation même du danger et de la sensualité virile, songea Ella. A cet instant, il redressa la tête et s'immobilisa, puis ses yeux noirs balayèrent l'espace jusqu'à ce qu'ils se posent sur elle.

C'était un regard de *prédateur*. Ella eut l'impression d'être prise dans un faisceau aveuglant. Inexorablement, elle se sentit rougir, tandis qu'une douce chaleur naissait au fond de son ventre avant de se déployer dans tout son corps. Avait-il senti qu'elle le regardait ? Il fallait qu'elle détourne les yeux. Sur-le-champ. Mais Ella fut incapable de faire le moindre mouvement, comme si cet homme superbe lui avait jeté un sort.

Soudain, il haussa les sourcils d'un air à la fois interrogateur et arrogant. Puis, comme elle ne réagissait toujours pas, il se pencha pour murmurer quelque chose à l'oreille de la blonde.

Celle-ci se tourna vers Ella et la foudroya du regard tandis que l'homme s'éloignait d'elle pour s'avancer droit vers Ella. Elle devait fuir sans attendre, songea-t-elle. Quitter cet endroit avant qu'il ne soit trop tard…

Mais elle était toujours incapable de bouger. A présent, il se trouvait à deux mètres à peine et sa proximité devenait si troublante qu'Ella sentit le souffle se bloquer dans sa gorge. Il se rapprochait… Soudain, son aura l'enveloppa tandis que tous les autres invités se fondaient dans le néant.

Après s'être arrêté devant elle, il promena son regard sur son visage, puis, lentement, le laissa descendre sur son buste.

— Nous sommes-nous déjà rencontrés ? demanda-t-il.

Ella n'avait pas eu besoin d'entendre sa voix profonde pour être sûre qu'il s'agissait de l'inconnu de l'antichambre. Elle avait bien deviné qu'il était fier et arrogant, mais elle n'avait pas soupçonné qu'il puisse posséder un tel charisme. Ni qu'il produise un effet aussi puissant sur elle, à tel point qu'elle avait l'impression que son cerveau s'était vidé de toute pensée.

— Non, je ne crois pas, répliqua-t-elle d'un ton détaché.

Hassan observa les émotions qui parcouraient les traits de cette Madone au visage ovale. Elle l'avait observé en le déshabillant du regard ! Comme si elle était prête à déchirer ses vêtements, ici et maintenant… Son avidité avait fait place à de la méfiance, et à un embarras certain. Il sentait même un soupçon d'hostilité émaner de la jeune femme.

— Vous *croyez*… Vous n'en êtes pas sûre ? murmura-t-il.

En dépit de son accent, il parlait un anglais impeccable, constata Ella. Et sa voix passait sur sa peau comme une caresse de velours.

— Si, absolument, répondit-elle avec calme.

— Pourtant, vous me fixiez avec une telle insistance…

— N'avez-vous pas l'habitude d'être admiré par les femmes ? répliqua-t-elle avec innocence.

— Non, pas du tout, dit Hassan en réprimant un sourire.

Lorsqu'il baissa les yeux sur sa bouche d'un rouge provocant, il sentit le désir rugir en lui.

— Comment vous appelez-vous ?

Ella aurait préféré que ses seins cessent de frémir, et que la chaleur ne se propage pas ainsi, au plus profond de son intimité. Elle ne voulait pas ressentir de telles sensations face à un homme qui parlait des membres de sa famille comme s'ils étaient… des animaux.

Redressant les épaules, elle le regarda dans les yeux.

— Je m'appelle… Cinderella.

Très bien. Il était prêt à jouer à son petit jeu, songea Hassan en contemplant ses lèvres pulpeuses. Puis il le laissa glisser sur le corps mince et ferme de cette Cendrillon des temps modernes, moulée dans une robe qui mettait en valeur ses courbes ravissantes.

— Vraiment ? Dans ce cas, je crois que le conte de fées est devenu réalité, Cinderella : vous venez de rencontrer votre prince charmant.

C'étaient les paroles les plus éculées qu'Ella ait jamais entendues et pourtant, elle ne put s'empêcher de sourire, tout en rougissant de plus belle.

Toutefois, elle ne succomberait pas aussi facilement. N'avait-elle pas appris, par l'exemple humiliant de son père, que les hommes étaient experts dans l'art de roucouler, sans penser un traître mot des fadaises qu'ils débitaient aux femmes assez stupides pour les croire ? Ella s'était juré de ne jamais faire partie de ces faibles créatures.

Elle redressa les épaules en se réjouissant d'avoir choisi

des talons d'une hauteur ridicule. Grâce à eux, elle était presque aussi grande que lui.

— Ainsi, vous êtes un vrai prince ? lâcha-t-elle d'un ton moqueur.

— Oui.

Hassan sentit une légère irritation le gagner. Il ne s'était pas attendu à ce qu'elle s'incline devant lui, mais un peu de déférence ne lui aurait pas déplu.

— Je m'appelle Hassan, poursuivit-il avec fierté. Je suis cheikh, prince du désert.

— Ah !

Cette fois, il la contempla en plissant le front. Etait-ce bien du sarcasme qu'il avait perçu dans sa voix ? Non, impossible. Les gens étaient toujours impressionnés par son titre de cheikh. Etre séduite par un cheikh semblait même représenter le fantasme suprême aux yeux de la plupart des femmes occidentales qu'il avait rencontrées.

L'ambiguïté de la réaction de la jeune femme fit pulser le sang dans ses veines. Ses yeux bleus légèrement bridés lui firent penser à ceux d'un chat, et soudain une chaleur infernale l'envahit. Incapable de repousser la vision, il imagina ces mêmes yeux s'assombrir tandis qu'il s'enfonçait au plus profond de sa féminité.

— Et maintenant, je crois que nous sommes supposés danser, dit-il d'une voix rauque.

Lentement, il laissa glisser son regard sur ses jambes, jusqu'à ses pieds fins chaussés d'escarpins noirs à très hauts talons.

— Avant que vous ne disparaissiez au douzième coup de minuit, poursuivit-il, en abandonnant l'une de ces chaussures très sexy derrière vous.

Ella sentit son cœur battre la chamade. Bien sûr, elle savait que ses escarpins étaient sexy — aucune femme ne choisissait ce type de chaussures pour leur confort. Mais la façon directe de s'exprimer du cheikh produisait un effet étrange sur elle. Cet homme la prenait pour une créature qu'elle n'était pas. Il pensait qu'elle avait mis ces escarpins dans le but de se faire remarquer et d'attirer les hommes. Ce qui n'avait pas été son intention.

Une fois encore, Ella se dit qu'elle devait fuir cet homme. Mais son corps en décida autrement.

— Je n'ai pas très envie de danser, avoua-t-elle.

— Ah, mais c'est parce que vous n'avez jamais dansé avec moi, répliqua-t-il en lui prenant la main.

Il l'entraîna vers la piste.

— Dès que vous aurez essayé, vous changerez d'avis, croyez-moi.

Ella déglutit. Quelle arrogance, quelle présomption ! Le moment était venu de se dégager et de s'éloigner pour calmer les émotions déstabilisantes qui se bousculaient en elle.

Alors, pourquoi se laissait-elle conduire vers l'endroit où les lustres projetaient leur lumière sur le sol brillant ? Parce qu'elle savourait la sensation de cette main chaude enserrant la sienne. C'était aussi simple que cela. Ella se sentait légère et excitée, et son cœur battait à tout rompre, comme si elle venait de piquer un cent mètres.

Une vague de honte l'envahit : elle allait trahir sa famille en dansant avec un homme qui les méprisait. Mais quand Hassan la prit dans ses bras, tout scrupule la déserta. Son corps viril était aussi chaud et aussi ferme qu'Ella l'avait imaginé.

Souviens-toi de tout ce qu'il a dit sur ta famille, se rappela-t-elle dans une sorte de brouillard confus.

— Vous sentez merveilleusement bon, murmura-t-il. Votre parfum ressemble aux senteurs d'une prairie chauffée par le soleil d'été.

Ella fit un effort pour redresser la tête et se concentra sur sa mâchoire.

— Que peut savoir un cheikh des prairies en été ?

— Des tas de choses. Quand j'étais jeune garçon, je venais chez Alex et parfois, nous allions en Angleterre, pour jouer au polo — nous étions tous les deux d'excellents joueurs. C'est là que j'ai découvert que le parfum de l'herbe fraîchement coupée était parmi les plus séducteurs au monde.

Hassan sourit dans ses cheveux.

— Surtout lorsqu'une jeune fille y est étendue, à moitié dévêtue.

Quand Ella sentit la douce caresse de ses doigts sur sa peau nue, elle comprit qu'il était grand temps de mettre un terme à cette situation embarrassante.

Levant son visage vers lui, elle lui adressa un sourire éblouissant, et complètement artificiel.

— Vous devez avoir été surpris de trouver *une partenaire acceptable avec qui danser*, dit-elle. Dois-je me sentir flattée ?

Surpris par ce brusque changement de sujet, Hassan la regarda en fronçant les sourcils. En outre, ses paroles avaient évoqué un vague souvenir en lui.

— Peut-être.

Il laissa glisser sa main sur son dos et effleura les boucles soyeuses qui ondulaient sur sa peau.

— Mais j'imagine que vous êtes habituée aux flatteries, ajouta-t-il.

— Etes-vous toujours aussi prévisible quand vous vous adressez à une femme ?

— Prévisible ? Vous désirez davantage d'originalité, Cinderella ?

Ses seins ronds se pressaient de façon provocante contre lui.

— Mais comment pourrais-je me montrer original avec une femme comme vous ? poursuivit-il. Que pourrais-je vous dire que d'innombrables hommes ne vous aient déjà dit ? Vous devez être lasse d'entendre que vos yeux prennent par moments la teinte d'un ciel d'été avant l'orage. Que vos cheveux sont plus doux et plus chatoyants que la soie… Que leurs reflets cuivrés y ajoutent un mystère dans lequel on sombre malgré soi…

Hassan pencha la tête et ferma les yeux en inhalant les délicieux effluves qui émanaient d'elle. Sans plus réfléchir, il la serra contre lui. Il la désirait, comme un fou. Cela faisait longtemps qu'il n'avait pas tenu une femme dans ses bras, songea-t-il. Et en avait-il jamais connu qui émette des messages aussi contradictoires que celle-ci…

Horrifiée, Ella fut bien forcée d'admettre qu'elle *avait envie* de s'abandonner à son étreinte. Elle sentait le cœur de Hassan battre, comme en écho au sien, et elle voulait croire ces paroles enchanteresses qu'il adressait sans doute à toutes les femmes — et qui ne signifiaient absolument rien.

— Hassan, commença-t-elle d'une voix mal assurée.

Il caressa son dos nu.

— Ou que vos lèvres sont les plus belles, les plus sensuelles que j'aie jamais vues, poursuivit-il. Dites-moi, ce rouge à lèvres a-t-il un goût de rose, de cerise ?

— Hassan, répéta-t-elle.

Sa voix n'avait été qu'un murmure.

— Oh… Que j'aime entendre mon prénom jaillir de votre ravissante bouche ! Dites-le encore. Dites-le comme si vous désiriez me demander une immense faveur, et voyons si je peux deviner en quoi consisterait cette faveur.

S'efforçant de rester insensible à l'érotisme contenu dans ses paroles, Ella s'écarta de lui.

— Que pensez-vous de la fiancée du prince Alessandro ?

Un déplaisir manifeste traversa les traits de son cavalier.

— Je ne pense pas que mon opinion vous intéresse vraiment, dit-il d'un ton sec.

— Vous vous trompez ! J'aimerais *beaucoup* la connaître.

Hassan recula. Elle était ravissante, mais elle franchissait une limite interdite. Ne comprenait-elle pas que lorsqu'il avait décidé qu'un sujet était clos, il était clos ? Et qu'en insistant de façon puérile, elle allait gâcher la soirée ? Il voulait danser avec elle, sentir sa peau satinée tressaillir sous ses doigts et ses seins frémir contre sa poitrine. Si elle cessait de faire l'enfant, il pourrait bien l'emmener dans son lit.

— Je crois qu'il vaut mieux ne pas s'attarder sur ce sujet, vous ne partagez pas mon avis ?

— Non, pas du tout.

Ella vit une lueur d'avertissement éclairer ses yeux sombres. Ce cheikh présomptueux avait sans doute l'habitude de voir les gens céder à ses caprices dès qu'il claquait des doigts.

— Auriez-vous épuisé le sujet, maintenant que vous avez émis votre jugement dans l'ombre ?

— Je vous demande pardon ? répliqua-t-il en relâchant son étreinte.

Ella en profita pour reculer d'un pas.

— Vous avez très bien entendu, dit-elle. Mais vous souffrez peut-être d'une forme d'amnésie : désirez-vous que je vous rafraîchisse la mémoire ?

— De quoi parlez-vous, bon sang ?

— Voyons… Vous estimez que le choix de votre ami Alex est *regrettable* et que *cette Allegra* ne peut pas devenir l'épouse d'un prince héritier, n'est-ce pas ? N'est-elle pas une *traînée, tout comme sa mère et ses sœurs* ? La famille Jackson est *si vulgaire, si peu recommandable…*

— D'où tenez-vous cela ? demanda-t-il d'un ton glacial.

— Je remarque que vous ne niez rien ! répliqua Ella en haussant le ton.

Plusieurs danseurs tournèrent la tête vers eux, puis Ella vit une lueur de compréhension naître dans le regard de Hassan.

— Vous condamnez des gens sans même les avoir rencontrés, poursuivit-elle.

Il la regarda un instant en plissant les yeux.

— Vous faites partie de la famille Jackson, n'est-ce pas ?

— Oh ! Bravo, prince du désert ! s'exclama-t-elle d'un ton sarcastique. Vous avez mis du temps à comprendre… Oui, je suis l'une des misérables filles Jackson !

— Vous écoutez aux portes ? fit-il en lui décochant un regard noir.

— Peut-être…

— Oui, vous écoutez aux portes ! répéta Hassan avec dédain.

Il sentit la colère monter en lui. Mais, au fond, c'était envers lui-même qu'il était furieux. Il aurait dû écouter son instinct : il avait bel et bien entendu du bruit, et pourtant il s'était laissé convaincre du contraire. Lui, un souverain venant d'une zone en guerre…

— C'est exactement le genre d'attitude qu'on peut attendre d'un membre d'une famille comme la vôtre. Vous confirmez ce que je pensais : votre intrusion dans les milieux royaux est inappropriée, et le prince Alessandro commet une erreur colossale en choisissant votre sœur.

Au fond, ce n'étaient pas tant ses paroles blessantes qui faisaient bouillir le sang d'Ella, que l'air supérieur avec lequel il les assénait. A l'entendre, Hassan détenait la vérité, il avait le droit de dire ce qu'il voulait et elle n'avait qu'à se plier à son diktat !

A présent, les gens les regardaient, remarqua-t-elle soudain. Mais elle n'en avait cure.

— Vous nous trouvez vulgaires ? répliqua-t-elle. Eh bien, je vais vous montrer à quel point nous le sommes…

Sans réfléchir, Ella saisit une flûte de champagne sur le plateau d'un serveur qui passait et en lança le contenu à la figure de l'arrogant cheikh. Puis elle lui tourna le dos et s'avança parmi les invités qui s'écartaient sur son passage en la contemplant avec stupeur.

Chapitre 2

Sur le moment, Hassan resta interdit : cette petite garce de Jackson lui avait balancé du champagne à la figure !

Conscient des regards braqués sur lui, il s'essuya les joues d'un geste rageur tandis que le silence faisait place à des murmures excités. Mais Hassan y prêta à peine attention. Il était trop concentré sur les hanches moulées de tissu argent qui s'éloignaient en ondulant de façon provocante.

Cinderella Jackson traversait l'immense salle de réception aussi vite que ses talons ridiculement hauts le lui permettaient.

Hassan vit son garde du corps lui lancer un regard interrogateur, mais il secoua la tête, bien décidé à régler cette affaire lui-même.

Comment avait-elle pu oser l'humilier de cette façon ? En *public* ? Dans son pays, un tel acte était passible de prison !

Hassan s'élança derrière la jeune femme en pinçant les lèvres, puis arriva bientôt derrière elle. Mais il veilla à maintenir une certaine distance entre eux. Le bruit de ses hauts talons martelant le sol de marbre résonnait, et soudain elle jeta un bref regard par-dessus son épaule avant d'accélérer le pas.

Sans dire un mot, Hassan la suivit, ravi de la voir hésiter un bref instant lorsque le couloir se divisa en deux branches. Elle ne savait pas où elle allait, comprit-il avec satisfaction, alors que lui, il connaissait par cœur le dédale de couloirs du palais de Santina. En effet, il y avait souvent joué à cache-cache avec Alex quand ils étaient gamins.

Finalement, elle s'engagea dans le passage le plus étroit. Hassan aurait pu la rattraper, mais cette poursuite était trop savoureuse, trop excitante pour qu'il souhaite y mettre un terme.

Il ne bondit sur sa proie qu'une fois qu'ils eurent quitté le corps principal du palais. A présent, aucun serviteur ne risquait plus de croiser leur chemin. Lorsqu'il accula la jeune femme dans un coin, elle pivota sur elle-même en haletant. Ses boucles luxuriantes ruisselaient sur sa robe argentée et elle le regarda avec des yeux immenses. Leur teinte lui évoqua alors *vraiment* un ciel menaçant, un soir d'orage.

Cinderella lui offrait la vision la plus sauvage, la plus provocante et la plus érotique qu'il ait jamais contemplée.

— Je vous tiens, murmura-t-il d'un ton triomphant.

Mais il ne la toucha pas.

Ella le dévisagea, le cœur battant si fort qu'elle eut l'impression qu'il allait jaillir de sa poitrine. Elle avait très chaud et un mal fou à respirer. Courir avec des talons pareils avait été stupide ! Maintenant, ses pieds la brûlaient atrocement. Qu'est-ce qui l'avait poussée à réagir ainsi ? Comment avait-elle pu oser jeter le contenu de son verre à la tête de cet homme qui la dominait maintenant de toute sa hauteur ? L'espace d'un instant, elle le vit comme une incarnation du diable.

Eh bien, elle avait commis un acte irréfléchi et absurde, et elle n'avait plus qu'à recouvrer son calme.

— Vous ne me faites pas peur ! lança-t-elle d'un ton peu convaincant.

— C'est vrai ?

Hassan se pencha vers elle.

— Pourtant, après avoir agi de façon aussi… inconsidérée, la plupart des gens seraient assez terrorisés, à votre place…

Ses seins se soulevaient rapidement, faisant scintiller les perles brodées sur le bustier de sa robe.

Soudain, Hassan eut du mal à se rappeler les raisons de sa colère. Il était si excité par la proximité de cette femme qu'il ne pouvait articuler un mot.

— Vous avez fait un bel esclandre, tout à l'heure, dit-il enfin en recouvrant ses esprits.

Elle devait se montrer prudente, songea Ella. Elle se trouvait face à un homme aussi puissant que dangereux. Hélas, elle ignorait *comment* s'y prendre pour calmer le jeu.

— Et alors ? répliqua-t-elle sans réfléchir.

— Vous ne semblez pas avoir peur du scandale. Mais vous n'avez pas de réputation à perdre, n'est-ce pas ?

Au contraire, songea Ella en soutenant son regard. Il se trompait lourdement ! Elle avait travaillé très dur pour monter son entreprise et en vivre. En fait, sa mésaventure avec le cheikh, survenue au beau milieu de la célébration des fiançailles du prince Alessandro Santina, allait sans doute faire office de publicité gratuite et lui amener de nouveaux clients ! Et sa fréquentation des milieux aristocratiques constituait un atout supplémentaire pour ses activités professionnelles.

— Tandis que vous, répliqua-t-elle avec ironie, vous…

— Bien sûr ! l'interrompit-il. Dans mon pays, ma parole fait loi. C'est moi qui *édicte* les lois.

— Quel homme ! lança-t-elle d'un ton moqueur.

A présent, son insolence excitait Hassan autant qu'elle le rendait furieux.

— Mon peuple m'admire, et les gens n'apprécieront pas de découvrir dans la presse qu'une Anglaise parfaitement inconnue a eu l'audace de jeter du champagne à la tête de leur souverain.

— Vous me surprenez : j'aurais plutôt pensé qu'ils étaient habitués au récit de vos aventures rocambolesques !

L'espace d'un instant, Ella crut voir l'ébauche d'un sourire se former sur ses lèvres, avant de disparaître aussitôt.

— En tout cas, vous n'aviez qu'à penser aux conséquences de vos paroles avant de vous en prendre à ma famille, reprit-elle.

— Vous voulez dire : avant de dire la *vérité* ?

— Ce n'est…

— Oh, je vous en prie, épargnez-moi vos dénégations creuses ! coupa-t-il. Allez-vous contester que votre père soit un habitué du tribunal des faillites ? Ou que la voix horrible de votre sœur ait horrifié tous les invités ? Ou encore, que le prince héritier ait laissé tomber sa fiancée, qu'il connaissait depuis des années, pour épouser une autre de vos sœurs ?

— Si seulement une serveuse passait, je serais ravie de vous lancer un autre verre de champagne à la figure !

Il pencha la tête sur le côté en l'observant.

— Vraiment ? Avez-vous souvent recours à de telles tactiques, dignes d'une cour de récréation ?

— Uniquement lorsque je me retrouve face à la terreur de la classe ! riposta Ella en le foudroyant du regard. En fait, je n'avais jamais fait une chose pareille.

— Non ? Dois-je comprendre que vous avez jugé bon de faire une exception pour moi ?

Hassan contempla ses lèvres pleines en refoulant le désir qui le ravageait. Il avait envie de sentir cette bouche sous la sienne, et ce corps ravissant palpiter contre le sien, *sous* le sien.

— Je me demande bien pourquoi ! lança-t-il.

La lueur sauvage qui illuminait ses yeux bruns incendia Ella.

— Parce que vous êtes insupportable, trop sûr de vous et trop attaché aux traditions ! Vos remarques étaient tellement dépassées et machistes que je n'ai pas pu faire autrement que de réagir de façon primitive ! De toute évidence, vous ignorez que le monde a évolué depuis le Moyen Age.

Il fronça les sourcils d'un air sombre.

— Vous me trouvez arriéré ?

Soudain, Ella ne fut plus sûre de rien. Il la regardait avec une telle intensité, une telle chaleur, que la moindre cellule de son corps réagissait. Il était temps qu'elle se ressaisisse.

— Oui, et je crois que vous êtes totalement étranger à la civilisation moderne ! Comment pourriez-vous la connaître en restant coincé dans votre désert, loin de tout ? Je parie que vous vous déplacez à dos de chameau…

Hassan n'en croyait pas ses oreilles. En fait, il venait de passer la plupart des derniers mois à cheval tandis qu'il se battait pour mettre un terme au conflit qui opposait son pays à une nation voisine. Mais même si sa vie comportait des aspects traditionnels, il avait toujours été ouvert aux nouvelles technologies, conscient qu'elles représentaient la condition *sine qua non* de tout véritable progrès.

Il songea à son parc de véhicules, au jet ultramoderne et aux ingénieurs qu'il employait pour travailler sur des moyens de transports plus respectueux de l'environnement.

— En insultant mon pays, dit-il avec colère, vous portez atteinte à mon honneur.

— Comme vous avez porté atteinte au mien !

— Tout ce que j'ai dit était exact, répliqua Hassan en soutenant son regard. Alors que vous, vous venez d'émettre un jugement sur ma terre natale sans rien savoir sur elle.

— Eh bien, tant pis ! Assumez. Maintenant, si vous voulez bien me laisser passer, j'aimerais m'en aller.

Les femmes ne réagissaient *jamais* ainsi avec lui. Au contraire, elles étaient d'habitude prêtes à tout pour le satisfaire. Et aucune ne lui avait jamais lancé de champagne à la figure avant de s'éclipser avec un délicieux balancement des hanches, éveillant toutes sortes de désirs brûlants en lui.

Mais en dépit du dédain affiché par cette femme surgie d'un conte de fées, la sensualité vibrait entre eux. Le désir avait frémi dès le début, et rien de ce qui s'était passé, rien de ce qu'ils avaient dit, ne l'avait diminué. Hassan le lisait au fond de ses yeux couleur de ciel d'orage, il le voyait à la façon dont les pointes de ses seins se dressaient sous le tissu, faisant miroiter les perles argentées.

Au cours des longs mois passés à combattre dans le désert, il avait été contraint à une abstinence forcée, mais à présent sa libido réclamait son dû.

Hassan regarda autour de lui : le couloir était vide. Pouvait-il la prendre là, sans risquer d'être surpris ? Ou se contenter de lui donner un aperçu de ce qui allait s'ensuivre dans sa chambre ?

Toute sa colère s'était maintenant éteinte. Ne restait que le désir, farouche et exigeant. Quel plaisir, lorsqu'il la verrait se soumettre et l'entendrait gémir, le suppliant d'écourter son attente. A ce moment-là, elle oublierait toute insolence !

Soudain, la jeune femme fit une légère grimace et changea de position. Baissant les yeux, Hassan sourit lentement.

— Vous avez mal aux pieds, dit-il d'une voix douce.

Désarçonnée, Ella le dévisagea avec stupeur.

— Mes chaussures me blessent terriblement, reconnut-elle.

— Otez-les. N'êtes-vous pas Cendrillon ?

Ella voulut répliquer, puis se ravisa. Après tout, pourquoi

pas ? Des tas de femmes se débarrassaient de leurs chaussures quand elles faisaient la fête. Certaines emportaient même une paire de ballerines dans leur sac.

Au moment où elle allait se pencher, Hassan la devança et s'accroupit devant elle, avant de lui ôter ses escarpins avec une dextérité révélatrice. Il avait sans doute fait ce geste des millions de fois…

Il effleura ses orteils sous son pouce avant de reposer son second pied sur le sol de marbre, puis se releva avec une grâce de félin.

— Ça va mieux ? demanda-t-il avec un sourire moqueur.

— Oui, beaucoup mieux. Et le sol est d'une fraîcheur merveilleuse.

— Allez-vous rejoindre les autres ? répliqua-t-il en lui tendant ses chaussures.

Comment aurait-elle pu retourner là-bas, après sa sortie spectaculaire ?

— Non, il est temps que je rentre, dit-elle en glissant les doigts sous les fines lanières de cuir verni. Enfin, il faut d'abord que je trouve une voiture pour regagner mon hôtel.

— Je vous accompagne jusqu'à l'entrée principale.

Le cœur d'Ella s'emballa dans sa poitrine, en même temps qu'une chaleur délicieuse se répandait dans son ventre. Les yeux de Hassan brillaient d'un éclat sauvage et son essence virile lui titillait les narines. Elle repensa à la caresse de son pouce sur ses pieds. Dans le conte, n'était-ce pas l'inverse ? Le prince n'était-il pas supposé lui *remettre* ses chaussures ? songea-t-elle en tressaillant.

— Non, vraiment. Ce n'est pas la peine.

— Vous n'allez pas vous égarer ? fit-il en plissant le front.

Pour la première fois, Ella regarda autour d'elle. Le couloir était désert et silencieux, et au-delà s'étendait un véritable dédale où elle se perdrait à coup sûr. Ils devaient être très éloignés des invités, réalisa-t-elle soudain. Et elle ne savait pas comment sortir du palais.

Devait-elle feindre l'audace ? Dire à Hassan qu'elle retrouverait son chemin sans son aide ? Ce serait l'attitude la plus raisonnable.

— Non, ça ira très bien, affirma-t-elle en redressant le menton.

— Vous en êtes sûre ? C'est un vrai labyrinthe, vous savez. Et je n'aime pas vous imaginer y tournant en rond pendant des heures.

— Tandis que vous, vous vous y déplacez avec l'aisance d'un navigateur né, c'est cela ?

Il haussa les épaules.

— Il se trouve que j'ai un sens de l'orientation extraordinaire. Mais, en outre, je connais très bien le palais. J'y ai passé beaucoup de temps avec Alex, quand nous étions enfants.

Ella resserra les doigts autour des lanières de ses chaussures. C'était étrange d'imaginer cet homme puissant enfant. Avait-il voulu mettre en avant ses relations avec la famille royale de Santina, pour lui rappeler que les Jackson n'étaient que des arrivistes avides de grimper l'échelle sociale ?

Cependant, quand elle vit la lueur moqueuse qui brillait au fond de ses yeux noirs, Ella comprit qu'elle ferait peut-être mieux d'accepter sa proposition. Elle n'avait certes pas envie d'errer pendant des heures dans les couloirs du palais.

Ensuite, elle ne reverrait jamais ce cheikh, sauf au mariage de sa sœur, probablement, puisqu'il était l'un des meilleurs amis d'Alex. Par conséquent, il serait peut-être plus judicieux de le quitter en bons termes, surtout après lui avoir jeté du champagne à la figure.

— Dans ce cas, j'accepte votre aide, dit-elle avec un sourire forcé.

— Parfait, allons-y.

Ils s'avancèrent en silence dans le couloir au plafond haut, mais Ella ne vit rien, trop troublée par la sensualité de l'homme sublime qui marchait à côté d'elle. Pourtant, le décor était fabuleux, constata-t-elle en jetant un bref coup d'œil aux tableaux anciens ornant le mur.

— Combien de temps restez-vous sur l'île ? demanda-t-il soudain.

— Je reprends l'avion pour Londres demain.

— Après le déjeuner ?

Ella haussa les épaules. La perspective de devoir participer à un repas officiel la terrifiait. Elle avait espéré pouvoir s'éclipser aussitôt après le petit déjeuner, mais hélas on lui avait fait comprendre que le déjeuner était *obligatoire*. Et elle avait compris qu'il serait très mal vu de dire *non* à la famille royale…

— Oui.

Une note de résignation avait percé dans sa voix, remarqua Hassan en lui lançant un regard en biais. Une fois encore, elle le surprenait par ses réactions. Lorsqu'il lui avait ôté ses chaussures, elle n'avait même pas battu des cils d'un air séducteur… Au contraire, elle avait regardé fixement devant elle, comme si elle pensait au moment où elle serait enfin *débarrassée* de lui…

Ressentait-elle vraiment de l'impatience ? Ou s'efforçait-elle de réprimer le désir qui avait éclos entre eux dès que leurs regards s'étaient croisés ? Ralentissant le pas, Hassan laissa errer son regard sur la ravissante silhouette qui s'avançait devant lui. Scintillant au moindre mouvement, sa robe mettait en valeur ses courbes superbes.

Pieds nus, avec ses ongles pailletés d'argent, elle était encore plus sexy que chaussant les escarpins qui se balançaient maintenant au bout de ses doigts fins.

— Un dernier verre de champagne avant de partir ? demanda-t-il avec un sourire en coin.

Elle se retourna, le sourire aux lèvres, semblant apprécier l'humour contenu dans ses paroles, avant de plisser le front.

— Mais, je ne veux pas retourner là-bas…

— Je sais. Mais puisque nous sommes à deux pas de ma suite, je pensais que vous aimeriez peut-être la voir — surtout qu'elle renferme des tableaux extraordinaires.

Par une ironie assez piquante, il se servait de l'argument le plus susceptible de la séduire, songea Ella. Toutefois, elle se sentait déçue. Princes du désert ou hommes d'affaires banals, tous semblaient se comporter de la même façon…

— C'est une variante de : « Venez chez moi, je vais vous montrer mes estampes japonaises », je suppose ? répliqua-t-elle d'un ton sarcastique. Décidément, vous devriez revoir votre façon d'aborder les femmes !

— J'ignorais que j'avais affaire à une experte en la matière, murmura-t-il. A moins que vous n'aimiez pas la peinture ?

Il la jugeait de nouveau. La croyait-il trop ordinaire pour apprécier la beauté ? Pensait-il qu'une Jackson ne pouvait s'intéresser qu'aux âneries qui passaient à la télévision, ou à d'insipides magazines féminins ? La colère monta de nouveau en Ella, mais à son grand dépit, une sensation douce et chaude frémit entre ses cuisses.

— Ce que je n'aime pas, c'est plutôt qu'un homme essaie de me draguer avec des formules éculées…

Un véritable conflit se livrait entre ses paroles et son corps, c'était évident, songea Hassan. Il le comprenait tout à fait puisqu'il vivait la même lutte intérieure.

— Ah, Cinderella, Cinderella…, répliqua-t-il d'un ton moqueur. Je parlais d'art, alors que vous semblez ne désirer parler que de sexe. Au fait, quel est votre vrai prénom ?

— Ella. Et pourriez-vous cesser de déformer tout ce que je dis, s'il vous plaît ? Je ne désire absolument pas parler de sexe.

— Moi non plus.

Ella le regarda avec surprise.

— En parler est une perte de temps, ajouta-t-il.

Avant qu'elle n'ait le temps de réagir, il la prit dans ses bras tandis qu'Ella le laissait faire, choquée par son geste et par sa propre attitude. Mais quand elle sentit la puissance de l'érection pressée contre son ventre, elle laissa échapper un petit cri. Et lorsqu'il posa les mains sur son dos, la caresse de ses doigts sur sa peau nue la fit frissonner violemment.

Mais cette fois, ils n'étaient pas entourés d'une foule de danseurs. Cette fois, ils étaient seuls. *Totalement* seuls.

Ella voulut dire quelque chose, mais un éclat doré traversa les yeux noirs de Hassan tandis qu'il penchait son visage vers le sien. Ensuite, il fut trop tard.

Ses lèvres se posèrent sur les siennes et Ella ouvrit la bouche d'instinct, avant de s'abandonner au baiser le plus fabuleux de sa vie.

Chapitre 3

Ses bras puissants la tenaient si serrée contre lui que son corps viril semblait s'imprimer dans le sien, de façon indélébile. Ecrasés contre son torse, les seins d'Ella semblaient réclamer ses caresses, tandis qu'une chaleur inexorable l'envahissait.

Leurs bouches se dévoraient, leurs langues s'exploraient, et pourtant, à travers une sorte de brouillard exquis, Ella sentit que quelque chose n'allait pas. Elle essaya d'identifier la cause de cette sensation, mais son corps affamé semblait déterminé à repousser toute pensée cohérente de son esprit.

Lorsque Hassan s'écarta légèrement avant de refermer une main sur son sein, Ella laissa échapper un halètement. A travers le tissu brodé de perles, il titilla le mamelon déjà gonflé, et soudain Ella comprit la source de son malaise.

Elle détestait cet homme et il la détestait. Et alors qu'il était supposé l'aider à quitter le palais, il l'embrassait à pleine bouche et lui caressait les seins…

Dans ce cas, pourquoi ne le repoussait-elle pas ? Pourquoi passait-elle le bras autour de son cou, en gémissant contre ses lèvres ?

Parce qu'elle n'avait jamais ressenti une telle volupté. Ni même imaginé qu'un homme puisse la faire naître en elle. Soudain, son unique expérience sexuelle lui parut un pâle brouillon, comparé au plaisir qui faisait pétiller son sang dans ses veines.

— Hassan…

Au prix d'un effort surhumain, Ella écarta sa bouche de celle de Hassan tandis que ses escarpins manquaient de lui glisser des doigts.

— C'est… *fou*, dit-elle d'une voix faible.

— Ne romps pas le charme, Cinderella, murmura-t-il en ouvrant la porte de sa suite.

Puis il l'attira à l'intérieur, avant de refermer la porte d'un coup de pied. Aussitôt, il la reprit dans ses bras et l'embrassa de nouveau avec fièvre.

Elle se trouvait dans la chambre d'un homme qu'elle connaissait à peine, songea-t-elle avec un mélange d'excitation et de frayeur. Un cheikh au regard ténébreux qui avait parlé de sa famille avec mépris et cruauté. Un amant merveilleux dont l'habileté la faisait fondre, à la moindre caresse de ses lèvres, au moindre effleurement de ses mains sur son dos tandis que leurs langues se livraient à un ballet torride.

Sa peau brûlait. Son corps était en feu. Elle vibrait tout entière. Ella gémit tandis qu'il refermait de nouveau les doigts sur son sein. Pourquoi se contentait-il de le caresser à travers sa robe ? se demanda-t-elle confusément. Comme s'il avait deviné ses pensées, Hassan fit glisser le tissu sur sa poitrine.

Sans la lâcher, il recula un peu le haut du corps afin de la regarder, comme on le fait au musée, pour mieux apprécier un tableau.

— Tu ne portes jamais de soutien-gorge ? demanda-t-il d'une voix rauque.

Ella aurait voulu répondre qu'avec ce style de robe, il

était impossible d'en porter, mais les mots restèrent bloqués dans sa gorge.

— Tu as raison : pourquoi dissimuler ces deux trésors ? poursuivit-il en passant lentement son pouce sur un téton durci. J'aime que ces beaux petits seins ronds soient accessibles. Qu'ils s'offrent, prêts à recevoir mes hommages.

Il se pencha pour prendre son mamelon entre ses lèvres. Lorsqu'il aspira sa chair, puis la caressa avec sa langue, Ella laissa échapper une plainte.

Peu à peu, le plaisir devint presque impossible à supporter si bien qu'elle sentit ses genoux trembler. Aussitôt, Hassan la souleva dans ses bras, avant de l'emporter vers un imposant lit à baldaquin.

— Hassan…

— Oui ?

— Nous ne… Nous ne devrions pas…

— Tu le penses vraiment ? Tu ne me parais pas très convaincue…

Il avait raison : elle ne l'était pas du tout. Jamais un homme ne l'avait portée ainsi dans ses bras, à moitié dévêtue. La sensation était merveilleuse. Ella se sentait… *femme.* Lorsqu'elle plongea les yeux dans ceux de Hassan, elle frissonna de nouveau. Il la regardait comme si elle était la créature la plus ravissante et la plus sexy qu'il eût jamais contemplée.

Quand il l'eut étendue sur le lit, Ella resta immobile à le regarder ôter sa veste. Celle-ci tomba sur le sol, suivie de sa cravate, puis sa chemise blanche les rejoignit. Après s'être débarrassé à la hâte de ses chaussures, il fit glisser son pantalon sur ses jambes, dévoilant une impressionnante érection.

A sa grande surprise, Ella ne se sentait nullement

intimidée. Fascinée, elle contemplait ce merveilleux exemple de perfection virile en retenant son souffle.

Hassan revint vers le lit et se pencha au-dessus d'elle. L'instant d'après, la fermeture Eclair de sa robe glissait, avant de rester bloquée dans un petit amas de perles. Quand il tira d'un coup sec, tout se défit si bien que les perles minuscules se répandirent sur le lit avant de tomber sur le sol. Ella éclata de rire et referma les bras autour du cou de Hassan avant de l'attirer vers elle.

— Ton appétit sexuel semble être à la hauteur de ton caractère, Cinderella, murmura-t-il en riant à son tour.

— Et le tien ? répliqua-t-elle avec une audace insensée.

Comme si elle avait connu des milliers d'amants…

Sa réponse embrasa la libido de Hassan. Il ne s'était jamais senti aussi excité, aussi près de renoncer à tout contrôle. Ce qui se passait relevait de la pure folie, il le savait, mais en même temps, il ne pouvait s'en empêcher. Cela faisait trop longtemps qu'il n'avait pas senti le fourreau moelleux et chaud d'une femme palpiter autour de son membre viril.

Pourtant, dans la salle de réception, des centaines de créatures sophistiquées se tenaient à sa disposition, des aristocrates prêtes à satisfaire tous ses caprices, et nettement plus appropriées que celle-ci. Des créatures raffinées, qui ne lui auraient jamais jeté du champagne à la figure avant de se soumettre à lui aussi facilement.

Il aurait dû aller les rejoindre et renoncer à cette insolente Jackson pendant qu'il en était encore temps.

A cet instant, ses cuisses à la peau laiteuse s'écartèrent, dévoilant leur secret en une invite silencieuse. Il était *déjà* trop tard. Les doigts un peu tremblants, Hassan tendit la main pour prendre un préservatif avant de l'enfiler à la hâte, et fit glisser la minuscule culotte en dentelle sur les jambes de Cinderella.

Après s'être glissé entre ses cuisses, il s'engagea dans les plis moites de désir, puis s'enfonça au plus profond de sa merveilleuse chaleur, incapable de retenir le tremblement qui l'ébranla tout entier.

Ella s'était soudain demandé si elle serait capable d'accueillir sa puissante érection, mais déjà, ses muscles les plus intimes s'accommodaient au membre de Hassan. Ils se détendaient et se refermaient sur lui, en des spasmes délicieux.

— C'est bon ? demanda-t-il en repoussant une mèche de cheveux humides des joues brûlantes d'Ella.

— Fantastiquement bon, murmura-t-elle.

— Eh bien, voyons si je peux faire mieux…

Ses paroles dénotaient une arrogance phénoménale, mais Ella s'en fichait. Surtout que Hassan faisait naître des sensations inouïes au plus profond de sa féminité, qui déferlaient dans tout son corps en vagues exquises, d'une folle intensité.

Emerveillée, Ella se sentit devenir la femme qu'elle avait toujours cru ne jamais pouvoir être. Tout son être répondait avec passion et avidité à l'étreinte de Hassan. Elle ne se sentait plus désespérément froide. Au contraire, une chaleur merveilleuse ondoyait en elle.

Elle souleva les hanches pour mieux accueillir son amant, tout en s'accordant au rythme de ses coups de reins. Les mains agrippées à son dos couvert de sueur, Ella sentit son membre bouger en elle.

— Hassan ! chuchota-t-elle en fermant les yeux.

— *Ladheedh !* répliqua-t-il d'une voix rauque.

Sombrant dans le plaisir, Ella renversa la tête en arrière tandis qu'il déposait des baisers brûlants dans son cou, puis sur ses seins. Ses lèvres effleurèrent ses tétons, exacerbant le désir qui la consumait.

Hassan laissa échapper une longue plainte. Elle était si *chaude*. Si *serrée*… Il glissa les mains sous ses genoux et souleva ses jambes avant de les arrimer autour de son cou. A présent, il pouvait la pénétrer au plus profond de son intimité. Fermant les yeux, il sentit ses ongles s'enfoncer dans son dos et entendit les halètements qui faisaient écho aux siens.

Etait-ce parce qu'il n'avait pas fait l'amour depuis une éternité que c'était si bon ? Ou parce que leur étreinte avait été soudaine, inattendue, sans aucune des étapes exigées par ses partenaires habituelles, même les plus prédatrices ?

Hassan avait l'impression de grimper vers le sommet d'une falaise, et qu'à chaque instant, il pouvait perdre le contrôle et glisser dans l'abîme.

Il la regarda. Elle semblait perdue dans la jouissance : ses cheveux se répandaient sur l'oreiller blanc et ses lèvres étaient entrouvertes, révélant ses dents parfaites. Ses paupières se soulevèrent en un battement de cils et leurs regards se soudèrent. Hassan ferma les yeux. Il était impensable de laisser une femme le regarder au moment où il se sentait le plus vulnérable.

Reprenant le contrôle qui menaçait de lui échapper, il se concentra pour donner le plus de plaisir possible à sa partenaire. Il l'emporta au bord de l'abîme, encore et encore, se repaissant de ses murmures, de ses petites supplications.

— Comment ? chuchota-t-il. Que dis-tu, ma farouche gazelle ?

— S'il te plaît… Je…

Ses paroles se perdirent dans un gémissement.

Hassan sourit, savourant la sensation familière de domination. Elle ne le défiait plus, à présent…

— Je ne comprends pas, chuchota-t-il.

Ella savait très bien ce qu'il faisait. Il jouait avec elle, comme un chat avec une souris avant de lui assener le coup mortel. Elle savait de quelle manière elle aurait dû répondre — en lui disant d'aller au diable —, mais elle était incapable de résister au plaisir qu'il faisait naître et renaître en elle.

— S'il te plaît, Hassan…, haleta-t-elle. Oh… oui…

Cette fois, Hassan ne put résister à la vague qui le submergeait. En un dernier coup de reins puissant, il lui offrit l'orgasme qu'elle réclamait. Mais lui-même fut emporté dans le flot tandis qu'il sentait sa chair brûlante se contracter autour de son sexe et qu'elle criait son prénom.

Son propre plaisir le terrassa, avant de lui laisser un goût amer. Après l'extase, Hassan se sentit aussi vide que si Ella avait absorbé toute son énergie vitale.

De longes secondes s'écoulèrent avant qu'elle ne prononce un mot. Il avait espéré qu'elle s'endorme, lui permettant ainsi de retrouver tout son calme, mais elle murmura d'une voix langoureuse :

— Hassan ?

— Oui ?

— C'était… *stupéfiant.*

— Oui, je sais.

— Je n'arrive pas à y croire. Je n'avais jamais…

— Chut…, dit-il.

Son ton extatique le mettait mal à l'aise. Doucement, il se dégagea et frissonna tandis que la réalité reprenait ses droits.

Comment avait-il pu émettre des jugements aussi définitifs sur Alex, alors qu'il venait de démontrer qu'il était aussi faible que lui ?

Après avoir tenu des propos méprisants concernant le choix de son épouse, Hassan avait emmené l'une des sœurs Jackson dans son lit. Il l'avait déshabillée, lui avait fait l'amour…

Un profond dégoût lui monta aux lèvres. Qu'allait-il dire à la jeune femme, à présent ? Mais quand Hassan tourna la tête, il vit qu'elle s'était endormie, la tête appuyée sur son bras replié.

Elle murmura des paroles incompréhensibles, puis ses paupières frémirent un instant tandis qu'il l'observait en retenant son souffle. Et quand elle se tourna sur le côté en poussant un profond soupir, il sentit un soulagement indicible l'envahir.

Hassan ferma les yeux en se rappelant la façon dont ils avaient quitté la salle de réception. Ne les voyant pas revenir, qu'avaient dû penser les autres invités ?

Et qu'allait-il faire, à présent ?

S'enfuir, c'était la seule solution. Il devait quitter cette chambre avant de céder au désir de son corps lâche qui brûlait déjà de posséder de nouveau la belle endormie.

Hassan quitta le lit sans bruit, puis ramassa ses vêtements épars sur le sol en remarquant les perles dispersées çà et là. Il imagina la réaction des femmes de chambre qui viendraient faire le ménage le lendemain matin. Mais il n'allait quand même pas s'agenouiller pour essayer de les rassembler…

Une fois dans la salle de bains, il se rhabilla puis appela son assistant.

Benedict décrocha à la deuxième sonnerie.

— Altesse ?

— Faites préparer le jet, dit-il à voix basse. Je souhaite partir le plus rapidement possible.

— Mais, Altesse, vous êtes attendu au déjeuner de demain…

— Eh bien, on ne m'y verra pas, répliqua-t-il d'un ton

péremptoire. J'enverrai un email à Alex du Kashamak. Oh ! Autre chose, Benedict.

— Oui, Altesse ?

— Faites porter des vêtements de femme dans ma suite tôt demain matin, voulez-vous ? Et avant que vous ne vous posiez des questions : non, je n'ai pas soudain développé un goût pour le travestisme, Benedict.

— Quel genre de tenue désirez-vous exactement, Altesse ? répliqua son assistant sans se départir de son flegme habituel.

— Quelque chose qui permette à la dame en question de retourner décemment à son hôtel, dit Hassan.

Il s'interrompit un instant en songeant au ravissant corps nu étendu dans son lit, là, à quelques mètres de lui.

— Du six en taille américaine, je pense.

Chapitre 4

Ella s'étira avec volupté puis ouvrit les yeux. Où se trouvait-elle ? Désorientée, elle regarda autour d'elle. En tout cas, pas dans sa chambre…

A cet instant, le chant d'un oiseau s'éleva, clair et mélodieux, en même temps qu'Ella découvrait une sensation inhabituelle entre ses jambes. Le soleil caressait sa peau… Elle était complètement nue ! constata-t-elle avec stupeur. En un éclair, les souvenirs affluèrent à sa mémoire, avec une précision d'un érotisme inouï…

Elle s'était donnée à un homme, dans cette chambre, dans ce lit… Au cheikh Hassan Al Abbas !

En proie à un embarras atroce, Ella remonta le drap jusqu'à son menton, puis retint son souffle, immobile et à l'affût du moindre bruit, du moindre mouvement.

Les images se bousculaient dans son esprit, vivaces, crues… Elle l'avait *supplié* de lui faire l'amour ! Elle avait crié son prénom quand elle avait sombré dans la jouissance.

Ella rougit au souvenir du plaisir fabuleux qui l'avait submergée. Pour la première fois, elle avait eu un orgasme — avec cet homme. Son cœur se mit à battre à tout rompre : où était-il ?

Dans la salle de bains, sans doute, se dit-elle en tendant de nouveau l'oreille. Elle se passa les doigts dans les cheveux en un geste nerveux. L'amant merveilleux avec qui elle s'était livrée à des ébats torrides allait resurgir devant elle, d'un instant à l'autre.

Comment avait-elle pu se laisser aller ainsi ? Coucher avec un homme qui n'avait pas caché son mépris pour elle et sa famille ? Ella contempla la robe argentée abandonnée sur le sol, puis vit les perles qui avaient roulé dans toutes les directions.

Cependant, il s'était montré le moins égoïste des amants, anéantissant tous ses doutes et interrogations. Grâce à ses caresses expertes et sa façon exquise de lui faire l'amour, elle avait découvert des sensations inconnues. Pour la première fois de sa vie, Ella s'était sentie vraiment femme.

Elle jeta un coup d'œil à la montre restée à son poignet : 9 heures passées. Jamais elle ne se réveillait aussi tard ! Et elle n'avait rien à faire dans cette suite luxueuse ! Elle était censée se trouver dans sa chambre de l'hôtel où était descendue toute sa famille. Qu'allaient-ils penser en ne la voyant pas apparaître pour le petit déjeuner ?

Et où était passé Hassan ?

Ella se força à garder son calme. C'était arrivé, et il était impossible de revenir en arrière. Alors, inutile de paniquer. L'expérience avait été fabuleuse et inattendue, et elle n'avait pas à avoir honte, ni peur. Ils étaient responsables *tous les deux* de ce qui s'était passé dans cette chambre. Aussi devaient-ils affronter la situation ensemble.

— Hassan ?

Pas de réponse.

Il était peut-être sous la douche… Soudain, elle imagina son corps nu, la mousse blanche contrastant avec sa peau hâlée. Elle revit son ventre plat et musclé, l'épaisse toison brune ornant sa virilité comme un blason. Ella ferma les yeux. Cela avait été… fantastique. Mais elle ne se faisait pas d'illusions, le somptueux cheikh ne désirait sans doute pas renouveler l'expérience. Au contraire, il souhaitait qu'elle disparaisse de sa vie, le plus rapidement possible.

Mais, pour cela, elle avait besoin de son aide.

— Hassan ! lança-t-elle d'une voix plus forte.

Une fois encore, elle n'obtint aucune réponse, mais au même instant un léger coup fut frappé à la porte.

Que devait-elle faire ? L'ignorer ? Attendre que Hassan sorte de la salle de bains et aille ouvrir ? On frappa de nouveau.

— Mademoiselle Jackson ? demanda une voix d'homme.

Qui pouvait savoir qu'elle était là ? se demanda Ella en se frottant machinalement le front. En tout cas, elle était forcée d'aller ouvrir... Après s'être enveloppée dans le drap, elle s'avança vers la porte et l'entrouvrit avant de jeter un coup d'œil méfiant à l'extérieur. Un homme de haute taille lui adressa un sourire poli.

— Mademoiselle Jackson ? répéta-t-il.

— Qui êtes-vous ?

— Vous ne me connaissez pas, mademoiselle. Je m'appelle Benedict Austin et je suis l'assistant du cheikh Hassan Al Abbas. Il m'a demandé de vous faire parvenir ceci.

Il lui tendit un grand paquet plat.

— Qu'est-ce que c'est ? demanda Ella en haussant les sourcils.

— Des vêtements, mademoiselle Jackson. Son Altesse a insisté pour que vous les acceptiez, car si j'ai bien compris...

Il hésita un léger instant avant de poursuivre :

— ... vous avez renversé du vin sur votre robe hier soir.

Ella rougit jusqu'aux oreilles. En dépit de sa politesse, cet homme savait très bien ce qui était réellement arrivé à sa robe, elle l'aurait parié. Pourquoi Hassan ne s'était-il pas donné la peine de lui apporter ces vêtements lui-même, au lieu de déléguer l'un de ses sbires ? s'interrogea-t-elle avec colère. Elle regarda son assistant dans les yeux.

— Savez-vous où il se trouve en ce moment ?

— Cheikh Hassan ? Il a dû rentrer au Kashamak d'urgence : une affaire d'Etat qui ne pouvait attendre.

Ainsi, il avait fui, sans même se soucier de lui dire au revoir, songea Ella en sentant un frisson glacé la parcourir.

En proie à un mélange d'humiliation et de rage, elle aurait volontiers dit à Benedict d'aller au diable avec ses vêtements, mais elle ne pouvait pas se le permettre. Après ce qui s'était passé la veille, si elle quittait en plus le palais dans sa robe en lambeaux, tout le monde saurait comment elle avait passé la nuit…

— Merci, dit-elle avec le plus de dignité possible.

Puis, après avoir pris le paquet blanc, elle referma la porte.

D'autres auraient fondu en larmes, mais pas elle. Ella était une survivante. Elle n'allait pas pleurer à cause d'un type qui n'en valait pas la peine. Au contraire, elle allait retrouver un aspect décent, et quitter ce palais où elle n'avait rien à faire.

Une longue douche effaça toute trace du parfum du cheikh, mais les souvenirs de leur folle étreinte furent plus difficiles à chasser.

Ella se regarda dans le miroir. Comment avait-elle pu perdre ainsi la tête ? N'avait-elle pas été révoltée de voir sa mère capituler ainsi, acceptant toutes les infidélités de son ex-mari et accueillant ses réapparitions épisodiques sans un reproche ?

Régulièrement, Ella l'avait suppliée d'avoir un peu plus de cran et de tenir tête à l'homme qui l'avait ridiculisée sans scrupules. Jusqu'au jour où elle avait compris que sa mère n'écoutait que son cœur. Ce jour-là, Ella s'était juré de ne pas lui ressembler. De *toujours* garder la tête froide en ce qui concernait les hommes.

Ce principe avait fonctionné sans problème… jusqu'à la veille au soir. Mais elle n'avait jamais rencontré d'homme comme Hassan Al Abbas. Et puis, la seule expérience sexuelle qu'elle avait vécue avait été un désastre. Elle était restée à contempler le plafond, en se demandant pourquoi on faisait tant d'histoires à propos du sexe.

Eh bien, elle connaissait maintenant la réponse. Et elle pouvait comprendre que femmes et hommes soient prêts à fiche leur vie en l'air pour obéir à leurs passions.

Les doigts tremblants, Ella ouvrit le paquet apporté par l'assistant de Hassan, avant de découvrir une robe blanche et une culotte enveloppées dans du papier de soie mauve. La robe était simple et de longueur respectable, mais la culotte, ou plus exactement le string en dentelle couleur chair, était très sexy et destiné à montrer plutôt qu'à dissimuler…

Lorsqu'elle l'enfila, Ella rougit alors que personne ne pouvait la voir. Hassan l'avait-il choisi ? se demanda-t-elle, ou avait-il confié cette tâche à son assistant ?

Après avoir passé la robe, qui lui allait à la perfection, elle sortit son bâton de rouge de son sac et en appliqua sur ses lèvres. Ensuite, elle fourra sa robe argentée dans la poubelle de la salle de bains et regagna la chambre, où elle contempla les perles minuscules répandues sur le sol. Elle haussa les épaules, puis enfila ses chaussures avec une grimace de douleur.

Quelques instants plus tard, elle quittait la suite du cheikh et s'avançait dans le couloir bordé sur un côté d'élégantes fenêtres. Elle devait se trouver tout près des jardins du palais. Si seulement elle pouvait croiser un serviteur, qui pourrait lui trouver une voiture pour regagner l'hôtel…

— Mademoiselle Jackson ? C'est bien vous, n'est-ce pas ?

La voix et le ton raffinés firent tressaillir Ella. Glacée jusqu'aux os, elle pria pour que ce ne soit pas la reine Zoe... Mais quand elle se retourna, tout espoir s'évanouit. Elle se trouvait bel et bien face à l'aristocratique future belle-mère de sa sœur.

Les joues en feu, Ella esquissa une révérence maladroite.

— Euh... Bonjour, Votre Majesté.

— Vous êtes bien Ella ?

— Oui, Votre Majesté.

La reine haussa ses sourcils au dessin parfait.

— Pardonnez ma surprise, mais je suis étonnée de vous voir ici à cette heure matinale. Je pensais que vous et votre famille séjourniez à l'hôtel ?

Ella se força à sourire. Comment répondre, sinon en recourant à une formule évasive ? Elle ne portait pas la même robe que la veille, mais en revanche, toujours les mêmes chaussures, qui n'allaient pas du tout avec sa nouvelle tenue...

— Je... Je me suis endormie...

Il y eut un silence, pendant lequel Ella redouta que la reine lui demande *où* elle s'était endormie. Mais la future belle-mère de sa sœur, sans doute retenue par sa bonne éducation, se contenta de lui adresser un regard désapprobateur.

— Je vois. Et avez-vous pris votre petit déjeuner ?

— Euh... Non. Mais je n'ai pas très faim, Votre Majesté. Et puis, je dois retourner à l'hôtel. Ma mère doit se demander où je suis passée.

— En effet, répliqua la reine d'un ton assez sec. Eh bien, adressez-vous à un serviteur : il fera venir une voiture pour vous.

— Merci, Votre Majesté.

Ella fit une révérence, un peu moins maladroite que la première, et, après un bref hochement de tête, la reine s'éloigna.

Un quart d'heure plus tard, Ella se trouvait à bord d'une limousine qui roulait sur une route pittoresque longeant la côte. Elle était très soulagée d'avoir enfin quitté le palais, mais en même temps elle avait le ventre si noué qu'elle remarqua à peine la beauté du paysage qui l'entourait.

Alors qu'elle avait eu l'occasion de prouver à Hassan Al Abbas que ses a priori concernant sa famille étaient injustes et totalement infondés, elle les avait au contraire renforcés par sa conduite débridée.

Chapitre 5

— Je ne veux pas savoir comment vous vous y prendrez : faites-le, c'est tout ce que je vous demande ! s'écria son interlocutrice d'une voix aiguë. C'est *mon* mariage, et j'en rêve depuis trop longtemps pour accepter aucun compromis : je les veux dorés tous les deux et absolument identiques !

— Je vais trouver une solution, promit Ella avant de reposer le combiné en soupirant.

Sa lassitude ne venait pas du dernier caprice de sa cliente, une chanteuse dont les photos s'étalaient dans tous les magazines people. Dès la création de son agence d'événementiel, Cinderella-Rockefella, on lui avait demandé toutes sortes de choses étranges, et en général Ella prenait tout avec calme. Mais, d'habitude, elle ne se sentait pas en proie au mélange de culpabilité et de mal-être qu'elle éprouvait depuis son retour de Santina.

Et pourtant, elle faisait tout pour oublier le fabuleux cheikh qui lui avait donné tant de plaisir. Mais ce qu'elle aurait surtout voulu ignorer, c'était la crainte qui grandissait de jour en jour dans son esprit et qui, encore ce matin même, avait pris la forme d'une nausée épouvantable, avant qu'elle ne rejette son petit déjeuner, aussitôt après l'avoir pris.

Ella se força à chasser son anxiété et se tourna vers Daisy. Agée de vingt-deux ans, sa jeune assistante était d'une efficacité redoutable et débordait d'énergie.

— Comment peut-on avoir envie de se marier juché sur un trône doré, Daisy ?

— Quand on fait partie du monde du show-business et que l'on est un couple doté d'un ego gigantesque, c'est la moindre des choses ! répondit son assistante avec humour. Deux stars aussi connues désirent *forcément* faire sensation — surtout qu'ils ont dû convoquer toute la presse people. Et puis, maintenant que ta sœur est fiancée à un *vrai* prince, tu es la personne idéale pour organiser ce genre d'événement, Ella !

— Ne me parle pas de cela, s'il te plaît, dit-elle en tressaillant.

— Pourquoi ? La plupart des gens seraient ravis de profiter d'un rapprochement avec le monde de l'aristocratie ! Mais toi, tu m'as à peine touché un mot de la réception donnée en l'honneur des fiançailles de ta sœur. A ton retour de Santina, tu as refusé de répondre à toutes mes questions, se plaignit Daisy. J'ai dû me rabattre sur les journaux pour savoir comment cela s'était passé.

— Ça y est, tu recommences ! soupira Ella.

Se rendant compte que ses doigts tremblaient, elle reposa son stylo.

— Daisy, pourrais-tu t'occuper de ces deux trônes dorés, s'il te plaît ? Contacte cette entreprise qui fabrique des décors de théâtre, ils pourraient peut-être t'aider. Je… Je dois m'absenter, cet après-midi.

Ella se leva trop vite et tout se mit à tourner autour d'elle. Depuis quelque temps, cela lui arrivait souvent.

— Ella, tu te sens bien ? demanda Daisy d'un air inquiet. Ton visage a une drôle de couleur…

— Ça va très bien, mentit Ella en refoulant la nausée qui lui montait aux lèvres. Bon, j'y vais. A demain, Daisy.

Sans regarder son assistante, elle quitta l'agence à la hâte et sortit dans la rue sous une pluie diluvienne. Evidemment, elle n'avait pas pris son imperméable !

Lorsqu'elle monta dans le bus en direction de Tooting, Ella frissonnait de la tête aux pieds en dépit de la température douce qui régnait ce jour-là. Le quartier où elle habitait n'était certes pas le plus huppé, mais il était bien desservi par les transports publics et, surtout, les loyers y étaient accessibles. Là-bas, au moins, elle n'était pas contrainte de vivre dans un studio grand comme un mouchoir de poche et elle pouvait investir ses économies dans sa petite entreprise florissante. Elle avait travaillé dur pour faire décoller celle-ci, mais elle voulait à tout prix être indépendante, et ne jamais avoir à compter sur un homme pour subvenir à ses besoins.

Mais maintenant, qu'allait-il arriver à sa précieuse entreprise si ses pires craintes se voyaient confirmées ?

Lorsque Ella entra chez elle, la maison lui parut froide. Après avoir posé son sac dans l'entrée, elle se dirigea vers la salle de bains, où se trouvait encore le test de grossesse, intact sur l'étagère, à côté du dentifrice.

Elle le contempla un instant avant de le prendre d'une main tremblante. Le moment était venu de regarder la vérité en face.

Le cœur battant, elle déchira l'emballage et gagna les toilettes. Des millions de femmes avaient fait la même chose, dans le monde entier. Des centaines le faisaient en cet instant même, songea-t-elle. Mais aucune d'entre elles n'effectuait ce test après avoir vécu une aventure d'une nuit avec un cheikh, un lâche qui s'était enfui sans même se donner la peine de lui dire au revoir…

Au fond, Ella n'avait pas besoin de voir la ligne bleue sur le bâtonnet pour savoir que le test était positif. Elle le savait au fond de son cœur, depuis le début.

Après avoir quitté la salle de bains, elle se força à aller se préparer une tasse de thé brûlant, puis l'emporta dans le salon et s'installa sur le sofa. Le soleil commençait à descendre dans le ciel, les étoiles s'allumaient une à une, parsemant le ciel de leur éclat doré. Mais Ella les regardait sans les voir. Elle ne pensait qu'à l'événement qui allait bouleverser sa vie et la changer pour toujours.

Elle était enceinte ! D'un cheikh. Elle allait avoir un bébé, d'un homme qui la méprisait, elle et tout ce qu'elle représentait. Ella reposa sa tasse vide sur la table basse et ferma les yeux. La vie vous jouait parfois de drôles de tours, songea-t-elle en repensant aux semaines passées. Elle avait fait semblant de ne pas savoir, laissant grandir la crainte dans sa tête, et pendant ce temps une vie minuscule se développait dans son ventre.

En n'en parlant à personne, elle était presque parvenue à se convaincre que le doute n'existait pas. Mais, à présent, le besoin de se confier à quelqu'un la submergeait.

Pas à sa mère, trop faible et incurablement romantique. Ni à ses sœurs, surtout si elle ne voulait pas que son secret soit éventé. Et encore moins à son père.

Seul Ben pourrait l'écouter et la réconforter. Son frère qui, en dépit de sa réputation de magnat exigeant, se montrait toujours très protecteur envers les femmes de sa famille. Ce brillant homme d'affaires vivait pour l'instant dans une superbe villa du bord de mer, sur l'île de Santina, où il travaillait sur un projet caritatif. Avant de se laisser le temps de changer d'avis, Ella prit le téléphone et composa son numéro.

— Ben Jackson.

— Bonjour, Ben, c'est Ella.

Aussitôt la voix de son frère se radoucit.

— Ella, murmura-t-il. A qui je n'ai pas encore pardonné

d'avoir quitté l'île de façon aussi précipitée, après la soirée organisée en l'honneur des fiançailles d'Allegra. Pourquoi n'es-tu pas venue au déjeuner, le lendemain ? J'étais impatient de bavarder un peu avec toi.

— En fait, je n'y suis pas venue pour la même raison qui m'amène à te téléphoner aujourd'hui.

— Dois-je deviner de quoi il s'agit ? répliqua-t-il d'un ton moqueur.

Ella déglutit en pensant au choc qu'il allait recevoir. Autant lui dire la vérité tout de go parce que, de toute façon, il n'y avait aucun moyen d'atténuer ce choc.

— Ben, je suis enceinte.

Silence.

— Mais tu n'as pas de petit ami, Ella, dit enfin son frère. Ou du moins, tu n'en avais pas la dernière fois que nous avons parlé ensemble : c'est-à-dire au cours de cette soirée, au palais de Santina. Que se passe-t-il ?

Il s'interrompit un instant avant d'ajouter d'une voix dure :

— Qui est le père ?

Ella frémit de honte en se reprochant de l'avoir appelé. Parce qu'à présent, elle allait tomber du piédestal où l'avait placée son grand frère. Pour de bon.

Mais en lui disant la vérité, celle-ci devenait réelle. Et Ella devait affronter la réalité.

— Hassan Al Abbas.

Il y eut un nouveau silence, bref, et quand Ben parla, sa voix avait pris un ton encore différent.

— Le cheikh ? demanda-t-il lentement.

— Oui.

— Tu es enceinte de l'un des hommes les plus puissants du Moyen-Orient ?

Ella frissonna. Présentée ainsi, la situation paraissait encore plus terrifiante.

— Apparemment, oui.

Une volée de jurons résonna alors dans son oreille.

— Ben, ne jure pas !

— De quelle façon suis-je censé réagir ? riposta-t-il. As-tu réfléchi ? T'es-tu demandé dans quoi tu t'engageais ? Tu ne connais donc pas la réputation qu'il s'est faite ? Je suis sonné, Ella, je l'avoue. Je ne savais même pas que vous sortiez ensemble !

— Ce n'est pas le cas ! s'insurgea-t-elle. Absolument pas ! Nous avons fait connaissance, puis nous avons… eu un petit différend dans la salle de réception… Et ensuite…

— Je crois que je peux imaginer la suite tout seul, l'interrompit-il. La question, c'est : que vas-tu faire ?

Ella posa la main sur son ventre. Il était encore plat, mais plus pour longtemps. Tout au fond poussait un minuscule embryon, qui hériterait pour moitié de cet homme brutal aux yeux noirs, mais également pour moitié d'elle. Le premier petit-enfant de Bobby et Julie. Le premier neveu de ses frères et sœurs…

Une douleur terrible lui étreignit le cœur à la pensée de la lourde responsabilité qui reposait maintenant sur elle. Mais elle avait déjà pris sa décision. Il n'y avait qu'une attitude à adopter, songea-t-elle en sentant une immense vague de tendresse remplacer la douleur, mêlée de détermination.

— Je vais garder l'enfant, dit-elle d'un ton résolu.

— Bien.

Ben laissa échapper un long soupir.

— C'est bien, répéta-t-il. Et Al Abbas ? Que pense-t-il de tout cela ?

— Je ne lui ai encore rien dit. De toute façon, il ne voudra pas de cette paternité, Ben.

Ella repensa à la façon dont il avait quitté le lit en douce, au beau milieu de la nuit.

— Je ne l'intéresse pas du tout !

Après un court silence, Ben demanda :

— Comptes-tu le lui dire ?

— Je ne sais pas, murmura-t-elle en tressaillant.

— Une fois que tu lui auras parlé, tu n'auras plus beaucoup de contrôle sur ce qui s'ensuivra, l'avertit son frère. Al Abbas possède une fortune colossale, certes, mais surtout, c'est un autocrate. Les hommes de sa trempe sont extrêmement possessifs, et il considérera que cet enfant, son héritier, lui appartient. Il est et sera impitoyable, Ella, n'en doute pas un seul instant.

Ben ne lui apprenait rien, et elle se sentait partagée. D'une part, elle souhaitait rester le plus à l'écart possible de Hassan, pour se protéger — et pour protéger son enfant. Un frisson lui parcourut le dos. A présent, il ne s'agissait plus seulement d'elle. Un enfant était impliqué et Hassan avait le droit de connaître son existence, en dépit de ses sentiments envers la mère de celui-ci. Ou plutôt, en dépit de son *absence* de sentiments envers elle, corrigea Ella en son for intérieur.

— Je n'ai pas le choix, je dois lui dire la vérité, dit-elle avec calme.

— Si, tu *as* le choix, répliqua Ben d'une voix bourrue. J'espère qu'il appréciera ton initiative. Si je peux faire quelque chose, dis-le-moi, tu me le promets ?

— Oui, Ben, je le ferai, c'est promis. Merci.

Ella déglutit pour chasser la boule qui s'était nichée dans sa gorge.

— Et… tu ne parleras de ceci à personne, n'est-ce pas ? continua-t-elle.

— Non, sauf si tu me le demandes. Retardons au maximum les réactions hystériques du reste du clan, d'accord ?

Quelques instants plus tard, Ella raccrocha le téléphone. Elle devait mettre Hassan au courant. Tout de suite.

Soudain, elle se rendit compte qu'elle ne savait presque rien de lui. Elle ignorait même où il vivait ! Elle plissa le front : son assistant avait mentionné le nom d'un pays. Le Kasha… Kashamak ?

Ella s'installa devant son ordinateur et entra ce nom dans un moteur de recherche. Le Kashamak était bien un pays, découvrit-elle aussitôt, dont Hassan était le souverain. Par ailleurs, il avait un frère plus jeune.

Une photo le montrait vêtu d'une longue robe blanche, une coiffe maintenue en place par une simple cordelette dissimulant ses cheveux noirs. Il s'agissait sans doute du costume traditionnel du Kashamak, dans lequel Hassan avait l'air encore plus exotique. Et plus inaccessible.

Ella contempla sa bouche sensuelle en se souvenant de la façon dont ses lèvres expertes avaient exploré son corps. Elle se rappela l'orgasme fabuleux qui l'avait ébranlée au plus profond de son être. Le premier qu'elle ait jamais vécu. Toutes ses maîtresses éprouvaient-elles la même volupté dans ses bras ?

Irritée contre elle-même, Ella fit disparaître la photo de l'écran et essaya de se concentrer sur les informations concernant le Kashamak. Le pays regorgeait de ressources naturelles et des conflits l'opposaient depuis longtemps à une nation voisine, mais Hassan y avait récemment mis un terme. Depuis, il était un héros dans son pays.

A présent, elle savait où il vivait, mais comment entrait-on en contact avec un cheikh ? De par son statut, il était isolé des gens ordinaires comme elle, et il ne lui avait pas laissé son numéro de mobile en disant qu'ils resteraient en contact…

Finalement, Ella rassembla tout son courage et appela

sa sœur Allegra, qui interrogea Alex. Celui-ci répondit qu'à son grand regret, il ne pouvait pas donner le numéro de Hassan à quiconque, pas même aux membres de sa famille. Pour des raisons de sécurité, expliqua-t-il. Mais il dirait à son ami qu'Ella cherchait à le contacter et lui demanderait de l'appeler.

Par chance, Allegra n'avait pas demandé à sa sœur *pourquoi* elle voulait entrer en contact avec Hassan. Elle devait être si occupée avec les préparatifs de son mariage qu'elle avait sans doute oublié l'incident survenu sur la piste de danse, le soir de ses fiançailles…

Qu'allait penser Hassan, lorsqu'il apprendrait qu'elle désirait le joindre ? se demanda-t-elle avec un frisson. Et s'il ne l'appelait pas ? S'il la prenait pour un crampon, une maîtresse d'un soir qui refusait d'admettre qu'il ne voulait pas la revoir ?

Cette pensée réconforta un peu Ella. Au fond, ce serait la meilleure solution. Comme cela, elle aurait la conscience tranquille puisqu'elle avait essayé de lui dire la vérité, mais elle n'aurait pas besoin d'impliquer Hassan dans la vie de leur enfant.

Revigorée, elle appela son médecin pour prendre rendez-vous. Il pouvait la recevoir dès le lendemain matin.

Après avoir pris sa tension et l'avoir examinée, il lui annonça que tout allait bien et qu'elle n'avait aucune inquiétude à se faire.

Ella ressortit du cabinet ragaillardie. De nombreuses femmes élevaient leur enfant toutes seules, et certaines d'entre elles réussissaient même à continuer à travailler, à diriger une entreprise !

Un peu plus tard, elle acheta un cappuccino et un beignet aux pommes à la cafétéria située à côté de l'agence.

C'était la première fois qu'elle avait vraiment faim depuis une éternité ! songea-t-elle en entrant dans le bureau, son paquet à la main.

— Bonjour, Daisy ! dit-elle en souriant.

Celle-ci la regarda d'un air bizarre.

— Tout va bien, Daisy ?

D'un geste plutôt théâtral, son assistante tourna la tête en direction du bureau d'Ella.

— Là…, chuchota-t-elle.

— Quoi, *là* ? demanda Ella en haussant les sourcils.

Mais, soudain, une appréhension atroce s'empara d'elle et, quand elle posa la main sur la poignée de la porte, un frisson glacé naquit au creux de ses reins.

Après avoir inspiré à fond, elle pénétra dans son bureau et s'arrêta net, choquée mais pas vraiment surprise de voir la haute silhouette de cheikh Hassan Al Abbas se découper sur le rectangle lumineux formé par la fenêtre.

Chapitre 6

Ella sentit le souffle lui manquer.

— Qu'est-ce que… Qu'est-ce que tu fais ici ?

Hassan contempla la femme qui venait d'entrer dans la pièce exiguë. Sa bouche écarlate tranchait sur son teint blême et elle ne souriait pas. Soudain, elle lui parut une totale étrangère.

Mais, elle *était* une étrangère. Même s'il l'avait tenue dans ses bras, complètement nue.

— Tu souhaitais me voir, Ella ? commença-t-il d'une voix douce. Eh bien, me voici.

Le fait de le revoir produisait un tel choc en elle qu'Ella avait l'impression d'avoir reçu un coup de poing. Craignant de renverser le café brûlant tant ses doigts tremblaient, elle posa le sachet contenant le gobelet et le beignet sur son bureau.

— Je désirais te *parler*, ce n'est pas la même chose.

Lorsqu'elle croisa son regard ténébreux, Ella maudit son propre corps. Celui-ci frémissait, comme s'il reconnaissait l'homme qui avait su lui prodiguer ces caresses savantes et délicieuses. Se forçant à supprimer les sensations qui se répandaient en elle à ce souvenir, Ella se força à détacher ses yeux de ceux de Hassan.

— Cela fait-il partie de tes habitudes de débarquer sans

prévenir dans le bureau de quelqu'un ? Ce n'est pas très conventionnel, comme attitude.

— Je ne suis pas un homme conventionnel, répliqua Hassan. Toutefois, lorsque les circonstances l'exigent, je me montre bien sûr très soucieux du respect des convenances.

Il la regarda avec attention : elle avait l'air *très* fatigué.

— Et puisque nous n'avions pas prévu de nous revoir, poursuivit-il, je suis impatient d'apprendre pourquoi tu voulais me… *parler* ?

Troublée, Ella avait des difficultés à retrouver son équilibre. En outre, la seule proximité de Hassan suffisait à la déstabiliser. Elle avait beau essayer de rester insensible, cet homme produisait un effet dévastateur sur elle.

Quand ils s'étaient rencontrés, il portait un smoking luxueux qui aurait flatté l'homme le plus ordinaire. Or Hassan n'était pas un homme ordinaire, et son physique n'avait pas besoin d'être flatté. Aujourd'hui, il arborait un costume élégant à la coupe parfaite et sans aucun doute taillé sur mesure par l'un des plus grands stylistes du moment.

Pourtant, il ne semblait pas très à l'aise, comme s'il se sentait à l'étroit dans ses vêtements raffinés. D'ailleurs, il avait déboutonné sa chemise blanche à l'encolure et desserré sa cravate. Ella comprit soudain que sous ses dehors aristocratiques se dissimulait un homme aux instincts primitifs.

A la pensée de la nouvelle qu'elle allait lui assener, elle sentit une véritable terreur l'envahir.

Il fallait d'abord établir le dialogue, se dit-elle pour se donner du courage. Eclaircir quelques détails. Peu importait ce qui s'ensuivrait. Pour commencer, elle devait le soumettre à une sorte de test. La façon dont il répondrait à ses questions dévoilerait sa conception des femmes en général, et lui apprendrait comme il la voyait, elle.

— Dis-moi, Hassan, commença-t-elle lentement, quittes-tu

toujours les femmes au beau milieu de la nuit, sans même te donner la peine de leur dire au revoir ?

Surpris par cette question directe, et surtout irrité par son absence totale de remords, Hassan la regarda un instant en fronçant les sourcils. N'éprouvait-elle donc aucune honte après ce qui s'était passé ? se demanda-t-il en scrutant son visage pâle. Etait-elle une habituée des aventures d'une nuit ? Au fond, vu ses origines, cela n'aurait rien eu de surprenant.

— J'ai pensé que c'était la meilleure attitude à adopter pour limiter les dégâts, répondit-il d'un ton neutre.

— Pardon ? Tu as bien dit : limiter les *dégâts* ?

— Oh ! Je t'en prie, n'embellis pas ce qui s'est passé, dit-il avec un haussement d'épaules. Nous avons partagé un moment de sexe fabuleux, c'est vrai, mais vu les circonstances nous avons agi de façon inconsidérée. Et puis, prolonger l'expérience ne nous aurait menés nulle part, alors à quoi bon rester plus longtemps ensemble ?

— Si tu avais eu un minimum de savoir-vivre et de bonnes manières, tu aurais pu au moins me dire au revoir, non ?

Il laissa échapper un rire bref.

— Je crois que tu avais toi-même renoncé aux bonnes manières dès l'instant où tu m'as jeté du champagne à la figure !

— Peut-être, en effet. Mais tu y as renoncé lorsque tu as déchiré ma robe, dans ta hâte de me déshabiller.

Hassan pinça les lèvres. En fait, sa façon de le défier l'excitait. Or c'était justement ce qu'il ne voulait pas. Une vision l'assaillit, celle de ses seins nus frémissant sous ses doigts. Aussitôt, le désir jaillit en lui, suivi d'une vague de dégoût envers lui-même. Que valait un homme capable de battre ses ennemis au combat, s'il se laissait ensuite aller à la faiblesse dans les bras d'une femme qu'il méprisait ?

— Tu as bien reçu les vêtements que je t'ai fait parvenir ?

— Oui, répliqua-t-elle d'un ton brusque. Et je les portais quand je suis tombée sur la reine Zoe dans les couloirs du palais.

— Qu'a-t-elle dit ? demanda Hassan en tressaillant.

— Oh ! Elle est trop polie pour dire ce qu'elle pense, mais son visage était éloquent. Surtout quand je lui ai expliqué que j'avais passé la nuit avec toi.

— Tu lui as dit cela ?

L'espace d'un instant, Ella se réjouit de voir l'expression horrifiée et consternée qui se lisait sur ses traits altiers. Toutefois, le but de cette conversation n'était pas de marquer les points, se rappela-t-elle.

— Non, évidemment ! Je ne lui ai rien dit de tel. Mais je le regrette. Après n'avoir pas dissimulé son mépris pour les Jackson, le tout-puissant cheikh a néanmoins entraîné l'un des membres de cette détestable famille dans son lit ! Cette information croustillante aurait ravi plus d'un paparazzi, tu ne crois pas ?

Hassan faillit sourire. Elle possédait autant d'esprit que de beauté, c'était indéniable, et aucune femme ne s'était encore jamais adressée à lui avec une telle audace. Si elle n'avait pas été une Jackson, il aurait volontiers entretenu une liaison avec elle : courte, mais des plus agréables.

Il regarda autour de lui. La pièce était petite, et aussi kitsch qu'il l'avait imaginé lorsque son enquêteur lui avait appris qu'Ella Jackson dirigeait une agence événementielle du nom de *Cinderella-Rockefella*.

Sur les murs s'étalaient les photos de soirées qu'elle avait dû organiser : des manifestations vulgaires attestant de son mauvais goût. Il aperçut un agrandissement d'une photo de mariage et reconnut le couple : un footballeur international et sa femme. Celle-ci portait une robe dont le décolleté révélait des seins qui, de toute évidence, étaient passés sous le bistouri d'un chirurgien. Elle aurait pu aussi bien prononcer ses vœux complètement nue, songea Hassan avec dégoût. Comment pouvait-on bafouer ainsi les liens du mariage ? Et comment Ella pouvait-elle travailler pour des gens pareils ?

Parce qu'elle était une Jackson, tout simplement. Par conséquent, elle faisait elle-même partie de ces créatures vulgaires.

— Eh bien, pourquoi as-tu cherché à entrer en contact avec moi ? demanda-t-il d'un ton détaché.

Sa question ramena soudain Ella à la réalité.

— Tu ne t'en doutes pas ? répliqua-t-elle, le cœur battant la chamade.

— Je peux imaginer toutes sortes de raisons…

Hassan la regarda dans les yeux tandis que les souvenirs de leur étreinte brûlante se bousculaient dans sa mémoire. Il s'était abandonné à de tels transports avec la jeune femme qu'à un moment donné, il avait craint de se perdre en elle.

— Par exemple, que le souvenir de nos ébats torrides t'aurait peut-être donné envie de renouveler l'expérience, reprit-il. Si c'était le cas, je ne pourrais pas te le reprocher.

Ella fut horrifiée par la réaction instantanée de son corps aux paroles provocatrices de Hassan. Et encore plus atterrée devant l'étendue de l'arrogance de celui-ci.

— J'essaie de ne jamais commettre la même erreur deux fois, Hassan. As-tu d'autres suppositions ?

A ces mots, Hassan sentit un vide sournois envahir son cerveau. Puis il pensa aux personnes qui se forçaient à imaginer le pire scénario, dans l'espoir qu'ainsi, il ne se réaliserait jamais. Peut-être qu'en énonçant la pire éventualité à voix haute…

— Se pourrait-il que notre égarement passager nous ait laissé davantage que des regrets ?

Ella le dévisagea en silence. Il ne lui facilitait vraiment pas la tâche.

— Quel manque de tact dans ta façon de t'exprimer…

Le fait qu'elle ne réfute pas ses paroles déstabilisa Hassan, mais il garda son calme. Comme le jour où quelqu'un lui avait posé un couteau sur la gorge. Il avait alors cru ses derniers instants venus, mais finalement, il n'était pas mort, n'est-ce pas ?

— C'est parce que je *suis* un homme fruste, Ella. Et je n'aime pas les devinettes. Que voulais-tu me dire ?

— Que… Tu avais raison !

Ella s'interrompit et rassembla tout son courage.

— Notre… aventure nous a laissé… ou plus exactement, *m'a* laissé…

Il ne cilla pas.

— Je suis enceinte, Hassan.

Hassan déglutit avec peine, puis se souvint du moment où la lame du couteau avait entaillé sa peau. En fait, il ne s'était agi que d'un avertissement, pas d'une tentative de meurtre. Et ensuite, la plaie avait cicatrisé. Tandis que ceci…

Il s'avança d'un pas vers Ella, les yeux rivés aux siens.

— Mais pas forcément de moi…

— Bien sûr que si !

— Comment peux-tu l'affirmer avec une telle certitude ?

Le sang pulsait à ses tempes, le rendant presque sourd.

— J'ai connu des femmes intrépides, crois-moi, mais ton attitude m'a surpris, je l'avoue. Tu ne t'es pas fait prier pour venir dans mon lit, c'est le moins que l'on puisse dire… Alors, je suis en droit de m'interroger, reconnais-le : tu montres peut-être le même zèle avec un homme différent chaque soir ?

Ses paroles faisaient mal, et il cherchait à la blesser, c'était évident. Mais Ella n'en montra rien. Au contraire, elle s'ordonna de rester logique plutôt que de céder à ses émotions — n'était-ce pas ce qu'elle faisait, depuis toujours ?

Et puis, pouvait-elle blâmer Hassan de se poser des questions, alors qu'en effet, elle s'était conduite de façon on ne peut plus débridée ?

Par ailleurs, elle comprit que sa réaction était due au choc que lui avait causé la nouvelle. Il avait peur. Quel homme aurait sauté de joie en apprenant qu'une totale étrangère était enceinte de lui ? Hassan pensait sans doute qu'elle essayait de lui forcer la main, qu'elle voulait le contraindre à l'épouser ou à s'engager avec elle. Il était si arrogant…

— Je ne couche pas à droite et à gauche, dit-elle posément. Mais, bien sûr, tu es libre de ne pas me croire.

— Dois-je comprendre que tu aurais fait une exception pour moi ?

— Ne fais pas le modeste, Hassan. Je suis sûre que beaucoup de femmes ont fait une exception pour toi.

Cette simple pensée était douloureuse. Mais c'était idiot : pourquoi ne supportait-elle pas de l'imaginer au lit avec d'autres femmes ?

Ella inspira à fond.

— Je comprends que cette nouvelle te cause un choc…

— Oh ! Tu as le sens de l'euphémisme, l'interrompit-il d'un ton moqueur.

Recourir à l'ironie était plus facile que d'admettre qu'elle avait raison, reconnut Hassan. Et de songer qu'en cet instant même, alors qu'elle se tenait devant lui dans sa robe de soie bleue, sa bouche pulpeuse entrouverte, *son* enfant grandissait dans son sein.

— Je veux que tu saches que j'envisage de garder cet enfant et de… de l'aimer.

Voyant une moue de dérision se dessiner sur les lèvres de Hassan, Ella s'empressa d'ajouter :

— Et je ne te demande rien.

A ces mots, il éclata d'un rire bref et cynique.

— Ce serait vraiment une première ! Et, dans ce cas, pourquoi avoir pris la peine de me le dire ?

— Parce que tu es le père et que j'estimais de mon devoir de te mettre au courant.

Hassan se figea tandis qu'un mot résonnait dans son esprit. Ella avait parlé de *devoir.*

C'était sur cette notion même qu'il s'était construit. Cette notion que sa mère avait rejetée, attirant le scandale et l'opprobre sur la maison royale, en détruisant trois existences au passage.

A présent, n'était-ce pas son devoir d'aider cette femme, de lui apporter son soutien inconditionnel, même s'il en abhorrait l'idée ?

— Cela ressemble à un cauchemar, dit-il soudain.

Ella hocha la tête. Elle avait pensé exactement la même chose.

— Cette découverte m'a causé un choc à moi aussi.

— Pourtant, j'avais pris mes précautions…

— Oui, je sais.

Hassan se rappela soudain que lorsqu'il avait enfilé le préservatif, ses doigts avaient tremblé…

— Je dois avoir manqué de rigueur, dit-il d'un ton amer en la regardant dans les yeux. Mettons cela sur le compte d'une faiblesse, due au trouble provoqué par l'ardeur que tu manifestais à mon égard. Je revenais du front et je sortais d'une longue période d'abstinence. Et toi, quelle est ton excuse ?

— Disons que j'ai eu un moment d'absence.

Ella n'allait certes pas lui révéler qu'elle avait carrément perdu la tête.

— En fait, je n'ai pas beaucoup d'expérience en matière de sexe, poursuivit-elle.

— Ce n'est pas l'impression que tu donnais cette nuit-là.

— Mon comportement était dû à tes talents, non à mon expérience, répliqua-t-elle. Mais bon, ce n'est pas la peine de nous disputer sur ce point. J'ai cherché à entrer en contact avec toi parce que j'ai estimé que tu avais le droit de savoir que tu avais engendré un enfant, c'est tout. Et maintenant que tu le sais et que j'ai accompli mon devoir, j'aimerais que tu t'en ailles. J'ai beaucoup de travail.

Le défi brillait dans ses yeux bleus et, à sa grande surprise, Hassan comprit qu'elle était sincère. Il ne s'agissait pas d'une posture destinée à l'impressionner — elle désirait *vraiment* qu'il s'en aille !

D'instinct, il se rebella contre son attitude : une femme ne lui dicterait pas sa conduite. Mais, en même temps, une émotion non désirée se frayait un chemin en lui, au plus profond de son être, dans un endroit qu'il avait verrouillé avec soin. Une souffrance aiguë lui déchira la poitrine, le ramenant à l'époque où sa mère était partie avec l'homme qu'elle disait aimer, en abandonnant un petit garçon complètement perdu. Plus tard, il s'était juré qu'aucune femme ne le ferait souffrir comme sa mère avait fait souffrir son père.

Le souvenir s'estompa, puis disparut dans le flou qui envahissait sa mémoire, et Hassan se retrouva face à Ella Jackson qui l'observait en haussant les sourcils.

Elle portait son enfant, songea-t-il en s'efforçant de s'en convaincre. Par conséquent, il ne s'agissait pas de n'importe quel enfant. Celui qui allait grandir dans son sein était le fils, ou la fille, du cheikh du Kashamak. Et cet enfant était *à lui*.

Autrefois, après avoir juré de ne jamais se marier, il avait annoncé à son jeune frère qu'un jour, il lui léguerait le pouvoir puisque, de son côté, Hassan n'aurait produit aucun héritier.

Anéanti par la souffrance qu'il avait ressentie à la désertion de sa mère, il avait compris que la paternité ne serait jamais pour lui. Mais soudain elle s'imposait à lui, en dépit de toutes ses prévisions.

Hassan serra les poings : ce que venait de lui révéler Ella Jackson chamboulait sa vie de façon irrévocable. Tous ses projets et ses certitudes se voyaient assujettis à une transformation radicale.

Car il savait où était son devoir et, par conséquent, il ne se comporterait pas comme sa mère, qui avait tourné le dos à la chair de sa chair.

— Je ne m'en irai pas, dit-il. Nous devons parler.

Ella soutint son regard sans ciller, mais en réalité sa proximité la déstabilisait. Cet homme avait le pouvoir d'anéantir chez elle tout jugement, toute lucidité, se rappela-t-elle. Par conséquent, il était dangereux.

— Il me semble que nous avons dit tout ce qu'il y avait à dire.

— Tu plaisantes ? Nous n'avons fait qu'effleurer le sujet, Ella. A moins que tu n'aies escompté qu'après m'avoir annoncé que tu portais mon enfant, je partirais en te laissant te débrouiller toute seule ?

Peut-être, en effet. Peut-être avait-elle été assez stupide, assez naïve, pour espérer que Hassan refuserait de reconnaître son enfant. Et qu'ensuite, il disparaîtrait de sa vie pour de bon.

Mais la détermination qui se lisait dans ses yeux noirs ne lui laissait plus aucune illusion.

A cet instant, le téléphone posé sur son bureau se mit à sonner et elle tendit machinalement la main vers l'appareil.

— Laisse, dit-il d'un ton impérieux.

— Je ne peux pas. C'est mon…

— J'ai dit : *laisse.* Ton assistante va répondre.

Leurs regards s'affrontèrent en silence tandis que la sonnerie du téléphone résonnait six fois avant que Daisy ne prenne l'appel. Ella comprit alors qu'elle ne gagnerait pas la partie. Si elle avait soulevé le combiné, Hassan aurait été capable de le lui arracher des mains. Par ailleurs, s'ils haussaient le ton, Daisy les entendrait sans doute à travers la cloison.

— Très bien, parlons, dit-elle. Mais pas ici et pas maintenant. Je te retrouverai plus tard, en fin de journée.

— D'accord, approuva-t-il sans la quitter des yeux. Viens dîner à l'hôtel avec moi, dans ma suite.

Ella secoua la tête.

— Il est hors de question que j'aille à ton hôtel.

— Vraiment ?

Lorsqu'elle entrouvrit ses lèvres rouges, Hassan sentit le désir rugir en lui. Au fond, coucher avec elle irait peut-être à l'encontre du plan qui germait peu à peu dans son esprit — et qu'il allait devoir peaufiner avec soin pour l'amener à l'accepter…

— Dans ce cas, que proposes-tu ? reprit-il. Si nous allons dîner au restaurant, je crains que la conversation ne se révèle un peu difficile à cause du bruit. Sans compter qu'un serveur, ou un autre client, pourraient surprendre nos propos. Je ne veux pas voir nos photos s'étaler demain dans les journaux.

Il s'était exprimé d'un ton si autoritaire que d'instinct, Ella eut envie de contester ses paroles. Il était si arrogant, si dominateur, songea-t-elle en observant son expression hautaine. Visiblement, il n'avait pas l'habitude d'être contredit. Si elle allait le rejoindre dans sa suite, il se trouverait en position de force. Or, quelles que soient les intentions de Hassan, elle-même devait rester en pleine possession de ses moyens. Par conséquent, le meilleur endroit pour le rencontrer était sans doute de le recevoir chez elle, conclut Ella.

— Tu peux venir chez moi, dit-elle. Daisy te donnera mon adresse. Je t'attendrai à 21 heures, mais je te conseille de dîner avant : je n'ai pas l'intention de préparer quoi que ce soit pour toi.

Hassan resta immobile un instant à la regarder, puis passa devant elle sans pouvoir s'empêcher d'admirer la masse luxuriante de ses cheveux aux reflets changeants. Sa bouche pulpeuse tremblait, remarqua-t-il. Le désir de l'embrasser le submergea, mais il le refoula comme il avait refoulé tant d'autres choses dans sa vie.

— Très bien. Je serai là à 21 heures.

Puis il quitta son bureau sans se retourner.

Chapitre 7

Hassan appuya sur la sonnette en se demandant un instant s'il ne s'était pas trompé d'adresse. La maison d'Ella faisait partie d'une rangée de petites habitations presque identiques et donnant directement sur une route très fréquentée.

Il contempla la porte peinte en vert foncé en repensant à l'allure d'Ella Jackson, lors des fiançailles d'Alex. Il revit son style glamour, sa robe scintillante, ses talons hauts, son maquillage sophistiqué. Ensuite, vu son activité professionnelle, Hassan l'avait imaginée vivant dans un endroit clinquant, entourée d'un décor de pacotille. Mais pas dans cette petite maison ordinaire, située en plein cœur de l'un des quartiers les plus modestes de Londres.

La porte s'ouvrit et Ella apparut devant lui, dans une tenue qui collait encore moins avec l'image qu'il s'était forgée d'elle. Les cheveux noués en queue-de-cheval, elle était maintenant vêtue d'un simple T-shirt blanc et d'un jean bleu délavé.

En outre, elle ne portait plus la moindre trace de ce rouge éclatant qui attirait le regard vers sa bouche sensuelle. A vrai dire, cette nouvelle Ella n'avait plus rien à voir avec la fêtarde qu'il avait rencontrée quelques semaines plus tôt..., reconnut Hassan, soudain désorienté.

— C'est ici que tu habites ? demanda-t-il.

— Non, j'avais loué cette maison dans l'espoir de t'impressionner, mais je vois que c'est raté.

Ella ouvrit grand la porte et s'effaça pour le laisser entrer. Mais quand il la frôla au passage, elle ne put retenir un frisson.

— Oui, c'est ici que je vis, Hassan. Pensais-tu que je vivais dans un boudoir raffiné au sol recouvert de fourrures, et que je te recevrais allongée sur un divan, mon reflet se répétant à l'infini dans les miroirs faisant office de murs ?

En effet, c'était à peu près dans ce style d'environnement qu'il avait pensé la trouver.

Hassan s'avança dans la petite entrée avant de refermer la porte derrière lui. Puis il suivit Ella, les yeux rivés au séduisant balancement de ses hanches moulées de jean.

Le salon ne ressemblait pas non plus à ce qu'il avait imaginé. Spacieuse, la pièce contenait un sofa et deux chaises, mais ces meubles étaient rassemblés à une extrémité, comme s'ils avait été déposés chez elle par erreur.

Au centre de l'espace dépouillé se dressait un chevalet, sur lequel était posée une toile représentant un homme nu. Le tableau inachevé était plutôt bon, constata Hassan en plissant les yeux. Du moins, d'après ce qu'il pouvait en juger à cette distance. Mais son jugement n'alla pas plus loin tandis qu'il ne pouvait s'empêcher de faire une comparaison dont son ego ressortit vite indemne — mais pas son sens moral. Comment Ella avait-elle pu passer du temps à étudier les parties génitales d'un autre homme que lui ?

— Qui est-ce ? demanda-t-il d'un ton sec.

— Cela ne te regarde pas.

— Au contraire, répliqua-t-il d'une voix dure. Maintenant que tu portes mon enfant, cela me regarde au premier chef ! Qui est cet homme ?

Ella frémit malgré elle : l'attitude de Hassan n'augurait rien de bon.

— C'est un étudiant en architecture qui pose dans mon cours de dessin.

— Tu as couché avec lui ?

— Bien sûr que non ! s'exclama-t-elle avec indignation. Je le connais à peine…

Ella s'interrompit en se rendant compte de l'ironie contenue dans ses paroles. Une lueur de triomphe brillait déjà au fond des yeux de Hassan.

— Tu ne me connaissais pas beaucoup non plus ! lança-t-il d'un ton sarcastique. Mais cela ne t'a pas empêchée de m'offrir ton corps délectable, Ella…

Eh bien, elle l'avait cherché, songea Ella en ravalant la riposte qui lui montait aux lèvres. Car Hassan était venu pour parler de l'enfant et, au fond, le reste avait peu d'importance.

— Nous pouvons perdre notre temps à nous lancer des insultes, mais franchement ça ne m'intéresse pas beaucoup, dit-elle. Et puis, je suis trop fatiguée pour me livrer à ce genre de petit jeu. De toute façon, ce n'est pas pour ça que tu es venu, n'est-ce pas ? Alors, essayons de donner un tour civilisé à cette conversation.

Elle lui adressa un sourire poli.

— Et, pour commencer, peut-être pourrais-tu t'asseoir ? proposa-t-elle.

— Non, merci. Je préfère rester debout.

Soudain, Hassan se rendit compte qu'il n'avait pas prévu de stratégie particulière. En fait, il ignorait comment s'y prendre pour obtenir ce qu'il désirait de cette femme.

En outre, il réalisa qu'il ne savait même pas vraiment ce qu'il désirait.

Incapable de rester en place, il se dirigea vers la fenêtre, juste quand un long bus rouge s'arrêtait pour laisser descendre un groupe d'adolescents. Ceux-ci restèrent à bavarder sur le trottoir, non loin des deux véhicules dans lesquels ses gardes du corps patientaient.

De plus en plus perplexe, il se retourna vers Ella.

— Pourquoi vis-tu dans un endroit pareil, Ella ?

— A ton avis ? Parce que j'aime le bruit de la circulation, peut-être ?

Il lui décocha un regard si réprobateur qu'elle haussa les épaules d'un air détaché.

— Parce que c'est tout ce que je peux me permettre, Hassan. Je préfère investir tout ce que je gagne dans mon entreprise, plutôt que de le gaspiller dans un loyer exorbitant.

— Ton père ne te donne pas d'argent ?

Ella faillit éclater de rire. Sur quelle planète vivait Hassan ? A moins qu'il ne soit victime du talent de son père qui, manifestement, réussissait encore à faire croire au monde entier que l'argent coulait à flots chez les Jackson.

— Non, je ne reçois rien de mon père.

Hassan perçut la note acide qui avait teinté sa voix et, pour la seconde fois de la journée, il remarqua les ombres mauves qui soulignaient ses yeux. Les femmes enceintes se fatiguaient-elles vite dès le début de leur grossesse ? se demanda-t-il, se sentant soudain coupable.

— Nous devrions peut-être nous asseoir, après tout, dit-il.

A la grande surprise d'Ella, il lui posa la main sur les reins et l'entraîna vers l'une des chaises.

— Tu sembles fatiguée, ajouta-t-il.

Elle n'eut pas l'énergie de répliquer, mais ce simple geste la rendit vulnérable. D'autre part, elle était fatiguée, en effet. Toutes les émotions accumulées au cours des dernières semaines l'avaient épuisée.

Où étaient passés ses projets, ses résolutions ? Ella

repensa à tous les plans qu'elle avait échafaudés pour le futur. Toutes les stratégies mises au point pour profiter des lacunes constatées sur le marché, et développer son entreprise. Elle songea à sa détermination à subvenir à ses besoins elle-même.

Tout cela avait sombré dans le néant, parce qu'elle savait très bien ce que cela signifiait d'élever un enfant. Il fallait jongler avec sa carrière, qu'on soit mère célibataire ou non. Et en plus, elle se trouvait face à un homme redoutable et supersexy qui, elle le soupçonnait fort, avait une idée en tête et était prêt à tout pour arriver à ses fins.

Dont elle ignorait tout.

Hassan attendit qu'elle soit assise avant de s'installer en face d'elle, sur le sofa. Après avoir allongé ses longues jambes devant lui, il plongea son regard dans le sien.

— Quand la naissance est-elle prévue ?

— Eh bien, étant donné que quatorze semaines se sont écoulées depuis les fiançailles, le bébé naîtra en janvier.

Elle soutint son regard avec difficulté.

— Le 8, précisément.

Ce détail déstabilisa un bref instant Hassan. Avoir une date précise sur laquelle se concentrer changeait tout. Cette information transformait sa grossesse pour l'instant invisible en un *fait réel*. Un événement qui allait se produire, dans la vie d'Ella et dans la sienne.

Le silence s'installa entre eux tandis que Hassan essayait de mettre les paroles d'Ella en images. Au tout début de l'année prochaine, au moment où la neige commencerait à recouvrir les plus hauts sommets des montagnes de Samaltyn, un bébé viendrait au monde. Dont il serait le père.

— C'est une nouvelle capitale, souffla-t-il.

— Oui.

— En as-tu informé quelqu'un d'autre ?

— Seulement mon frère, Ben, répondit-elle après un instant d'hésitation.

— Pouvons-nous compter sur sa discrétion ?

— Personne ne saurait être plus discret que Ben, protesta Ella. Mais tu auras sans doute du mal à le croire, puisqu'il fait partie de la détestable famille Jackson !

— Je sais que, dans le monde des affaires, ton frère jouit d'une réputation extraordinaire, admit Hassan. Mais ce qui nous arrive est tout à fait différent.

Au lieu de se réjouir qu'il reconnaisse les mérites de Ben, elle se sentit soudain gagnée par une inquiétude atroce.

— Pourquoi me demandes-tu si quelqu'un est au courant ? Tu… tu…

Après s'être interrompue un instant pour maîtriser l'effroi qui s'était emparé d'elle, Ella reprit avec calme :

— Ecoute-moi bien, Hassan Al Abbas. Je garderai cet enfant, quoi qu'il arrive. Et rien de ce que tu pourras dire ou faire ne me fera changer d'avis !

L'expression farouche qui empreignait ses trais ne laissait aucun doute sur sa résolution, songea Hassan. L'espace de quelques instants, il admira malgré lui sa passion et son intégrité. Mais l'indignation remplaça vite son admiration.

Hors de lui, il se leva en serrant les poings.

— Tu crois que je pourrais suggérer que tu…

— Ne le dis pas ! coupa-t-elle d'un ton impérieux.

— Je n'ai pas l'habitude qu'on m'interrompe, répliqua-t-il avec un geste impatient de la main.

— Peut-être, mais moi, je n'ai pas l'habitude qu'on me parle d'un ton menaçant. Alors, adresse-toi à moi calmement et je ne t'interromprai pas, d'accord ?

Devant son air posé et déterminé, Hassan repensa à la façon dont elle l'avait congédié ce matin-là pour pouvoir travailler. Et, soudain, il entrevit la façon idéale de s'y prendre.

— Très bien. Nous devons décider de la conduite à adopter.

Il avait dit *nous*, songea Ella avec appréhension.

— Je te l'ai dit, ma décision est prise : je garde cet enfant et je suis tout à fait disposée à l'élever toute seule.

— Néanmoins, tu n'es pas en mesure de prendre une telle décision, parce qu'il ne s'agit pas juste de *ton* enfant, dit-il doucement. Du sang royal coule dans ses veines. Sais-tu ce que cela signifie, Ella ?

— Comment le pourrais-je ? J'ignore tout de l'univers où tu vis. Comme j'ignore tout de toi, d'ailleurs.

— Ça, ce n'est pas tout à fait vrai, murmura-t-il en laissant errer son regard sur son corps. Tu sais beaucoup de choses sur moi, Ella.

L'allusion était transparente, et délibérée, comprit Ella. A son grand dépit, elle sentit ses joues s'empourprer, alors qu'elle s'était promis de rester insensible à sa proximité.

— Je préfère ne pas parler de cela.

Envahi par un mélange d'émotions confus, Hassan eut soudain envie de la blesser. De lui faire payer de l'avoir pris au piège. C'était plus facile que de reconnaître qu'il y avait plongé les yeux fermés — et de son plein gré.

— De quoi ne veux-tu pas parler ? Du plaisir dont tu semblais ne pas pouvoir te rassasier ?

— Tu as ressenti la même chose ! riposta-t-elle, les yeux étincelants. Je me trompe ?

Brusquement, Hassan comprit pourquoi cette femme l'attirait autant. Son corps était superbe, certes, et lui-même sortait d'une longue période d'abstinence, mais c'était aussi sa témérité qui opérait sur lui comme un puissant aphrodisiaque.

Comme à Santina, elle le défiait, le regard dénué de toute peur.

— Oui, admit-il d'une voix dure. J'ai ressenti la même chose que toi.

Ses paroles ravivèrent les souvenirs qu'Ella s'efforçait d'oublier. La sensation merveilleuse d'être dans ses bras. Le plaisir divin que lui avait prodigué sa bouche, ses mains, dans les endroits les plus secrets de son corps. Sentant le désir sourdre du plus profond de sa féminité, elle le réprima sans pitié. Il fallait revenir au présent, à la *réalité*.

— Veux-tu dire que tu comptes assumer ton rôle de père ?

Hassan ne répondit pas tout de suite.

— Je dis que c'est une possibilité. Mais je crois que le plus important, c'est d'abord de discuter de tes besoins.

— Mes besoins ? répéta-t-elle en battant des paupières.

— Eh bien, il y a ton agence, n'est-ce pas ? Je n'y connais rien en matière d'événementiel, mais je suppose que cette activité requiert beaucoup de travail et d'investissement, surtout que tu es chef d'entreprise.

— Oui, c'est vrai.

— Et tu as sans doute des horaires impossibles ?

Ella s'adoucit malgré elle. Jamais elle n'aurait soupçonné qu'il puisse se montrer aussi compréhensif.

— En effet, c'est l'un des inconvénients de ce métier.

— Et comment le bébé trouvera-t-il sa place dans cet emploi du temps infernal ?

— Je…

Les mots se figèrent sur ses lèvres tandis qu'elle plongeait son regard dans le sien. Ce n'était pas de l'inquiétude mais du *calcul* qu'elle y découvrit. Elle s'était bel et bien laissé avoir !

Sa mère avait-elle capitulé de la même façon ? Refusant de retenir la leçon, était-elle retombée chaque fois sous le charme d'un homme qui lui murmurait quelques mots doux, avant de la traiter comme un objet encombrant ?

Effarée devant sa propre attitude, Ella se sentit blêmir.

— Mon Dieu ! murmura-t-elle. Tu es vraiment redoutable. Je comprends ce que tu es en train de faire : tu essaies de me faire admettre que je ne pourrai pas assumer la charge de mon enfant…

— N'est-ce pas la vérité ? répliqua-t-il sans ménagement. As-tu seulement pris le temps d'y réfléchir ?

— Tu te moques de moi ? Je ne pense qu'à cela depuis des semaines !

— Et tu envisages de continuer à travailler ?

— Bien sûr !

Ignorait-il à ce point comment vivaient les vraies gens ? se demanda Ella avec colère.

— C'est comme cela que je gagne ma vie, Hassan, continua-t-elle. Tout le monde ne naît pas dans un luxueux palais, entouré de serviteurs !

A ces mots, Hassan laissa échapper un rire bref et amer. Elle aussi croyait au fameux mythe des princes élevés dans le faste, comme s'il s'agissait d'un droit acquis à la naissance. S'il lui avait dit la vérité sur son compte, elle ne l'aurait jamais cru.

— Et pendant que tu travailleras, Ella, que tu t'occuperas de toutes ces célébrités de seconde zone et de leurs misérables petits problèmes, que feras-tu de ton enfant ? Tu le confieras à une gouvernante sous-qualifiée qui se fichera de son avenir ?

Le cœur battant à tout rompre, Ella le foudroya du regard.

— Ta question est stupide et ne mérite pas de réponse.

— Ah oui ? Très bien. En revanche, tu pourras peut-être répondre à celle-ci : que feras-tu quand il sera malade ?

Qui te remplacera ? Envisages-tu de l'emporter au bureau dans un couffin ?

— Je ne suis pas la première à envisager d'élever un enfant seule ! s'emporta Ella, à bout de patience. Il y a des moyens de résoudre les situations d'urgence.

— Lesquels ?

Poussée dans ses retranchements, elle resta un instant silencieuse, à court d'arguments. En vérité, elle n'avait pas encore réfléchi à ce genre de détails pratiques.

— Selon toi, quelle est l'alternative ? lâcha-t-elle. Vas-tu me dire que tu veux emmener l'enfant dans ton palais, en plein désert, et l'élever comme un cheikh ou une… une princesse, si c'est une fille ?

— Au féminin, on dit *cheika*, répondit-il avec calme. Et oui, je peux très bien me charger d'élever cet enfant, quel que soit son sexe. Mon père l'a bien fait : on peut survivre sans mère — j'en suis la preuve.

Une étrange amertume avait coloré sa voix, songea Ella en l'observant avec attention. Brusquement, elle comprit où Hassan voulait en venir.

Il comptait emporter son enfant dans son royaume lointain, au fin fond du désert. Et ensuite, elle ne le reverrait jamais !

Ella sentit une nausée épouvantable lui monter aux lèvres tandis que de la sueur glacée perlait à son front.

— Je crois que je vais vomir, murmura-t-elle.

Chapitre 8

Hassan avait déjà vu des hommes céder à un malaise, notamment au sortir du combat, avant de rester étendus sur le sol, le teint grisâtre et le visage inondé de sueur. Mais il ne s'était jamais trouvé face à une ravissante jeune femme sur le point de se trouver mal.

Elle avait l'air si fragile, soudain. Elle paraissait si petite. Et elle était enceinte ! Jamais il n'aurait dû lui parler aussi durement…

Submergé par le remords, il lui prit le bras et l'emmena dans la minuscule salle de bains. Là, il lui tint les cheveux écartés du visage tandis qu'elle soulageait son estomac. Quand elle se redressa, elle se laissa aller contre lui et ferma les yeux, exténuée.

— Excuse-moi, dit-elle d'une voix à peine audible.

— C'est moi qui dois m'excuser, protesta-t-il. Pas toi. Je suis responsable de ce malaise : je n'aurais jamais dû te parler comme je l'ai fait !

Hassan, à sa grande surprise, vit un léger sourire flotter sur les lèvres d'Ella.

— Tes paroles étaient vraiment blessantes, reconnut-elle. Mais elles n'ont pas le pouvoir de provoquer des nausées, Hassan. C'est un phénomène qui se produit chez de nombreuses femmes enceintes, dans n'importe quelles circonstances.

— Cela t'était déjà arrivé ?

Ella déglutit avec difficulté. Pour l'instant elle se sentait trop faible pour adopter une attitude stoïque.

— Presque tous les jours.

— Mais ce n'est pas bon ! C'est pour cela que tu es aussi mince et aussi pâle !

— Le médecin dit que tout va bien.

— Tu as vu un médecin ? demanda-t-il après un instant.

C'était bizarre, ridicule, et totalement déplacé de rester ainsi contre lui, alors qu'il lui avait dit des choses aussi dures, songea Ella. Mais le pire, c'était qu'elle ne désirait pas s'écarter de lui. Son corps était si chaud, si puissant. Dans les bras de Hassan, elle se sentait en sécurité.

— Bien sûr ! Vu mon état, c'est compréhensible, non ?

— Et qui est ce médecin ?

— Je suis allée voir mon généraliste, au centre de soins de mon quartier. Il est très bien.

Hassan se raidit en sentant son membre viril frémir sous la pression du corps d'Ella, appuyée de dos contre lui.

— Un généraliste de quartier n'est pas approprié dans ces circonstances, décréta-t-il. Tu portes l'enfant d'un cheikh, Ella ! Mais ce n'est pas le moment de discuter de ces détails. Il faut d'abord que tu te reposes.

Avant qu'Ella n'ait pu protester, il la souleva dans ses bras et sortit du salon en lui demandant où se trouvait sa chambre. Dans le couloir, il se tourna vers les croquis d'Izzy accrochés au mur, en fronçant les sourcils d'un air désapprobateur.

Arrivé dans la chambre, il la déposa sur le lit et lui glissa deux coussins sous la tête avant de se redresser.

— Que puis-je faire d'autre pour améliorer ton confort ?

Bêtement, Ella eut envie de lui demander de la serrer de nouveau contre lui. De la garder dans ses bras, juste quelques instants. Elle s'était sentie si bien, lovée dans sa chaleur.

— Je n'ai besoin de rien, merci.

— Tu en es sûre ?

La douceur inattendue de sa voix la fit hésiter.

— Il y a du Coca éventé dans le réfrigérateur.

— Du Coca éventé ? répéta-t-il d'un air perplexe.

— Oui, une fois dégazé, le Coca est efficace pour lutter contre les effets des vomissements.

— Très bien, approuva-t-il d'un air sombre.

Une fois dans la cuisine, Hassan ouvrit le réfrigérateur, qui ne datait visiblement pas de la dernière génération. Il y découvrit un morceau de fromage, de la salade fanée et une bouteille de Coca sans bouchon.

Tout en contemplant le liquide brun d'un air méfiant, il en versa dans un verre qu'il porta à Ella. Puis il le tint contre ses lèvres tandis qu'elle buvait.

Touchée par l'attitude de Hassan, Ella sentit ses forces lui revenir. Il lui témoignait une attention inattendue et son geste était d'une délicatesse très… intime.

— Tu ferais une bonne infirmière, plaisanta-t-elle.

— Mais toi, tu es une patiente bien pitoyable, riposta-t-il. Si tu penses pouvoir subvenir à tes besoins et à ceux d'un petit enfant avec les misérables provisions que renferme ton vieux réfrigérateur…

— Je n'ai pas beaucoup de temps pour faire les courses…

Aussitôt, Ella se rendit compte qu'elle était tombée dans le piège.

— Mais tout cela va changer, bien sûr, reprit-elle.

— Comment ? Où est ta baguette magique ? Qui va t'aider, Ella ?

— Ma famille.

A vrai dire, elle n'en était pas du tout convaincue. Ben

l'aiderait si elle le lui demandait, mais l'idée de faire appel à lui répugnait à Ella. Elle détestait l'idée de représenter un fardeau pour son frère adoré. En outre, Ben vivait sur une île située à des centaines de kilomètres de chez elle.

Et son agence ? Comment allait-elle gérer ses activités au jour le jour ? Sa clientèle s'attendait à avoir affaire à une femme dynamique et toujours souriante. Pas à une femme enceinte et lasse qui ne vivait même pas avec le père de son enfant. Une créature en piteux état qui avait pour l'instant beaucoup de mal à garder les yeux ouverts.

— Il est hors de question que cet enfant subisse l'influence des Jackson, affirma Hassan d'un ton péremptoire.

Un frisson parcourut Ella.

— Tu ne peux pas m'empêcher de les voir.

Non, en effet, reconnut Hassan. Et s'il la poussait à bout, elle resterait sur ses positions et ne céderait pas. Mieux valait faire appel à l'avidité tapie au fond de toute femme…

Après avoir reposé le verre de Coca à moitié vide sur la table de nuit, il se pencha vers Ella.

— Et si moi, j'avais une baguette magique…

— Et que tu t'en servais pour disparaître de ma vie ? Alors ça, ce serait *vraiment* fantastique !

Elle était incorrigible, songea-t-il. Et quelle vivacité d'esprit redoutable elle allait transmettre à leur enfant !

— Non, répliqua-t-il sans pouvoir réprimer un sourire. Pour te faire entendre la voix de la raison.

— Voudrais-tu me faire croire que tu es un homme *raisonnable* ?

— Je peux l'être.

Il s'interrompit un instant avant de continuer.

— Je pourrais faire venir quelqu'un pour te remplacer, le temps de ta grossesse… Une personne compétente qui seconderait efficacement la jeune femme qui me dévorait des yeux ce matin.

— Daisy ? Mais je ne peux pas me permettre d'embaucher quelqu'un.

— Mais moi, si. Et pas n'importe qui : la personne la plus au top dans le domaine de l'événementiel — et que tu choisiras toi-même, cela va sans dire.

Ella le regarda avec stupeur tandis que son cœur s'emballait dans sa poitrine. Sa proposition était alléchante, *très* alléchante, même. C'était si facile, pour lui. L'argent pouvait résoudre tant de problèmes. Ce devait être grisant de détenir ce pouvoir…

— Et que demandes-tu en échange ?

— Que tu me laisses m'occuper de toi.

— Quand je disais que tu ferais une bonne infirmière, je ne parlais pas sérieusement.

En dépit de son ton moqueur, sa voix manquait de conviction, constata Hassan. C'était le moment d'en profiter.

— Réfléchis, Ella. Tu pourrais faire ce que tu veux de tes journées : lire les livres que tu n'as jamais le temps d'ouvrir, te reposer, regarder des films…

Il songea au portrait inachevé, aux croquis affichés dans le couloir.

— Tu pourrais même dessiner et peindre, si tu en avais envie. Ce serait une existence très agréable, tu ne crois pas ?

La tentation devenait trop forte. Le temps de peindre ? Ou de ne rien faire ? Ella s'imagina restant au lit le matin, en attendant que les nausées aient disparu. Elle n'aurait plus à s'habiller pour aller travailler, elle ne serait plus forcée de porter de hauts talons, ni de se maquiller à outrance.

Habituée à travailler depuis l'âge de seize ans, Ella ne pouvait s'imaginer sa vie autrement, et pourtant la proposition de Hassan était très attrayante.

— C'est très généreux de ta part, dit-elle en le regardant.

— Je peux me le permettre, répliqua-t-il avec un léger sourire.

— Et est-ce que tu… Viendrais-tu me voir de temps en temps ? Quand tu serais de passage à Londres ?

Il plissa le front en scrutant ses traits. Elle paraissait sincère… N'avait-elle pas compris la condition *inhérente* à sa proposition ? Qu'en échange de son aide matérielle et financière, elle se livrerait entièrement à lui ?

— Ce n'est pas dans mes intentions, dit-il. J'ai un pays à diriger, et toutes sortes d'obligations m'incombent, liées à mon statut de chef d'Etat. D'autant que nous venons juste de terminer une guerre. Par conséquent, je ne serai pas à Londres, et toi non plus, Ella, car tu vas t'envoler pour le Kashamak avec moi, dès que la question de ton remplacement sera réglée.

— Le Kashamak ? murmura-t-elle, le regard vide.

— Mon pays produit d'excellents guerriers et de grands poètes, dit-il avec fierté. Et l'enfant que tu portes doit connaître son héritage, Ella.

Il se tut un instant avant d'ajouter :

— Toi aussi.

Au fond de l'esprit de Hassan, une vision du futur s'ébauchait, dont les reliefs se précisaient peu à peu. La vie au Kashamak se révélerait vite trop dure et trop contraignante pour une Occidentale. Au bout d'un certain temps, Ella pourrait souhaiter retrouver son ancienne vie. Et si, en plus, elle découvrait qu'elle n'avait pas la fibre maternelle…

Elle partirait en lui laissant son enfant. Et Hassan s'occuperait de lui, comme son propre père s'était occupé de ses fils. Hassan savait mieux que quiconque qu'on pouvait très bien survivre sans mère.

Une excitation sauvage lui fit battre le cœur tandis qu'il

entrevoyait la solution idéale. Jusqu'à présent, il n'avait jamais souhaité donner un héritier à son peuple, parce que l'idée du mariage lui était insupportable. Mais maintenant qu'il était *forcé* de se marier, cela changeait tout.

— Et si je ne souhaite pas aller vivre au Kashamak, que se passera-t-il ? demanda-t-elle soudain.

— Je crois que tu comprendras vite que tu n'as pas vraiment le choix, répliqua Hassan d'un ton sec.

Toute alternative était exclue, surtout maintenant qu'il avait entrevu la perspective que son enfant puisse être influencé par le style de vie des Jackson. C'était tout bonnement *inconcevable*.

— Ton bien-être représente ma priorité numéro un, Ella, poursuivit-il d'un ton radouci. Et je ne peux pas l'assurer si tu te trouves à des milliers de kilomètres de moi.

Ella fut parcourue par un frisson glacé. Son bien-être passant avant toutes ses autres priorités ? Elle n'en croyait pas un mot. Pour Hassan, il s'agissait de possession, et de rien d'autre. L'enfant était *son* enfant comme elle serait *sa* chose.

Ses traits de faucon étaient empreints de cruauté et une lueur de triomphe brillait au fond de ses yeux noirs. Mais il avait raison. Elle portait l'enfant du cheikh et elle allait devoir s'habituer à ce fait, comme au reste. Pour la première fois, Ella pensa à l'effet que produirait l'annonce de cette nouvelle dans le royaume de Hassan.

— Les gens de ton pays ne trouveront-ils pas étrange de te voir revenir d'Occident avec une femme *enceinte* ? Car ils ne tarderont pas à remarquer mon état…

— Ils trouveront cela inacceptable, dit-il d'une voix onctueuse. C'est pour cela que nous devons nous marier tout de suite.

Se marier ? Ella le dévisagea avec stupeur, le cœur battant à toute allure.

— Tu as perdu l'esprit !

— Non, je ne crois pas.

Hassan vit la tension qui marquait ses traits.

— Qu'y a-t-il, Ella ? Te gardais-tu pour le prince charmant ?

— J'ai passé l'âge de croire aux contes de fées.

— Moi aussi, répliqua-t-il avec un sourire cynique. Alors, tu vois, nous nous ressemblons peut-être plus que tu ne le penses, puisque nous avons tous les deux perdu nos illusions. Cela fait de nous le couple idéal, si on considère que le but du mariage est la procréation. Par ailleurs, les gens de mon pays se montrent assez libéraux envers la question du divorce. Si tu trouves la vie au Kashamak insupportable, je te rendrai ta liberté, après la naissance de notre enfant.

Ella se mordit la lèvre. Sa proposition de lui accorder le divorce rendait plus absurde encore sa demande en mariage. Et pourtant, ce serait peut-être la seule issue à cette situation insensée. Car elle désirerait *forcément* s'en aller.

Toutefois, l'attitude arrogante de Hassan la révoltait. Pour lui, elle n'était qu'un morceau du puzzle qu'il avait commencé à assembler. Et puis, à la perspective d'aller vivre dans ce pays lointain avec lui, Ella entrevoyait toutes sortes de problèmes.

Elle se retrouverait seule avec un homme qui la méprisait… Dans de telles conditions, comment pourrait-elle jamais se sentir à l'aise ?

— Et si je refuse ? demanda-t-elle avec calme.

Hassan soutint son regard étincelant de défi. Ainsi, elle mesurait sa volonté à la sienne… Il se força à se rappeler qu'elle était enceinte, et explosive.

— Ne rends pas la situation plus difficile pour toi, Ella, dit-il d'une voix douce. Pourquoi ne pas te détendre et te reposer sur moi ?

Ses arguments étaient des armes redoutables, et très efficaces, reconnut Ella. Il s'attaquait là où elle était le plus vulnérable. Soudain, le désir de céder à la tentation la submergea. Hassan proposait de prendre soin d'elle... Cela lui était-il jamais arrivé qu'on se soucie de son confort ? Ella pensa au combat quotidien qui l'attendrait si elle assumait sa grossesse seule. Elle s'imagina allant travailler chaque matin dans un train bondé en se faisant un souci monstre à propos de ses finances.

Les yeux brillants, Hassan l'observait en silence. Serait-ce si terrible de le laisser s'occuper de tout ?

Comme une vague de nausée lui montait de nouveau aux lèvres, Ella ferma les yeux en attendant qu'elle passe. Mais cet instant de faiblesse acheva de la convaincre que Hassan avait raison.

— D'accord, dit-elle avec un profond soupir, j'accepte de t'épouser.

Hassan sourit malgré lui en contemplant son visage blême et son expression résignée.

Durant des années, des femmes somptueuses, au pedigree irréprochable, s'étaient disputées pour obtenir ses faveurs, prêtes à toutes les audaces, à tous les compromis. Et, finalement, sa future épouse *consentait* à se marier avec lui, avec une réticence manifeste...

Chapitre 9

— Ainsi, tu t'appelles vraiment Cinderella ?

Ella détourna les yeux du désert qui s'étendait dans toute sa majesté et regarda Hassan. Son mari. Si elle n'avait pas été en proie à une légère nausée, elle aurait pu se croire au milieu d'un rêve étrange et mystérieux.

— Eh oui, hélas ! dit-elle en réussissant à sourire. Mon père a réussi à convaincre ma mère en lui disant que c'était le meilleur moyen de me faire épouser par un prince.

— Pour une fois, il a eu raison, remarqua Hassan avec humour. Je suis rarement surpris, mais je l'ai été, je l'avoue, en entendant l'officier d'état civil prononcer ton nom en entier tout à l'heure.

— Je ne le chante pas sur tous les toits, reconnut Ella. Mais mon père a tenu à ce qu'il figure sur les documents officiels.

— On a dû te taquiner souvent avec ça, à l'école.

— Oh ! Le simple fait d'être une Jackson était un motif suffisant, soupira-t-elle. Avoir un prénom ridicule en plus ne faisait pas une grande différence.

Hassan l'observa avec attention. Lorsqu'elle s'était présentée sous ce prénom, il avait pris cela pour une tentative de flirt et n'y avait pas cru un seul instant. Au fond, une telle attitude aurait corroboré sa vision stéréotypée des femmes, reconnut-il en son for intérieur.

— Tu n'es pas trop secouée ? Tu n'as pas mal au cœur ?

— Non, pas plus qu'à Londres, et mon état n'a rien à voir avec la route ni la voiture. En fait, elle est si confortable que j'ai du mal à croire que nous roulons en plein désert !

— Sans doute parce que tu imaginais les routes du Kashamak comme des pistes poussiéreuses, cabossées et encombrées de chameaux ?

— Oui, peut-être, dit Ella en contemplant l'anneau brillant ornant son doigt.

Tout s'était passé si vite... Elle n'arrivait pas à croire que l'homme au visage austère assis à côté d'elle était vraiment son mari, et le père de l'enfant qu'elle portait.

Avait-elle commis une erreur en acceptant ce mariage précipité ? La perspective d'un divorce facile, le jour où elle désirerait rentrer en Angleterre, avait emporté sa décision.

Ella s'appuya au dossier de la banquette en cuir gris perle.

— Je dois reconnaître que je suis un peu dépassée ! soupira-t-elle.

Dès qu'elle était montée à bord du jet luxueux parqué sur un aérodrome privé, au nord de Londres, elle avait eu un aperçu de la nouvelle vie qui l'attendait. Puis le long vol avait commencé, sans escale. Rapidement, l'Europe s'était trouvée loin derrière eux et, après avoir contourné la mer Caspienne, l'avion avait atterri à l'aéroport de Samaltyn, capitale du Kashamak.

A bord du jet privé, les membres du personnel s'étaient montrés respectueux, efficaces et discrets, mais dès qu'elle et Hassan étaient sortis de l'appareil, l'hymne national avait retenti. Pour la première fois, Ella avait réalisé qu'elle se trouvait en compagnie d'un *vrai* roi. Et qu'elle était sa femme, aussi incroyable que cela puisse paraître.

Leur mariage avait eu lieu à l'ambassade du Kashamak, en plein centre de Londres, avec pour tout public les deux diplomates leur servant de témoins. En effet, personne n'avait été averti de l'événement, pas même leurs familles respectives. Hassan avait tenu à ce qu'aucun paparazzi ne vienne les surprendre.

Mais ce n'était pas la seule raison qui l'avait poussé à refuser toute publicité autour de leur mariage, Ella le savait. Et si une simple déclaration avait été faite le matin, juste avant qu'ils n'embarquent à bord du jet, elle soupçonnait que Hassan était terrifié de voir son nom mêlé à celui de la famille Jackson. Et, au fond, il avait peut-être raison.

Ella imaginait très bien comment sa famille aurait pu saboter leur mariage. Son père s'enorgueillissant que sa fille épouse l'un des hommes les plus puissants du Moyen-Orient, sa mère jouant son rôle habituel de potiche à ses côtés. Et Izzy, voulant leur adresser ses félicitations… en chantant.

Par ailleurs, l'une de ses sœurs aurait pu découvrir la vérité qui se dissimulait sous son sourire éclatant et deviner son lourd secret. A savoir que Hassan ne l'épousait que pour imprimer sa marque sur l'enfant qui allait naître.

Et, maintenant qu'ils se dirigeaient vers son palais, à bord d'une somptueuse voiture climatisée lancée à grande vitesse sur des routes parfaitement entretenues, Ella se sentait de moins en moins à sa place. Elle avait laissé derrière elle tout ce qu'elle connaissait.

D'instinct, elle posa la main sur son ventre.

— Tu ne te sens pas bien ? Tu as mal ?

Ella secoua la tête. Elle n'allait pas commencer à se plaindre chaque fois qu'elle ressentait une petite douleur ou une vague de nausée…

— Je vais très bien, Hassan.

Contemplant ses doigts étalés de façon protectrice sur son ventre, Hassan sentit une impatience étrange le tarauder.

— Le bébé donne des coups de pied ?

— Non, pas encore.

— Quand bougera-t-il ?

— Bientôt, j'espère.

— Comment le sais-tu ?

Ella le regarda. Avec ses yeux noirs brillant de curiosité, il était d'une beauté somptueuse… Mais en même temps, il demeurait distant, inaccessible. Sa robe traditionnelle renforçait son côté étranger, exotique, la soie fluide mettant en valeur le corps viril et parfait qu'elle recouvrait. Ella repensa à ces instants volés, à cette étreinte interdite, au palais de Santina, quand ils avaient fait l'amour pour la première et unique fois.

Repoussant le désir qui faisait soudain frémir tous ses sens, elle se força à se concentrer sur sa question.

— J'ai trouvé des tas d'informations sur internet, expliqua-t-elle. Ils commencent à bouger aux environs de la seizième semaine.

— Et me laisseras-tu poser la main sur ton ventre pour le sentir bouger ? demanda-t-il tout à coup.

En dépit de l'air conditionné, Ella eut soudain chaud au visage. Sa question était tellement intime ! Leur nuit de passion remontait à si longtemps que, parfois, elle avait l'impression de l'avoir rêvée. Plus les jours passaient, plus leur étreinte lui semblait irréelle. Depuis, Hassan n'avait jamais manifesté le moindre désir de la toucher.

S'il posait sa main sur son ventre, le désir flamberait-il de nouveau entre eux ? Hassan ressentait-il encore de l'attirance pour elle ?

— Oui, bien sûr, répondit-elle avec calme.

Elle ne pourrait le lui refuser. Parce qu'il était le père, mais aussi parce qu'il l'avait tant aidée. Finalement, Ella l'avait laissé faire, avec une passivité sans doute due à son état, et aux nausées encore fréquentes.

Hassan avait fait venir plusieurs femmes prêtes à diriger l'agence à sa place et Ella les avait toutes reçues. A présent, Daisy travaillait avec entrain avec sa remplaçante, et tout se déroulait sans encombre.

Mais il n'y avait pas que son agence qui préoccupait Ella. En effet, elle apercevait de hautes et larges grilles dorées étincelantes, au-delà desquelles de grands palmiers entouraient un rectangle d'eau miroitant au soleil. Un vaste bâtiment ocre clair s'élevait au loin, si impressionnant qu'une fois encore, Ella se demanda si elle ne rêvait pas.

Soudain, tous ses doutes rejaillirent, redoublant ses craintes. Elle était une Jackson, et les frasques de son père s'étalaient dans la presse depuis des années. Comment pourrait-elle assumer son nouveau rôle d'épouse du cheikh avec assurance ?

— Hassan, murmura-t-elle. Et si les gens de ton peuple ne m'acceptent pas ?

Hassan se tourna vers sa femme en s'efforçant de la voir comme les autres la verraient pour la première fois. Ella portait une somptueuse robe traditionnelle de soie pourpre rehaussée de broderies couleur or, tandis qu'un fin voile doré recouvrait ses cheveux. Le khôl faisait encore ressortir la teinte de ses yeux, qui brillaient d'un éclat étrange. Désormais, elle ne mettait plus de rouge à lèvres écarlate, choisissant un délicat rose pêche qui ajoutait encore de la douceur à son visage ovale.

Son épouse était vraiment très belle, songea Hassan en sentant le désir frémir en lui. Elle souhaitait que sa première apparition au Kashamak respecte les traditions et le protocole, avait-elle dit. Ce dont il lui était reconnaissant. Eh bien, elle n'aurait pu mieux réussir, songea-t-il en contemplant le ravissant mélange d'Orient et d'Occident qui s'offrait à ses yeux.

— Tu n'as aucune inquiétude à te faire là-dessus, dit-il. Et de toute façon, mon peuple acceptera ce que je lui demanderai d'accepter.

— Et ton frère, Kamal ?

— Que veux-tu dire ?

— Je… Je suis impatiente de faire sa connaissance.

Il lui adressa un sourire artificiel.

— Malheureusement, tu devras attendre un peu car il a décidé de se retirer dans le désert, pour échapper aux contraintes de la vie à la cour.

Ella déglutit. Ou pour éviter de la rencontrer…

— Ne m'as-tu pas dit qu'il avait dirigé le pays pendant que tu te battais sur la frontière ? Cela ne l'a pas contrarié de te passer les rênes ?

— Kamal va devoir s'habituer à de multiples changements, répondit Hassan d'une voix dure. Et accepter un nouveau rôle.

Il avait toujours laissé croire à son frère qu'il ne désirait pas procréer. A présent, Kamal pensait-il qu'il avait trahi sa parole et ce faisant, altéré le cours de leurs deux destinées ?

La voix d'Ella interrompit ses pensées.

— C'est notre enfant qui te remplacera un jour ? demanda-t-elle.

— Seulement si c'est un fils.

Il darda son regard de jais dans le sien.

— Sais-tu déjà s'il s'agit d'un fils, Ella ?

Ella sentit ses joues s'empourprer.

— Non, pas encore. Ils n'ont pas pu le dire lors de la première échographie et je…

— Qu'y a-t-il ?

Au supplice, elle secoua la tête. Elle détestait ces émotions ambiguës qu'il lui faisait ressentir !

— Je ne veux pas le savoir ! s'exclama-t-elle avec force. Je ne veux pas que ce genre de pression gâche ma grossesse. Je ne veux pas que tu sois content si c'est un garçon ni que ton frère se réjouisse si c'est une fille, parce que je serais tiraillée de toute façon. Et puis, je préfère avoir la surprise. Comme à Noël quand on ne sait pas ce qu'on va découvrir en déballant ses cadeaux.

— Au Kashamak, nous ne fêtons pas Noël, dit-il avec un sourire en coin.

— Eh bien, les cadeaux d'anniversaire, alors.

— Je ne connais pas non plus cela.

Ella le regarda avec incrédulité.

— Ne me dis pas que tu n'as jamais eu de cadeaux d'anniversaire ?

— Quelle importance ? répliqua-t-il en haussant les épaules. Mon père était trop occupé pour se compliquer la vie avec ce genre de choses. Parfois, il y pensait, parfois pas. Je m'en fichais.

Le cœur d'Ella fit un bond dans sa poitrine. Bien sûr que c'était important, surtout pour un enfant. Ce jour-là, on se sentait spécial, toute l'attention était concentrée sur vous. On avait l'impression d'être aimé et choyé. Même quand il n'y avait pas beaucoup d'argent à la maison, sa mère réussissait toujours à organiser un semblant de fête pour célébrer l'événement. Pourtant, cela n'avait pas dû être toujours facile pour elle, songea soudain Ella.

— Et ta mère, ne prévoyait-elle pas un gâteau d'anniversaire pour son petit garçon ?

Hassan retint un juron. Le faisait-elle exprès ? Essayait-elle de s'immiscer dans ses pensées les plus intimes, comme la plupart des femmes ?

— Ma mère n'était pas là, dit-il d'un ton cinglant.

— Pourquoi ? demanda Ella d'une voix douce. Tu ne m'as jamais parlé d'elle, Hassan. Est-elle… Est-elle morte ?

A ces mots, il serra les poings.

— Non. Du moins, elle ne l'était pas, à cette époque. Elle nous a quittés pour aller vivre ailleurs, et je ne désire pas parler de cela. Surtout à un moment aussi important. Regarde, mes conseillers et tout le personnel du palais viennent nous accueillir. Prépare-toi, Ella : tu sais combien les premières impressions comptent.

Ella rajusta son voile d'une main tremblante. Elle se rappelait très bien sa première impression de lui. Il avait paru sombre et arrogant, d'une beauté ténébreuse qui l'avait touchée au plus profond d'elle-même. Ensuite, elle avait découvert une joie inconnue dans ses bras, pensant atteindre le paradis, avant de constater qu'il l'avait quittée lâchement, au beau milieu de la nuit. S'était-il agi d'une illusion ? se demanda-t-elle. Avait-elle rêvé ce lien mystérieux qu'elle avait ressenti entre eux ?

Le puissant véhicule s'arrêta et tout souvenir s'effaça devant la réalité : comment devait-elle se comporter face à tous ces inconnus ?

— Savent-ils que je suis enceinte ? demanda-t-elle.

— Bien sûr que non, répondit Hassan avec l'ombre d'un sourire. Mais ne t'inquiète pas, Ella. La vérité s'imposera d'elle-même, sans qu'aucune annonce ne soit nécessaire. La plupart des gens ne se rendront compte de l'heureuse nouvelle que lorsqu'on leur présentera l'enfant, parce que jusqu'à sa naissance, ils te verront à peine.

Comment cela, ils la verraient à peine… ?

Ella n'eut pas le temps d'interroger Hassan car la portière s'ouvrait déjà tandis qu'une bouffée de chaleur lui montait au visage. Gênée par sa robe longue, elle sortit de la voiture le plus gracieusement possible, puis s'avança entre les haies formées par les conseillers et les serviteurs. Les premiers étaient tous des hommes, remarqua-t-elle, qui portaient des robes similaires à celle de Hassan, mais de facture plus modeste. Les seules femmes présentes étaient des membres du personnel. Elles baissèrent la tête avec respect quand Ella passa devant elles en murmurant les quelques salutations que lui avait apprises Hassan.

Quand elle pénétra un peu après dans le palais, elle fut impressionnée par les hauts plafonds, les sols pavés de marbre, le chatoiement de l'or et l'éblouissement du cristal. Allegra avait-elle ressenti la même émotion en arrivant au palais d'Alex pour la première fois ? Avait-elle été éblouie par le luxe qui régnait partout ? S'était-elle sentie écrasée par le poids de l'histoire et des traditions ?

Après avoir été élevé dans un tel environnement, on restait marqué à vie, songea Ella. La richesse imprégnait tout, la façon de penser, le comportement… Leur enfant serait élevé dans un palais. Toute cette splendeur lui appartiendrait un jour et elle n'avait pas le droit de l'en priver.

Hassan l'observa tandis qu'elle regardait autour d'elle d'un air appréciateur. Evaluait-elle ses possessions et comprenait-elle que, désormais, elle ne manquerait plus jamais de rien ?

— Le palais te plaît ? demanda-t-il.

— C'est beau, murmura-t-elle. Vraiment *très* beau.

L'espace d'un instant, il se demanda s'il n'aurait pas dû suivre le conseil de son avocat et lui faire signer un contrat de mariage. Mais l'idée avait répugné à Hassan. Il lui avait semblé déplacé de demander cela à la mère de son enfant. Si elle posait des exigences faramineuses au moment du divorce, il les assumerait sans difficulté.

— Tu dois être fatiguée après un aussi long voyage, dit-il. Veux-tu voir tes quartiers ?

— Mes… *quartiers* ? répéta Ella d'un air stupéfait. Tu n'es plus dans l'armée, Hassan.

— En effet, pardonne-moi, fit-il avec un sourire.

En réalité, il souriait pour dissimuler sa légère confusion. En temps normal, il serait allé s'enfermer pour de longs conciliabules avec ses assistants et ministres, avant d'aller galoper à bride abattue dans le désert sur l'un de ses chevaux de race. Mais voici que sa routine rassurante se voyait rompue par une femme aux lèvres couleur pêche et aux yeux bleus.

Sa femme.

— Je vais te conduire à tes appartements — cela te convient mieux ?

— Je…

Ella le regarda avec surprise. Depuis des semaines, elle se préparait à la vie conjugale, se demandant tour à tour si elle était folle d'envisager une telle existence, ou si au contraire c'était le seul choix raisonnable. Mais depuis qu'elle avait accepté d'épouser Hassan, une pensée s'était immiscée en elle, l'aidant à tenir le coup : au lit, au moins, elle partagerait des moments fabuleux avec son mari. A Santina, il lui avait fait découvrir des plaisirs inouïs auxquels elle était impatiente de goûter de nouveau. Ella rêvait même d'aller plus loin dans l'exploration des mystères de la volupté.

— Mais, allons-nous vivre séparément, maintenant que nous sommes mariés ? reprit-elle en s'efforçant de sourire.

Hassan secoua la tête pour chasser les visions brûlantes suscitées par sa question, ainsi que par la moue adorable qui arrondissait sa bouche sensuelle.

— Ce n'est pas la coutume. Autrefois, le monarque

devait toujours se tenir prêt à partir au combat, et il ne voulait pas déranger sa femme en la quittant au milieu de la nuit. Par conséquent, ils occupaient des appartements séparés par nécessité, et non par luxe.

— Tu plaisantes ? demanda Ella, le cœur battant à tout rompre.

— Non, pas du tout. Je respecte la tradition, c'est tout, et en même temps je t'offre la possibilité de jouir d'un espace privé dont tu pourras disposer à ta guise.

Hassan vit ses yeux prendre leur teinte de ciel d'orage. Pour la énième fois, il se convainquit que cet arrangement était le plus approprié. Autant pour lui que pour elle. S'ils ne partageaient aucune intimité, le divorce serait bien plus facile.

— Ma culture est très différente de celle dans laquelle tu as grandi, Ella, dit-il d'une voix plus douce. Et si tu veux te sentir bien ici, tu vas devoir l'accepter.

Croyait-il qu'elle *se sentirait bien* en restant cloîtrée comme une nonne, sans jamais profiter de la merveilleuse chaleur de son époux ?

— Si je comprends bien, nous n'allons pas former un vrai couple ? demanda-t-elle franchement.

Hassan ne put s'empêcher de laisser errer son regard sur elle. Avec son voile doré encadrant son visage pâle, elle lui évoquait une statue fragile. Il aurait pu la prendre dans ses bras, l'attirer contre lui avant de prendre sa belle bouche en un baiser passionné. Mais il se ressaisit. Il ne s'agissait que d'un mariage de convenance, un contrat passé dans le seul but de légaliser la situation et d'assurer la légitimité de leur enfant. Dans ces conditions, mieux valait que leur mariage se borne à une relation purement formelle.

— Mais nous ne sommes pas un vrai couple, Ella. Nous n'avons jamais eu l'intention d'en être un, et je crois qu'il vaut mieux ne pas compliquer une situation déjà difficile, en feignant d'être ce que nous ne sommes pas.

Ella sentit ses paroles pénétrer en elle comme un souffle glacial. Très déçue et désemparée, elle le contempla en silence. A quoi ressemblerait sa vie si Hassan envisageait de garder ses distances avec elle ?

En tout cas, elle n'allait pas le supplier de dormir avec elle ! Ignorant la souffrance qui lui étreignait la poitrine, Ella s'avança avec lui dans un large couloir de marbre, en refoulant la question qui lui brûlait les lèvres : pourquoi ne lui avait-il pas dit cela *avant* de l'épouser ?

La réponse était simple : il s'était tu parce que s'il lui avait annoncé qu'elle mènerait une existence confinée et solitaire dans son lointain royaume, elle aurait refusé de le suivre. Aucune somme d'argent ni même la promesse d'un divorce rapide ne l'aurait persuadée de choisir une existence proche de la réclusion. Elle aurait trouvé le moyen de se débrouiller, parce qu'elle y aurait été obligée.

Hassan l'avait trompée, mais il était trop tard pour se lamenter sur son sort. Ella ne pouvait revenir en arrière. Elle pouvait seulement *réagir*, et non subir. Comme elle l'avait fait toute sa vie au cours des épreuves imposées par le destin, elle s'adapterait aux circonstances et en tirerait le meilleur parti.

Mais lorsque, depuis le seuil, Hassan annonça que le dîner serait servi à 20 heures et qu'un serviteur viendrait la chercher, Ella sentit sa détermination chanceler.

La porte se referma bientôt sur son mari, et elle se retrouva seule dans sa prison dorée.

Ella leva les yeux vers le lustre en cristal étincelant de mille feux en respirant le parfum des roses placées dans d'élégants vases couleur or. Tout semblait parfait, et irréel.

Au fond, c'était comme si elle avait été déposée au milieu d'un décor de film superbe, mais totalement factice, songea Ella en tentant de refouler les larmes qui affluaient sous ses paupières.

Chapitre 10

Dès que la jeune femme de chambre affectée à son service ouvrit la fenêtre, le parfum des fleurs se répandit dans la chambre. Ella s'appuya aux oreillers et prit la tasse de thé posée sur le ravissant petit meuble filigrané installé à côté de son lit.

Une nouvelle journée paradisiaque commençait…

A l'extérieur, la vaste piscine se tenait à sa disposition, où elle pouvait se baigner, ou se prélasser au bord du bassin, installée sur une chaise longue. De beaux jardins s'étalaient à perte de vue, variés et superbement entretenus, avec de nombreuses allées ombragées où elle avait tout loisir de se promener. Çà et là, dans des endroits choisis de façon à offrir les points de vue les plus spectaculaires, des bancs lui offraient la possibilité de se reposer et de rêver, ou de se plonger dans l'un des livres choisis dans la grande bibliothèque.

Ella pouvait obtenir tout ce qu'elle souhaitait. Sauf ce qu'elle désirait le plus : son mari. Elle aurait tant aimé revivre la passion qu'ils avaient partagée cette nuit-là, à Santina, lorsqu'elle avait goûté au plaisir charnel pour la première fois de sa vie. A présent qu'elle était sa femme, pourquoi s'en voyait-elle privée ?

Les nausées ayant maintenant disparu, Ella se rendait compte que lorsqu'elle avait accepté d'épouser Hassan, elle n'avait pas été en pleine possession de ses moyens. Il lui avait fait sa proposition au moment où elle était le plus vulnérable. Encore sous le choc de la découverte de sa grossesse et affaiblie par les nausées, elle avait laissé Hassan prendre le contrôle de la situation, et de sa vie.

Mais, désormais, elle se sentait mieux et bouillonnait d'énergie. Alors, puisqu'elle allait devoir rester là durant un certain temps, autant profiter au maximum de son séjour au Kashamak, et de son mari…

Le désir de Hassan pour elle était-il mort ? Ella demeurait persuadée du contraire. En effet, même si elle n'était vraiment pas experte en la matière, elle avait bien vu la lueur éclairant parfois ses yeux noirs, au cours de leurs dîners en tête à tête. Un soir, elle avait remarqué qu'il se raidissait au moment où elle se penchait pour choisir une prune de Damas dans la coupe de fruits. Il était resté immobile, comme pour se ressaisir. Non, il n'était pas insensible à sa proximité, Ella en était convaincue.

Quant à elle, elle désirait son mari. Follement. Et elle ne pouvait compter que sur elle-même pour changer cette situation absurde.

Tout en ignorant la petite voix qui lui répétait qu'elle était folle d'envisager de séduire un homme aussi fier et arrogant que Hassan, Ella commença à échafauder son plan.

Ensuite, elle attendit jusqu'au samedi suivant, parce qu'elle avait appris que ce jour-là, l'emploi du temps de Hassan était moins chargé. Et que le dimanche, il se levait souvent tard.

Après avoir choisi une robe dont la teinte bleu azur mettait ses yeux en valeur, Ella passa un temps fou à se coiffer et à se maquiller. Sans excès, toutefois, parce qu'elle avait aussi compris que Hassan préférait les femmes peu fardées. Le mascara noir profond et le gloss rose pêche étaient flatteurs, tout en restant naturels, constata-t-elle lorsqu'elle examina son reflet d'un œil critique.

Lorsqu'elle rejoignit son mari dans la salle à manger, Ella se trouvait en proie à un mélange d'excitation et de nervosité inouï. A tel point que, l'espace d'un instant, elle fut envahie par le doute : avait-elle raison de s'embarquer dans cette audacieuse tentative de séduction ? Et si Hassan la rejetait ?

Comme chaque soir, il se leva pour l'accueillir. Soudain, il lui parut très grand, et terriblement sexy. Ravalant ses craintes, Ella retrouva toute sa détermination : elle ne lui laisserait pas la possibilité de la rejeter !

Un serviteur remplit son verre d'eau fraîche, puis commença à servir le repas, mais Ella y prêta à peine attention. Puis elle picora dans son assiette blanche ornée de motifs dorés en s'efforçant de ne pas regarder le visage songeur de son mari.

— Tu ne manges pas grand-chose, dit-il en reposant sa fourchette à côté de son assiette.

— Tu trouves ? répliqua-t-elle d'un ton innocent.

— Oui.

Dans la lumière des nombreuses bougies illuminant la pièce, elle était particulièrement belle, songea Hassan en observant sa femme. Elle s'épanouissait de jour en jour et c'était un véritable supplice que de résister à la tentation qui le rongeait…

Il se força à se concentrer sur son manque d'appétit.

— Mon chef a fait appel à tous ses talents pour t'impressionner, mais il semble qu'il ait travaillé toute la journée pour rien…

— La nourriture est excellente, comme toujours.

— Alors, pourquoi y as-tu à peine touché ?

— Parce que je n'ai pas…

Ella chercha ses mots. Comment pourrait-elle arriver à séduire un homme qui s'évertuait à lui montrer qu'il ne voulait pas être séduit, en dépit du fait qu'ils étaient mariés depuis peu ?

Peut-être Hassan faisait-il partie de ces individus qui ne trouvaient du plaisir qu'avec des inconnues. Ou encore, peut-être le fait qu'elle soit enceinte lui répugnait-il ?

A moins que, tout simplement, il ne ressente plus aucun désir pour elle…

Le pouls battant à ses tempes, Ella repensa au plan qu'elle avait conçu. Alors qu'elle n'avait jamais séduit quiconque, elle s'en prenait à l'un des plus redoutables amants existant sur terre… Cependant, elle refusa de baisser les bras. Etre une Jackson comportait de nombreux inconvénients, mais aussi un avantage indéniable : en grandissant dans cette famille, on acquérait une bonne dose de détermination, et de cran.

Ella repoussa son assiette et s'appuya au coussin de soie rembourrant le dossier.

— Je n'ai pas très faim.

Hassan se sentit gagné par une sensation inconfortable.

— Il faut pourtant que tu manges.

Il se força à ignorer la façon dont les seins d'Ella étaient mis en évidence par la position qu'elle avait prise. Ils paraissaient si pleins, ils étaient si attirants… Mais n'avait-il pas résolu de ne pas penser à ses seins, à ses lèvres, ni à toute partie de son corps susceptible de lui rappeler les instants délicieux qu'ils avaient partagés ?

Ella changea de nouveau de position, ravie de constater que sa robe épousait maintenant la forme de ses cuisses comme une seconde peau. Voyant que Hassan semblait fasciné par son mouvement, elle lui sourit en rassemblant tout son courage.

— Je ne dors pas bien… Je ne cesse de penser à toi, endormi à quelques mètres de moi.

— Vraiment ?

Hassan se demanda ce qu'elle dirait s'il lui apprenait qu'il n'avait pas beaucoup dormi ces temps derniers. Que, obsédé par le souvenir de la douceur de sa peau et des courbes ravissantes de son corps, il ne pouvait trouver le sommeil.

— Oui… Et parfois, j'ai si chaud…

Dormait-elle nue ? Des visions érotiques se succédèrent dans son esprit : celle de ses cuisses laiteuses, de ses seins hauts et fermes, couronnés de leurs pointes fières, couleur framboise… L'image se cristallisa de façon si précise qu'il faillit se couper tandis qu'il pelait une pêche.

Les doigts tremblants, il posa couteau et fruit.

— Le palais est climatisé, dit-il d'une voix rauque.

— Oui, je sais, mais parfois, j'arrête la climatisation dans ma chambre, parce que le bruit me gêne. Et…

Ella se maudit de s'être lancée dans ce bavardage stupide. Si elle espérait séduire son mari en lui parlant de l'air conditionné…

— Et je regrette que tu ne dormes pas avec moi.

Après avoir hésité un instant, elle le regarda droit dans les yeux.

— En fait, j'aimerais *beaucoup* que tu sois là, à côté de moi, dans mon lit.

Hassan se raidit. La séduction la plus élaborée n'aurait pas réussi à l'ébranler autant que le faisaient les paroles candides d'Ella. Sentant sa virilité se manifester sans équivoque, il fustigea sa femme en silence.

— Ce n'est pas une bonne idée, dit-il après s'être éclairci la gorge.

— Pourquoi ? Qu'est-ce qui nous empêche de dormir ensemble, au moins de temps en temps ?

Hassan secoua la tête. La peur de l'intimité, voilà ce qui les en empêchait. Ou plutôt, l'en empêchait, *lui*. Et la crainte tout à fait réelle qu'une telle intimité complique encore le mariage bancal qui les unissait. Devait-il expliquer à sa femme que le sexe pouvait parfois tout assombrir, tout anéantir, de façon inexorable, fatale ?

Mais comment aurait-il pu lui dire quoi que ce soit tandis qu'elle rejetait son épaisse chevelure en arrière, et qu'il imaginait ses boucles ruisselant sur son dos nu ?

— Ella…

— Oui ? chuchota-t-elle.

Une excitation insensée envahit Ella. Son mari laissait enfin tomber son masque. Soudain, le cheikh redoutable dévoilait sa vulnérabilité, ses doutes. Il redevenait un simple être humain.

Imposant un contrôle impitoyable à sa libido, Hassan se leva.

— La journée a été longue, dit-il d'un ton sec. Viens, je vais t'accompagner jusqu'à ta chambre.

Le masque impénétrable avait repris sa place, constata Ella avec dépit. Elle avait échoué, de façon lamentable. Aurait-elle dû se montrer plus directe ?

Ce qui lui avait paru une idée brillante lui sembla soudain relever de la pure folie. Avec cette tentative ratée de séduction, elle n'avait réussi une fois de plus qu'à renforcer les préjugés de Hassan envers elle, une Jackson.

— Très bien, dit-elle d'une voix crispée en se levant à son tour.

Ella ignora la main tendue pour l'aider. La prenait-il pour une infirme ?

Sans dire un mot, elle s'avança à côté de lui dans les couloirs pavés de marbre qui donnaient d'un côté sur les jardins odorants. Seul le bruissement de leurs robes troublait le silence, ponctué de temps à autre par le chant d'un oiseau qui déroulait ses trilles mélodieux. Sans doute un rossignol, songea Ella. La beauté de son chant lui parut soudain insoutenable et elle se sentit envahie par un vide affreux accompagné d'une douleur aiguë : Hassan ne la trouvait plus désirable.

Le trajet menant à sa chambre lui parut interminable et, brusquement, Ella se demanda comment elle pourrait continuer à supporter une existence aussi solitaire. Hassan ne changerait sans doute jamais…

— Nous sommes arrivés, dit-il en s'arrêtant devant la porte des appartements d'Ella. Je te laisse.

— Oui.

Lorsqu'elle leva les yeux vers son visage, Ella fut sidérée de voir son expression. D'où venait cet éclat lugubre dans ses yeux ? se demanda-t-elle avec un frisson. L'avait-elle provoqué ? Sa pitoyable tentative de séduction avait-elle rappelé à Hassan qu'elle n'aurait jamais dû se trouver là ? Que sans l'enfant qu'elle portait, elle ne serait jamais venue au Kashamak ?

— Hassan, ce que j'ai dit tout à l'heure… Je… Eh bien, j'ai eu tort. Je t'ai provoqué de façon stupide.

Il resta silencieux un long moment et, quand il parla enfin, Ella eut l'impression qu'il s'arrachait la voix de la poitrine.

— Je ne veux pas te faire de mal, Ella.

— Je ne comprends pas, murmura-t-elle.

A cet instant, une telle douceur émanait de ses traits que Hassan fut assailli par une culpabilité inattendue. D'ordinaire, il utilisait les femmes avant qu'elles ne puissent l'utiliser, et il le faisait sans scrupules. Mais Ella était différente.

Et si elle nourrissait des attentes qu'il ne pourrait jamais satisfaire ? Si elle espérait qu'il se comporte comme les autres hommes, épris de leur épouse ?

Devait-il lui faire comprendre qu'il était sincère, que son cœur était vraiment froid ? Et qu'il serait plus facile de mettre un terme à leur mariage s'ils gardaient leurs distances l'un envers l'autre ?

Hassan baissa les yeux sur ses lèvres.

— Ne comprends-tu pas que cela compliquerait tout ?

— De quoi parles-tu ?

— De *ça* ! s'exclama-t-il d'une voix rauque.

Quand il l'enlaça et prit sa bouche avec passion, Ella s'embrasa aussitôt. Elle referma les bras autour de son cou et se pressa contre lui, presque prête à sangloter de joie. Ainsi, il la désirait toujours, et à en juger par la façon dont son corps viril réagissait, il partageait l'ardeur qui la consumait.

A cet instant, il ouvrit la porte sans cesser de l'embrasser et l'entraîna à l'intérieur du salon. Là, il écarta sa bouche de la sienne avant de prendre son visage entre ses mains.

— Je ne sais pas si je pourrai être assez doux, dit-il d'une voix aussi tremblante que ses mains.

— Tu n'as pas à être *doux* !

— Tu portes mon enfant, Ella.

Tournant la tête, elle effleura ses doigts sous ses lèvres.

— Eh bien, du moment que tu n'envisages pas de me ligoter et de me suspendre au plafond…

— Tais-toi.

L'espace d'un instant, Hassan réprima une folle envie de rire tandis qu'il passait les doigts dans sa merveilleuse chevelure.

— Et si nous nous y prenions lentement, cette fois-ci ? chuchota-t-il.

— Je ne sais pas si j'en serai capable, murmura-t-elle.

Peut-être ne le serait-il pas non plus, mais il resterait prudent et ferait attention. Après l'avoir soulevée dans ses bras, Hassan l'emporta dans la chambre où il la déposa sur ses pieds avant de lui ôter délicatement sa robe.

Ses sous-vêtements étaient ravissants. Le body moulait ses hanches fines, faisant ressortir la rondeur de ses seins et de son ventre. Il plissa les yeux en contemplant la dentelle couleur ivoire : c'était une parure digne d'une jeune femme au soir de ses noces…

Il passa le bout du doigt sur la bordure de soie d'où jaillissait un sein épanoui.

— Tu les as choisis pour moi ? demanda-t-il en regardant sa femme dans les yeux.

— Oui.

En effet, profitant des quelques heures de liberté qui lui restaient avant ce mariage précipité, Ella avait effectué quelques achats. Elle s'était alors demandé si elle était hypocrite d'acheter de nouveaux sous-vêtements pour ce simulacre de mariage. Mais à présent, elle était contente de l'avoir fait, surtout quand elle vit le feu couver au fond des yeux de Hassan.

— Ce genre de lingerie est idéal pour une lune de miel, continua-t-elle. Normalement, on choisit du blanc, mais dans ma situation ce n'aurait pas été approprié…

— Qui se soucie de cela ? répliqua-t-il d'une voix rauque.

— Tu veux dire que tu t'en moques ?

Hassan hocha la tête en silence. Il n'avait pas vu son corps depuis le soir des fiançailles d'Alex, à Santina. Il avait changé : ses seins étaient plus pleins et son ventre avait grossi.

Retenant une plainte, il posa sa paume sur le doux renflement. Sous ses robes, il n'avait pas soupçonné qu'il était devenu aussi volumineux. C'était son enfant qui grandissait là, songea-t-il avec une immense fierté.

— Tu es belle, murmura-t-il en la poussant lentement vers le lit.

Puis il se déshabilla à la hâte et la rejoignit.

— Je n'ai pas froid, dit-elle quand il remonta le jeté de soie sur eux.

— Ah bon ? Pourquoi trembles-tu, alors ?

— Tu le sais très bien, chuchota-t-elle en lui passant les bras autour du cou.

Ella attira son visage vers le sien et l'embrassa. Cette fois, Hassan sembla oublier toute retenue et répondit à son baiser avec fièvre.

Ivre du goût de sa bouche, elle ferma les yeux et s'abandonna aux caresses expertes de sa langue, tout en laissant glisser ses doigts sur son dos musclé. Il commença alors à la toucher. Partout.

C'était incroyable. Encore mieux que la première fois. Et lorsque Hassan dégagea ses seins de la dentelle qui les couvrait, puis se pencha pour prendre ses mamelons gonflés l'un après l'autre entre ses lèvres, Ella se mit à haleter.

Quand il fit glisser le body sur ses cuisses, elle laissa échapper une longue plainte.

Hassan avait dit qu'il s'y prendrait avec douceur, mais en fait…

— Ne bouge pas, dit-il en souriant d'un air moqueur.

— Je ne peux pas rester immobile !

Soucieux de ne pas peser de tout son poids sur son ventre, il bascula sur le dos et installa Ella sur lui, puis plaça l'extrémité de son membre excité à l'orée du merveilleux puits secret où frémissait le désir de sa femme. Mais dès qu'il commença à la pénétrer, il se sentit enveloppé par une sensation inconnue. Et lorsqu'elle poussa ses hanches en avant pour l'accueillir plus profondément en elle, Hassan fut parcouru de violents tremblements.

Soudain, il comprit : c'était la première fois qu'il faisait l'amour avec une femme enceinte, et la première fois qu'il n'utilisait pas de préservatif.

Il ferma les yeux. C'était… divin. Il avait surpris des conversations au cours desquelles des hommes parlaient du bonheur de *chevaucher à cru*, persuadé que lui-même ne vivrait jamais une telle expérience. Parce que la semence royale était trop précieuse pour être gaspillée par pur plaisir, ou à cause d'une incapacité à se retenir. Mais maintenant qu'il découvrait cette volupté incroyable, la sensation d'intimité qui se propageait en lui était presque insupportable.

— Je ne te fais pas mal ? murmura-t-il.

Incapable de prononcer un mot, Ella secoua la tête. Elle avait tant désiré ces instants !

— Je vais…, dit-elle bientôt dans un souffle.

— Oui, je le vois, et je le sens…

Hassan la regarda renverser la tête en arrière avec ivresse, puis entendit une plainte rauque franchir ses lèvres tandis qu'elle sombrait dans la jouissance. Le son de sa voix était si envoûtant qu'il ne put résister et s'abandonna à son tour. Des spasmes puissants l'ébranlèrent, avant de l'emporter dans un tourbillon incandescent.

Lorsqu'il laissa retomber sa tête sur l'oreiller, Hassan se sentit à la fois vidé d'énergie et empli d'une joie infinie. Mais lorsqu'un peu plus tard, il passa le bras autour de la taille d'Ella pour la serrer contre lui, et qu'il se surprit à humer la fragrance brute de leurs corps enlacés, il se dit que ce genre de plaisir pourrait vite devenir une drogue.

Hassan déposa un baiser dans les cheveux soyeux de sa femme tandis que le silence se refermait sur eux et que le temps semblait suspendre son cours.

Il devait avoir dormi plus profondément que d'habitude car, lorsqu'il se réveilla, le soleil filtrait dans la chambre à travers les volets ouverts.

Tout d'abord, Hassan se demanda où il se trouvait, puis il découvrit le corps endormi d'Ella à côté de lui. Tout lui revint aussitôt. Cette nuit avait été… la plus érotique de sa vie.

Et maintenant, il se sentait *apaisé*, ce qui lui arrivait rarement. Toutes les questions qui l'assaillaient s'étaient volatilisées comme par enchantement. A présent, il aurait dû se précipiter hors du lit, s'éloigner de ce corps alangui… Mais, au lieu de cela, il prit une mèche de cheveux d'Ella et la lissa entre ses doigts avant de la laisser boucler sur sa poitrine.

— Tu dors ? chuchota-t-il à son oreille.

Ella sourit contre l'oreiller.

— Oui.

Il lui saisit la main et la posa sur son membre viril.

— Tu es une amante merveilleuse, murmura-t-il.

A ces mots, Ella sentit ses doigts se crisper sur son sexe ferme. Il s'attendait sans doute à ce qu'elle déploie tout un éventail de raffinements érotiques, qu'elle se livre à des jeux sophistiqués, alors qu'en réalité…

— Je ne suis pas la femme que tu crois, dit-elle en écartant sa main.

Pourquoi les femmes choisissaient-elles toujours le mauvais moment pour étaler leurs états d'âme ? se demanda Hassan en tressaillant.

— Quelle femme es-tu, alors ?

— Je n'ai pas l'habitude de séduire les hommes.

— Je m'en étais rendu compte, Ella.

— Ah bon ?

— Oui…, murmura-t-il en glissant la main entre ses cuisses chaudes. Hier soir, tu t'y es prise… en douceur.

— Avant ce soir-là, dans ta chambre, à Santina, je… Je ne m'étais jamais conduite de cette façon.

— Je suis ravi de l'apprendre, dit-il d'un ton sérieux.

— Je n'avais connu qu'un homme. Et je suis sortie avec lui pendant une éternité avant que nous ne couchions ensemble.

Après avoir vu l'exemple de ses parents, et constaté à quelles extrémités la quête du plaisir pouvait mener, elle avait été terrifiée par le sexe, s'avoua Ella pour la première fois.

— Mais ensuite, poursuivit-elle, je n'avais jamais…

Les mots restèrent bloqués dans sa gorge.

— Tu n'avais jamais joui, c'est cela ?

Hassan se souvint de la façon dont elle s'était accrochée à lui, à Santina. Des mots qu'elle avait murmurés, presque avec gratitude, quand elle s'était abandonnée à la jouissance dans ses bras.

— Non, répondit-elle en le regardant dans les yeux. Je t'ai induit en erreur : je ne suis pas la femme que tu croyais. Tu m'en veux, Hassan ?

— Je suis furieux, dit-il.

— C'est vrai ?

Il éclata d'un rire de gorge.

— Oh ! Ella ! murmura-t-il en caressant un ravissant téton rose foncé. Ne sais-tu pas que c'est le fantasme de tout homme que d'être le premier à éveiller les sens d'une femme ? Je suis ravi de t'avoir fait découvrir la volupté. De savoir que tu vas tout apprendre de mes lèvres, de mes mains, de mon sexe…

Sa voix se transforma en un murmure sexy.

— Veux-tu que je te fasse maintenant découvrir le plaisir d'être *goûtée* par un homme ?

Ella hocha timidement la tête et lorsque Hassan laissa glisser ses lèvres sur son bas-ventre, elle sentit ses joues la brûler. Les sensations que la langue de Hassan faisait naître en elle étaient fabuleuses, tandis qu'il s'aventurait là, au plus intime de son corps…

Mais elle était aussi en train de découvrir le *vrai* danger du sexe, comprit-elle soudain. Car après avoir connu un tel ravissement, l'on était sans doute prêt à tous les excès pour le revivre…

Chapitre 11

— Hassan, je ne peux pas continuer comme cela.

Hassan leva les yeux de son journal et la regarda. La lumière entrait à flots dans le salon où ils prenaient leur petit déjeuner, projetant de chauds reflets sur les boucles brunes qui ruisselaient sur les épaules d'Ella. Sa robe était ample et fluide, mais le renflement de son ventre attirait néanmoins le regard.

Comme chaque fois qu'il contemplait le corps de plus en plus épanoui de sa femme, Hassan ne put s'empêcher d'être émerveillé par ce ravissant tableau.

A présent, sa grossesse n'était plus un secret pour personne au palais. Et il ne pouvait s'empêcher de se demander si c'était la raison de l'absence prolongée de son frère. Hassan avait tenté maintes fois de contacter Kamal, mais en vain. Son retrait était donc délibéré.

Son jeune frère était-il blessé de se voir écarté du pouvoir par un éventuel futur neveu ? Ou simplement en colère, parce que, après avoir juré de ne jamais le faire, Hassan s'était marié et avait engendré un enfant ?

Cependant, il valait peut-être mieux que Kamal ne soit pas présent. En effet, s'il avait exigé de savoir quel allait être son nouveau statut, Hassan aurait dû reconnaître qu'il l'ignorait.

Rien ne se passait comme il l'avait prévu. Il se permettait

des nuits douces auprès de sa femme. Il se laissait aller à un bonheur factice, s'avoua Hassan. Il s'octroyait une distraction agréable, en attendant la naissance de leur enfant.

Restait toujours la perspective d'un divorce rapide après sa venue au monde. Mais même s'il avait caressé l'idée qu'Ella retournerait en Angleterre en lui laissant son enfant à élever, Hassan avait finalement réalisé que cela n'arriverait jamais. En couchant avec une femme, l'on apprenait beaucoup de choses sur elle et, chez Ella, il avait découvert une douceur, une générosité immenses. Ces aspects de sa personnalité remettaient tous ses plans en question.

Revenant au présent, il la regarda avec attention.

— Qu'as-tu dit, s'il te plaît ?

— Que j'en ai assez de passer mes journées à ne rien faire !

— Tu t'ennuies ?

— Non, pas exactement. Mais j'ai envie de bouger, dit-elle en haussant les épaules. Les jardins sont merveilleux et je peux trouver tout ce que je veux à la bibliothèque, mais je…

— Oui ?

Ella soutint son regard ténébreux. Comment réagirait-il si elle lui avouait qu'elle aurait désiré passer plus de temps avec lui ? Que ne le voir qu'au petit déjeuner et au dîner, et passer ses nuits avec lui, ne lui suffisait pas ? Ella avait l'impression qu'elle ne réussirait jamais à l'atteindre. Qu'après les quelques confidences échangées lors de leur première nuit partagée au palais, Hassan s'était renfermé sur lui-même. Pourquoi se protégeait-il ainsi ? De quoi avait-il peur ?

En revanche, elle devait reconnaître qu'il se montrait le plus attentionné des maris, faisant même parfois sourire les serviteurs par son zèle.

Mais, en même temps, Ella avait l'impression qu'il la repoussait.

— J'ai besoin de m'investir dans quelque chose, dit-elle en soutenant son regard.

Il posa son journal sur la table et scruta son visage.

— Quel genre de *chose*, au juste ?

— Je voudrais faire ton portrait, Hassan.

Il la contempla d'un air songeur.

— A Londres, tu m'as promis que je pourrais peindre ici si je le souhaitais, continua-t-elle. Eh bien, c'est le cas. Quand… quand le bébé arrivera… Je n'aurai plus le temps de peindre, n'est-ce pas ? Alors, je voudrais le faire maintenant, pendant que j'en ai encore la possibilité.

Hassan tambourina sur la table, tout en reconnaissant que son idée n'était pas dépourvue d'intérêt. Sa propre incapacité à rester en place était légendaire et il avait du mal à s'imaginer en train de poser pendant de longues heures. Mais, par ailleurs, le peuple du Kashamak serait ravi d'avoir un nouveau portrait de lui, et Ella aurait une occupation.

— C'est envisageable, concéda-t-il. Du moment que tu n'oublies pas que je suis un homme très occupé et que mon temps est précieux. Je ne peux pas rester assis à ne rien faire toute la journée.

— Je le sais très bien. Je ne m'attends pas à ce que tu te livres à de longues séances de pose. Mais ça me plairait beaucoup que tu acceptes, Hassan.

En effet, elle avait besoin de se concentrer sur autre chose que son bébé et l'avenir incertain qui s'ouvrait devant elle. En outre, en observant son modèle, on apprenait des tas de choses sur lui…

— Alors, c'est oui ?

— Comment pourrais-je refuser puisque, manifestement, tu en meurs d'envie…

Il reprit son journal.

— Va voir Benedict et dis-lui de quoi tu as besoin.

— D'accord. Merci, Hassan.

— Va-t'en, s'il te plaît, et laisse-moi lire mon journal en paix, répliqua-t-il sans la regarder.

Ella alla trouver Benedict, le sourire aux lèvres. Comme toujours, l'assistant de Hassan se montra très amical. Sa gentillesse et sa disponibilité la surprenaient chaque fois. En effet, après lui avoir apporté des vêtements de rechange ce matin-là, à Santina, il avait dû penser…

En fait, elle ignorait ce qu'avait pensé cet Anglais aimable et discret. Surtout quand il l'avait vue ensuite s'installer au Kashamak, enceinte et mariée au cheikh.

Avec son efficacité habituelle, Benedict lui attribua une pièce spacieuse orientée au nord, située à l'extrémité du palais et à proximité des jardins. Ravie, Ella ouvrit grand les fenêtres pour laisser les parfums des fleurs embaumer son atelier improvisé. C'était l'endroit rêvé pour travailler !

Le jour de la première séance de pose, Ella avait installé une chaise devant un fond neutre. Après avoir examiné les portraits existants de son mari, où il figurait en uniforme militaire ou dans des tenues officielles impressionnantes, elle avait décidé de représenter Hassan vêtu de sa tenue quotidienne. Elle désirait montrer *l'homme*, pas le souverain.

Ella s'assit sur un tabouret en l'attendant. Il n'avait plus jamais fait allusion à sa mère, et n'avait pas dit grand-chose sur son père non plus. Et elle n'avait pas osé insister, de crainte de détruire leur entente fragile.

Mais, à présent, elle avait changé et elle voyait le monde autrement. La mère de Hassan n'était pas seulement une femme dont le nom suffisait à assombrir le visage de son fils aîné. Elle faisait aussi partie des ancêtres de l'enfant qui donnait maintenant chaque jour des coups de pied dans son ventre.

En outre, sa maternité imminente avait modifié le regard qu'Ella portait sur sa propre famille. Elle n'avait pas toujours approuvé leur façon de vivre, mais au fond, elle les aimait tous et ne pourrait jamais nier leur influence sur elle et sur l'enfant qu'elle portait.

Elle posa doucement la main sur son ventre. Sa mère avait-elle ressenti ce lien puissant qui la reliait à son enfant ? Pour la première fois de sa vie, Ella comprit combien il avait dû être difficile pour elle d'élever les enfants de Bobby, et d'accepter ceux qu'il avait eus hors de leur mariage. Il avait commis infidélité sur infidélité et elle avait fermé les yeux.

Et pourtant, Julie Jackson avait réussi à tenir tout son petit monde ensemble. Ella et ses frères et sœurs n'avaient pas disposé de beaucoup d'argent, certes, mais leur maison chaotique avait toujours résonné de rires — à l'inverse de ce grand palais silencieux où avait grandi Hassan. Essayant de l'imaginer en train de jouer avec son frère dans les immenses couloirs, Ella se dit qu'ils avaient dû s'y sentir bien seuls.

— Ella ?

Perdue dans ses pensées, elle ne l'avait pas entendu entrer.

— Excuse-moi, dit-elle en souriant. Je me trouvais à des milliers de kilomètres.

— C'est ce que j'ai constaté. Es-tu prête à commencer ?

— Tout à fait. Viens t'asseoir sur cette chaise, s'il te plaît. Oui, comme ça, c'est parfait. Je vais commencer par une série de croquis au fusain.

— Et moi, que dois-je faire ?

— Tu le sais très bien ! s'exclama-t-elle en riant. Tu as déjà posé pour des peintres.

— Oui, mais il s'agissait toujours d'hommes, jamais de la femme que j'avais tenue dans mes bras quelques heures plus tôt.

— Peux-tu ne pas parler de sexe, s'il te plaît ? répliqua-t-elle en esquissant quelques traits sur le papier.

— Pourquoi ?

— Parce que cela modifie l'expression de ton visage. Tes yeux deviennent brumeux et ta bouche se crispe.

Sa bouche n'était pas la seule à réagir, songea Hassan en bougeant imperceptiblement. Il observa les mouvements fluides de la main d'Ella tandis que son fusain glissait sur le papier blanc. Il se souvint alors des croquis représentant Izzy qu'il avait vus chez elle, à Londres. Le sujet avait été un peu outré à son goût, mais Ella avait du talent, c'était certain.

— Tu n'as jamais suivi de cours classiques ? demanda-t-il.

— Non, il n'y avait pas assez d'argent à la maison pour que je puisse m'inscrire dans une école d'art.

— Je croyais que ton père avait fait fortune ?

— Oui, plusieurs fois — avant de tout perdre. En plus, il devait assumer toutes ses pensions alimentaires.

— Il est réputé pour son goût des femmes.

— Il est aussi connu pour son amour des grands projets, et la tentation de réussir des coups formidables ! Résultat : il n'y avait jamais beaucoup d'argent dans la famille. Tout ce que nous possédions n'était jamais que temporaire.

— Je vois…

— Je ne sais pas si tu vois vraiment, dit-elle. Mais, surtout, j'aimerais que tu te taises, Hassan.

Il ne saurait sans doute jamais ce que c'était que de se demander s'il y aurait de quoi payer la facture de gaz, ou de fouiller dans tous les placards avant de ne trouver qu'une vieille boîte de conserve périmée…

Tandis qu'elle travaillait en silence, Hassan en profita pour la regarder. Ses gestes étaient précis et aucun bruit ne troublait le calme du studio, mis à part le frottement du fusain sur le papier et, de temps à autre, le chant d'un oiseau s'élevant dans les jardins.

Mais sous le calme apparent de leur vie, il sentait planer l'ombre de l'incertitude. Comme si le mécanisme d'une bombe à retardement avait été enclenché. Le temps s'écoulait, et tous deux attendaient un événement qui allait bouleverser leurs vies, d'une façon que Hassan ne pouvait, ni ne souhaitait, imaginer.

A plusieurs reprises, il avait vu Ella caresser son ventre, une expression rêveuse sur ses traits. Puis elle y avait dessiné de petits cercles, comme si elle jouait à un jeu secret avec l'enfant qui grandissait en elle. Hassan avait alors senti son cœur se serrer à la pensée que sa mère n'avait probablement jamais tissé un tel lien avec ses fils, puisqu'elle avait pu les quitter.

— Hassan, cesse de froncer les sourcils.

— Je ne fronce pas les sourcils.

— Si, je t'assure.

Ella s'arrêta de dessiner. Pourquoi son regard était-il soudain devenu aussi sinistre ?

— Qu'y a-t-il, Hassan ? demanda-t-elle avec douceur. Pourquoi cet air sombre, tout à coup ?

Elle le regardait avec une telle bienveillance, une telle douceur que d'instinct Hassan eut envie de la repousser. Elle voulait l'interroger sur son passé, comme toutes les autres femmes. Mais, avec Ella, il n'était pas en position de clore la discussion avant de s'en aller sans un regard en arrière. Elle portait son enfant et, par conséquent, il ne pouvait lui tourner le dos et la quitter aussi facilement.

Au fond, pourquoi ne pas lui dire la vérité ? De cette façon, toute cette douceur disparaîtrait de son visage. Et puis, elle comprendrait pourquoi il ne pourrait jamais aimer une femme.

— Je pensais à ma mère, dit-il.

Ella frissonna d'appréhension : il y avait eu une nuance sournoise dans la voix de Hassan.

— Tu ne parles jamais d'elle.

— Non, en effet. Tu ne t'es jamais demandé pourquoi ?

— Si, bien sûr.

Hassan serra les lèvres. Il ne l'avait jamais dit à personne. Lui et son frère n'en parlaient jamais ensemble. Ils avaient verrouillé leur mémoire, comme si ce rejet avait été trop douloureux à évoquer, même entre eux.

— Tu devrais peut-être le savoir, Ella. Cela t'aiderait peut-être à comprendre quel genre d'homme je suis vraiment.

La froideur de sa voix inquiéta Ella, ainsi que la lueur dure qui étincelait au fond de son regard.

— Ne m'en parle pas si tu ne le désires pas, murmura-t-elle.

Mais il semblait si rigide, si enfermé dans ses pensées qu'il ne l'avait sans doute pas entendue.

— Ma mère était une princesse de Bakamurat, un pays voisin, dit-il. Et elle était promise à mon père depuis son plus jeune âge, comme le voulait la tradition de l'époque. Ils se sont mariés alors qu'elle venait d'avoir dix-huit ans, et je suis né peu après. Deux ans plus tard, Kamal est venu au monde.

— Mais le mariage n'était pas heureux ?

Voyant ses mâchoires se crisper, Ella se reprocha sa naïveté.

— Excuse-moi de t'avoir posé une question aussi stupide. Il ne pouvait pas être heureux puisque… puisqu'elle est partie.

— Dans ce temps-là, la notion de bonheur n'avait pas la même importance, ni la même signification qu'aujourd'hui, répliqua-t-il d'un ton cinglant. Mais, du moins pendant les premières années, nous avons vécu une vie de famille satisfaisante, tous les quatre. Ou du moins c'est l'impression que j'en avais.

Il s'interrompit, le regard perdu dans le vague.

— Mais quelque chose est arrivé ? hasarda Ella.

— En effet, approuva-t-il d'une voix chargée d'amertume. Ma mère est allée chez sa sœur à Bakamurat, en nous laissant ici, Kamal et moi. Elle est restée absente plus longtemps que prévu, et quand elle est revenue, elle… elle avait changé.

— Comment cela ?

Tout d'abord, Hassan ne put répondre. Il avait enfoui tout cela au plus profond de lui, mais même maintenant, alors que les années auraient dû apaiser la blessure, il voyait encore l'air distrait de sa mère. On aurait dit qu'elle remarquait à peine sa présence. Et puis, elle avait minci et son beau visage paraissait plus grand, ses yeux plus noirs, confus. D'une certaine façon, jamais elle n'avait été aussi belle, et pourtant, même à cet âge précoce, Hassan avait senti l'anxiété de son père, de plus en plus vive.

Il entendait encore le son de leurs voix courroucées, alors que lui et Kamal étaient déjà au lit. Il se souvenait des silences atroces, le lendemain matin, au petit déjeuner.

— Elle était tombée amoureuse d'un noble de Bakamurat.

Hassan eut l'impression que sa propre voix résonnait dans le vide.

— Elle a dit qu'elle ne pouvait pas vivre sans lui. Mon

père a d’abord montré une patience inhabituelle, puis finalement il lui a demandé de choisir entre cet homme et son mari.

Un silence pesant s’installa dans la pièce tandis qu’Ella le regardait avec tristesse. Et lorsqu’elle se décida à poser sa question, elle en connaissait déjà la réponse.

— Et elle a choisi cet homme ?

— Oui. Son amant, pas son mari. Elle est partie en laissant ses deux petits garçons, pour aller rejoindre « le seul homme qui la comprenait vraiment », a-t-elle dit.

— Qui t’a raconté cela ?

— Mon père.

Ella secoua la tête en maudissant les adultes. Lorsqu’ils avaient le cœur brisé, ceux-ci se laissaient aller devant leurs enfants, causant ainsi des souffrances indélébiles.

— Parfois, les parents en révèlent trop à leurs enfants, dit-elle d’un ton grave. Je me souviens d’avoir vu ma mère sangloter tandis qu’elle me racontait des choses sur mon père, que j’aurais préféré ne jamais entendre. Dans ces moments-là, je crois qu’elle oubliait qui était la mère et qui était l’enfant. Les gens se laissent trop facilement aveugler par leurs émotions, hélas.

— Exactement ! C’est pour cela que je ne veux pas d’émotions — ni de ce soi-disant *amour.*

Un sourire cynique se forma sur ses lèvres.

— Pourquoi se soumettre à une émotion pernicieuse, qui pousse les gens à commettre des actes honteux ? poursuivit-il. Qui pervertit la notion du bon et du vrai. Et qui change ! L’amour est aussi inconstant que le vent. Après avoir fait le serment de passer sa vie avec mon père, ma mère a trahi sa promesse. Alors, comment les gens peuvent-ils croire à l’amour ?

Ella posa son fusain de crainte que Hassan ne voie à

quel point ses doigts tremblaient. L'avertissement était clair. Mais elle voulait connaître la fin de l'histoire.

— Qu'est-il arrivé à ta mère ? demanda-t-elle.

— La honte attachée à sa conduite l'a poursuivie. Son noble amant a refusé d'épouser une femme portant une telle souillure. De toute façon, je crois qu'il n'en avait jamais eu l'intention. Elle avait élaboré ce fantasme dans sa tête. Et, bien sûr, mon père a refusé de la reprendre.

— Elle a souhaité revenir ?

— Oh oui ! Apparemment, elle voyait soudain ce qu'elle avait perdu : deux petits garçons et un homme, qui l'aimaient. Mais il était trop tard. Mon père était trop fier pour prendre le risque d'être ridiculisé une nouvelle fois. Après cela, elle a commencé à se laisser aller, elle ne mangeait plus… Elle est allée en Suisse et c'est là-bas que, au cours d'un hiver particulièrement rigoureux, elle a attrapé une pneumonie.

Ella n'avait pas besoin d'en entendre davantage pour comprendre que la pauvre femme était morte peu après. Cela se lisait sur le visage de Hassan.

— Et tu ne l'as jamais… tu ne l'as jamais revue ?

— Non.

— Hassan…

— Non ! répéta-t-il en rejetant la main qu'Ella tendait vers lui.

Il se leva et s'écarta de sa chaise, mais Ella ne se laissa pas intimider par sa réaction. Se rapprochant de lui, elle se haussa sur la pointe des pieds et referma les bras autour de son cou.

— Hassan, murmura-t-elle à son oreille. Cher, cher Hassan.

Son propre cœur battait si fort que Hassan eut l'impression de l'entendre résonner dans la pièce. Il aurait dû repousser

Ella, mais sa joue était d'une douceur exquise contre la sienne, ses mains refermées sur sa nuque si caressantes, tandis que son ventre volumineux s'appuyait contre lui. Le ventre où grandissait *son* enfant.

Les émotions qu'il réprimait depuis trop longtemps rompirent le barrage, menaçant de le submerger.

A cet instant, Ella posa sa bouche sur la sienne. Sans réfléchir, Hassan l'embrassa, avec une faim qu'il n'avait jamais ressentie auparavant. Puis il referma les doigts sur ses seins, avant d'en caresser les pointes dures. Aussitôt, elle poussa des petites plaintes contre ses lèvres.

Un cri rauque échappa à Hassan, et il la repoussa pour aller fermer la porte à clé. Il revint vers elle et la prit dans ses bras, écrasant sa bouche sur la sienne et la dévorant avec fougue. Sans cesser un instant de l'embrasser, il fit remonter la robe d'Ella sur ses hanches, avant de caresser l'endroit chaud où palpitait son désir.

Quelques instants plus tard, il la pénétra en se plaçant derrière elle pour plus de commodité. Ella n'osa pas crier, même quand il s'enfonça profondément en elle et instaura un rythme inexorable. Elle déglutit lorsqu'il saisit ses épaules et l'embrassa dans les cheveux, en lui chuchotant des paroles étranges d'une voix hachée, dans sa languc natale.

Ses sens étaient avivés par l'intensité de son étreinte. Jamais Ella n'avait ressenti cette urgence, cette passion incandescente. Hassan brisait toutes ses règles. Il lui avait révélé la vérité concernant sa mère et il lui faisait l'amour dans son studio, alors qu'il avait décrété qu'ils ne se toucheraient jamais en dehors de la chambre.

Son orgasme emporta rapidement Ella, presque trop vite. Elle eut l'impression de donner à Hassan *tout* ce qu'elle avait à lui offrir tandis qu'elle accueillait son dernier coup de reins. Puis elle entendit la plainte rauque qu'il laissait échapper en se pressant contre elle, et que sa semence se répandait au plus profond de son intimité.

Hassan…

Incapable de prononcer un mot, Hassan s'efforça de retrouver son souffle et ses esprits. Le visage enfoui dans les cheveux parfumés d'Ella, il ferma un instant les yeux et sentit une vague de culpabilité déferler en lui. Il l'avait utilisée, comme il utilisait toutes les femmes. Il avait pris le réconfort qu'elle lui offrait de la seule manière qu'il connaissait : le sexe.

— Cela n'aurait pas dû se produire, dit-il d'une voix rauque.

— Peut-être, mais je suis heureuse que cela se soit produit ! répliqua-t-elle avec force.

Retenant la réplique brutale qui lui montait aux lèvres, Hassan se retira et se rajusta.

— Comprends-tu pourquoi je suis l'homme que je suis ? demanda-t-il en prenant le visage d'Ella entre ses mains. Pourquoi je ne peux pas aimer ?

Ella le regarda, le cœur déchiré par la souffrance. Elle aurait voulu lui dire que l'attitude de sa mère n'était pas représentative de celle de *toutes* les femmes. Que de son côté, elle l'aimerait et le chérirait, s'il voulait bien lui en laisser la possibilité.

— Je comprends très bien, dit-elle doucement. Mais rien n'est immuable, Hassan. Et il n'y a aucune raison pour que tu ne changes pas.

Elle pouvait l'aider à changer.

Voyant l'espoir briller dans ses yeux bleus, Hassan se sentit en proie à un mélange d'amertume et de révolte. Elle ne soupçonnait rien, n'est-ce pas ? Elle ne pouvait même pas concevoir qu'il ait pu l'amener au Kashamak en espérant qu'elle repartirait. En lui laissant son enfant.

Il secoua la tête et fit tourner la clé dans la serrure.

— Je crois qu'il vaut mieux en rester là. La séance de pose est terminée, j'ai du travail.

Puis il quitta la pièce. Ella contempla la porte fermée en battant des paupières pour refouler ses larmes, puis elle baissa les yeux sur le dessin où était ébauché le visage de Hassan. C'était étrange, mais ces quelques lignes noires avaient réussi à capter l'essence de son mari. Le nez droit et aristocratique, la détermination contenue dans la mâchoire, les hautes pommettes sculptées, les yeux noirs — et vides.

Ella quitta le studio avant de refermer la porte derrière elle, puis s'avança lentement dans le couloir pavé de marbre blanc.

Chapitre 12

En apparence, tout avait changé. Alors qu'au fond… *rien* n'avait changé. Ella avait l'impression de vivre dans une incertitude permanente, un flou étrange. Elle évoluait dans le somptueux palais comme une invitée à qui son hôte aurait permis de séjourner pour une période indéterminée.

En se confiant à elle, Hassan lui avait d'abord donné de l'espoir, car elle avait pensé qu'il allait réfléchir à ce qu'elle lui avait dit. Qu'il comprendrait qu'il pouvait changer. Que, s'il le désirait avec assez de force, tout serait possible.

Finalement, la vérité était peut-être toute simple : il ne le désirait pas. La simple pensée de s'autoriser à ressentir la moindre émotion répugnait à son mari. Ce qu'il avait vécu enfant l'avait trop marqué, trop fait souffrir, si bien qu'il ne pouvait imaginer de vivre autrement.

En tout cas, Hassan se comportait désormais comme si rien ne s'était passé au cours de la première séance de pose. Comme s'il n'était pas sorti un bref instant des ténèbres qui semblaient envelopper son cœur, laissant Ella entrevoir la souffrance qu'il y gardait enfouie.

A présent, c'était encore pire qu'auparavant. Parce qu'elle avait compris qu'elle pourrait très facilement aimer cet homme fier et torturé.

En tout cas, la passion brûlante qui avait jailli entre eux

n'était plus qu'un souvenir, car Hassan lui avait annoncé un peu après qu'il ne comptait pas renouveler l'expérience.

— Tu veux dire que tu ne me trouves plus désirable ? avait répliqué Ella d'une voix tremblante.

— Je dis juste que ta grossesse est trop avancée, et que je ne pense pas que le sexe soit recommandé.

Ella s'était détournée pour dissimuler son désarroi. Les nuits étaient longues, les heures de solitude parfois à peine supportables, tandis qu'ils étaient allongés dans le grand lit l'un à côté de l'autre, sans se toucher.

Si elle n'avait pas été enceinte, elle aurait peut-être tenté un rapprochement. Mais, désormais, le simple fait de s'asseoir représentait un effort, aussi la moindre tentative de séduction aurait-elle été ridicule, et maladroite. En outre, Hassan s'endormait presque dès l'instant où il avait posé la tête sur l'oreiller.

Un matin, il sortit de la salle de bains et vint s'arrêter au pied du lit.

— Tu as l'air épuisée, remarqua-t-il. Tu ne dors pas bien ?

— Non.

Ella crut qu'il allait lui demander pourquoi, mais comme il la regardait en silence, elle se raidit. Elle n'allait certes pas se plaindre, ni quémander.

— Ce n'est pas grave, ajouta-t-elle d'un ton désinvolte.

— Non, mais ce n'est pas bon d'être aussi fatiguée, ni pour toi ni pour le bébé, répliqua-t-il d'une voix dure. Je vais réintégrer mes appartements dès aujourd'hui.

Par fierté, Ella se retint de lui demander de rester et, quelques instants plus tard, l'un de ses valets vint chercher ses affaires.

Désormais, elle dormirait seule…

Au fur et à mesure que passaient les journées, la solitude d'Ella augmenta jusqu'à atteindre un tel degré qu'elle commença à se demander à quoi rimait sa présence au palais. Sa seule activité consistait à continuer le portrait de son mari, et elle y mettait tout son désir frustré et son désespoir.

Par ailleurs, la chaleur constante et l'absence de saisons la désorientaient. Les fleurs du jardin semblaient fausses, le ciel trop bleu pour être vrai. Peu à peu, le magnifique palais se mit à ressembler à une cage dorée.

Dire que décembre commençait et que là-bas, en Angleterre, tout le monde préparait Noël… Ella imagina les illuminations de Regent Street, les rayons de boîtes de chocolats enrubannées… Elle songea aux ribambelles de papier auxquelles son père tenait tant. En dépit de ses défauts, il adorait Noël et avait transmis sa passion à ses enfants.

Sa famille se mit à manquer à Ella. Toute sa famille. Sa mère avait beau avoir des faiblesses, surtout par rapport à son mari, elle avait toujours été là pour ses enfants lorsqu'ils avaient besoin d'elle. Leur échange quotidien d'emails sembla soudain très insuffisant à Ella, d'autant que, dans le dernier, sa mère avait écrit qu'elle regrettait de ne pas voir sa petite fille enceinte.

Même ses sœurs lui manquaient.

Devait-elle retourner en Angleterre et s'en remettre à sa famille ? Ella n'en pouvait plus d'être considérée comme une potiche et d'être condamnée à la passivité.

Finalement, elle s'avoua qu'elle désirait rentrer dans son pays, auprès des siens.

Elle allait devoir le dire à Hassan. Bien sûr, elle le laisserait voir son enfant autant qu'il le désirerait. Il était hors de question qu'après avoir été négligé par sa mère, il soit privé de son fils ou de sa fille.

Dès qu'elle se sentit assez forte, Ella s'assit un matin à la table du petit déjeuner avec l'intention d'annoncer sa décision à Hassan.

Après avoir ajouté du miel à son bol de yaourt, elle tourna lentement sa cuiller dans le mélange onctueux en sentant le regard de son mari dardé sur elle.

Ella reposa sa cuiller et leva les yeux vers lui.

— Tu ne dors pas mieux ? demanda-t-il avant qu'elle ne puisse dire un mot. Même en ayant le lit pour toi seule ?

— Non. J'ai de plus en plus de mal à trouver une position confortable.

— Y a-t-il quelque chose que je puisse faire pour t'aider ?

L'espace d'un instant, Ella fut tentée de lui demander de revenir partager son lit. Elle imagina un scénario idéal, dans lequel les joies et les problèmes seraient discutés et partagés. Puis elle vit leur relation telle qu'elle était vraiment : elle avait épousé un homme froid, qui l'avait prévenue qu'il *ne pouvait pas* aimer.

— Oui, dit-elle en empêchant sa voix de trembler.

Il fronça les sourcils.

— De quoi s'agit-il, Ella ?

— Je veux rentrer chez moi, dit-elle après un léger silence.

Hassan hocha la tête tandis qu'un étau lui enserrait la poitrine.

— Chez toi ?

— Oui. Je veux voir ma famille.

— Pourtant, je croyais que tu ne pouvais pas les supporter ?

— Oui, c'est vrai. Cela m'arrive souvent, dit-elle en soutenant son regard. Mais, au moins, ils ressentent des choses. Ils ont un cœur, même s'ils commettent des tas d'erreurs !

L'allusion était d'une clarté limpide. Mais, soudain, Hassan fut forcé d'accepter la vérité : malgré leurs défauts, les Jackson avaient le courage de faire face à leurs émotions. Leurs existences étaient chaotiques, certes, mais ils *vivaient* pleinement.

Il n'enviait quand même pas les Jackson ? Ne détestait-il pas tout ce tumulte ?

— Ils te manquent ? demanda-t-il en durcissant le ton.

Ella rassembla tout son courage.

— Oui. Ici, j'ai l'impression d'être une ombre, Hassan. D'être invisible. Je veux rentrer chez moi pour voir des visages amicaux et familiers, manger des *mince pies* et chanter des chants de Noël…

Horrifiée, Ella se rendit compte que les larmes lui montaient aux yeux et, lorsque Hassan tendit la main vers son bras, elle la repoussa.

S'il la touchait, elle était perdue.

— Tu as été très clair, poursuivit-elle. Tu ne me veux pas auprès de toi, alors ne te laisse pas impressionner par quelques larmes, s'il te plaît. Ma vie dans ce beau palais s'est transformée en une sorte de réclusion, et je commence à me demander si ce n'est pas ce que tu désirais, depuis le début.

Hassan retint son souffle. Il avait l'impression de s'être égaré dans un labyrinthe créé par lui-même, et que l'obscurité venait de s'y refermer. Il avait repoussé Ella pour se protéger et, maintenant, elle voulait s'en aller parce qu'elle ne supportait plus son attitude.

Il portait l'entière responsabilité de ce qui arrivait.

Après avoir contemplé son visage pâle, Hassan laissa

descendre son regard sur son ventre et fut submergé par une vague de regrets atroce.

— Mais tu es enceinte de presque trente-six semaines, fit-il remarquer.

— Et alors ?

— Les compagnies aériennes ne te laisseront pas prendre l'avion.

— Etant donné que tu disposes d'un jet privé, Hassan, je ne vois pas où est le problème.

Hassan se leva en silence et se dirigea vers la fenêtre, l'esprit en proie à une foule de pensées contradictoires. Et s'il demandait à sa femme de rester, que se passerait-il ? Qu'attendait-elle vraiment de lui ? se demanda-t-il. Au fond de son cœur, il connaissait la réponse : elle désirait l'impossible ! Qu'il devienne l'homme qu'il ne pourrait jamais être.

Quand Hassan se retourna, elle le regardait, les yeux méfiants, les bras croisés sur sa poitrine. Et soudain, il comprit que, dans ce domaine de sa vie, il avait toujours montré une totale absence de courage. Avait-il si peur de revivre la souffrance de son enfance, qu'il ne prendrait aucun risque pour tenter d'accéder au bonheur ? Ne pouvait-il pas au moins *essayer* d'être celui qu'Ella désirait qu'il soit ?

— Tu as peut-être raison, admit-il. Je t'ai négligée, c'est ma faute. Mais si cela peut te consoler, je pensais que c'était la meilleure conduite à adopter.

— Pour qui ? Pour toi, ou pour moi ? riposta-t-elle vivement. Tu vas et viens à ta guise, royal et solitaire, pendant que je reste cloîtrée dans ce fichu palais !

— Je m'en rends compte, dit-il avec effort. C'est pour cela que je… Aimerais-tu faire un petit voyage ?

— Oui. Je viens de te le dire, Hassan : je veux rentrer en Angleterre.

— Non, je ne parlais pas de cela, répliqua-t-il en secouant la tête. Mon frère possède une tente traditionnelle de bédouin, en bordure du désert de Serhetabat. Ce n'est pas loin d'ici, mais on a l'impression de pénétrer dans un autre univers. Nous pourrions y aller passer deux jours.

Il plissa le front.

— Cela te changerait un peu. Qu'en penses-tu, Ella ?

En dépit de tout ce qui s'était passé entre eux, Ella était tentée par sa proposition. En passant deux nuits dans une tente de bédouin, forcément… Même si une petite voix lui susurrait qu'elle était folle, Ella se rendit compte qu'au fond de son cœur, elle désirait encore se rapprocher de Hassan.

— Je ne sais pas…

Sa réticence ne surprit pas Hassan, ni la lueur farouche qui brillait dans ses yeux.

— C'est un très bel endroit, dit-il. Le ciel du désert baigné par la clarté de la lune est un spectacle à ne pas manquer.

— Et ensuite, Hassan ? Que se passera-t-il ?

Hassan sentit une boule se nicher dans sa gorge.

— Si l'Angleterre te manque à ce point, tu dois rentrer. Je ne t'en empêcherai pas, et toi et notre enfant bénéficierez de mon soutien, je m'y engage.

Le cœur battant à tout rompre, Ella le regarda. Il lui offrait la liberté, mais celle-ci avait soudain pris un goût de poison.

— Et cela ne te dérangerait pas ?

— Bien sûr, ce serait plus simple de vous garder ici, toi et l'enfant, répondit-il avec un haussement d'épaules. Mais je ne te forcerai pas à rester. C'est à toi de prendre ta décision.

Ella secoua la tête avec irritation. Hassan était l'incarnation même de la beauté virile mais, en dedans, il était *glacé*. Elle avait épousé un robot, conditionné pour ne jamais rien ressentir : il se fichait qu'elle reste ou qu'elle s'en aille !

Et pourtant, au plus profond d'elle-même, Ella désirait faire ce voyage. Un petit espoir refusait de mourir, en dépit de tout ce qui se dressait contre lui.

— D'accord, allons-y, dit-elle en regardant son mari dans les yeux. Voir le ciel du désert au clair de lune, c'est peut-être tout ce dont j'ai besoin.

Chapitre 13

Ils partirent le lendemain matin dans une Jeep, Hassan ayant pris lui-même le volant. De son côté, Ella était déterminée à profiter au maximum de cette petite escapade dans le désert, surtout que ce serait peut-être la seule et unique de sa vie. Hélas, un mal de tête l'empêchait de se sentir vraiment bien.

Lorsque Hassan se tourna vers elle, il vit qu'elle tirait sur sa ceinture de sécurité avec impatience.

— Tu es trop serrée ? demanda-t-il.

— Non, pas du tout. Regarde la route, s'il te plaît.

Elle était de mauvaise humeur, ce matin, songea-t-il en se concentrant sur la conduite.

— Là-bas, dit-il bientôt. Un peu sur la gauche, tu la vois ?

Ella plissa les yeux et aperçut au loin une petite tache bleue. Peu à peu, elle distingua une tente, grande, certes, mais assez banale.

— Elle reste inoccupée tout le temps ? demanda-t-elle.

— Elle l'est souvent, oui. Kamal y vint à intervalles irréguliers. J'ai envoyé des serviteurs pour la rendre habitable, mais ils doivent avoir regagné le palais, à présent.

Après avoir arrêté le véhicule, Hassan bondit sur le sol et huma l'air pur à pleins poumons en regardant le ciel bleu cobalt. Aussitôt, il sentit une énergie délicieuse courir dans ses veines.

Il alla ouvrir la portière du côté d'Ella, puis l'aida à descendre. Pour elle, il ne s'agissait pas que d'une partie de plaisir, songea-t-il en voyant ses traits tirés. Au contraire, elle semblait traverser une véritable épreuve d'endurance…

— Bienvenue dans une vraie tente de bédouin, dit-il en souriant.

Ella réussit à répondre à son sourire. A vrai dire, elle se sentait épuisée, et il faisait encore plus chaud qu'elle ne s'y était attendue. Toutefois, elle voyait bien que Hassan faisait de son mieux pour lui faire plaisir, aussi résolut-elle de faire un effort pour savourer l'expérience.

S'éventant le visage de la main, elle suivit Hassan, mais lorsqu'elle pénétra après lui dans la tente, elle s'immobilisa sur le seuil. Non seulement une fraîcheur inattendue régnait à l'intérieur, mais elle se trouvait entourée d'un décor digne des *Mille et Une Nuits*.

Eclairée par des lampes en métal ouvragé, de riches tentures rouges ornées de motifs couleur or formaient une sorte de baldaquin. Toutes en nuances rose et turquoise, les parois de la tente produisaient une atmosphère douce et chaleureuse et, sur de somptueux tapis, des sofas bas étaient installés, entourés de volumineux coussins et de tables au plateau de cuivre. Ella ferma les yeux tandis que les notes d'un parfum épicé montaient à ses narines.

Son mal de tête avait disparu.

— C'est magnifique, murmura-t-elle en rouvrant les yeux.

A vrai dire, Hassan se souciait peu du décor : il était fasciné par l'expression qui illuminait le visage de sa femme. Elle était de plus en plus belle, songea-t-il en contemplant ses lèvres entrouvertes et ses yeux dépourvus de tout maquillage. Quant à son ventre…

— Si nous nous asseyions, dit-il d'une voix légèrement

rauque. Je vais te préparer du thé : celui des Bédouins, il est réputé.

Ella s'installa sur l'un des gros coussins.

— Si tu veux.

Après avoir mis de l'eau à chauffer, Hassan mesura le thé et le sucre avant de les ajouter dans le pot. Mais quand il entendit le soupir haché d'Ella, il se retourna vers elle au moment où elle fermait les yeux.

— Tu te sens bien ?

— Je me sentirais mieux si tu cessais de t'agiter ! répondit-elle en soulevant un instant les paupières.

Hassan ne protesta pas. Elle était fatiguée, songea-t-il, ce qui était compréhensible. Il prit le plateau sur lequel il avait disposé les petites tasses et le thé.

— Quel est cette odeur étrange ? demanda-t-elle en fronçant les sourcils d'un air méfiant.

— C'est probablement la plante du désert qui donne au thé son parfum si particulier. Son goût ressemble un peu à celui de la menthe.

Ella déglutit.

— Je crois que je vais vomir.

— Mais non, ce n'est pas mauvais, je t'assure.

A cet instant, elle se rendit compte que quelque chose d'anormal se produisait dans son corps.

— Hassan, je me sens bizarre…

— Comment cela, *bizarre* ?

Elle déglutit de nouveau.

— Je crois que je vais accoucher…

— Ne dis pas de bêtises.

— Je ne dis pas de bêtises ! protesta-t-elle. Et comment peux-tu savoir ce que je ressens ? Tu es obstétricien ?

— Il reste encore quatre semaines avant le terme…

— Je le sais parfaitement et je m'en fiche ! Je te dis que le bébé va sortir, maintenant !

Se relevant à grand-peine, Ella sentit un flot tiède se répandre entre ses cuisses.

— Hassan ! haleta-t-elle. Je perds les eaux !

Hassan resta figé sur place en songeant à la salle de travail impeccable de l'hôpital de Samaltyn, à l'équipe de médecins et d'infirmières efficaces, prêts à intervenir dès qu'il les aurait prévenus.

— C'est impossible !

— Mais regarde ! *Regarde !*

Elle pâlit et lui prit la main en enfonçant les ongles dans sa chair.

— Hassan, je viens d'avoir une contraction !

— Tu en es sûre ?

— Bien sûr ! Oh ! Mon Dieu ! Le bébé arrive, alors que nous sommes coincés dans ce fichu désert !

Hassan se sentit gagné par une panique inconnue tandis que ses pensées tourbillonnaient à toute vitesse. Avaient-ils le temps de rentrer à Samaltyn ? A cet instant, Ella laissa échapper un halètement et posa sa main libre sur son ventre. Visiblement, ils n'en avaient pas le temps.

Pourquoi l'avait-il amenée là, alors que sa grossesse approchait de son terme ?

Mais quand il vit la terreur assombrir ses yeux bleus, Hassan comprit qu'il devait se calmer. Il devait garder son sang-froid, pour Ella. Il l'avait laissée tomber de bien des façons depuis son arrivée au Kashamak, mais cette fois elle se reposait entièrement sur lui et il devait se montrer à la hauteur.

Avec douceur, il l'aida à s'allonger sur les coussins. Puis, le cœur martelant sa poitrine, il se pencha au-dessus d'elle et lui prit la main.

— Ne bouge pas ! ordonna-t-il.

— Où veux-tu que j'aille ? dit-elle en se cramponnant à ses doigts. Hassan, où vas-tu ?

— Je dois sortir de la tente, pour appeler l'hôpital. Ici, ça ne passe pas.

— Ne me laisse pas ! chuchota-t-elle.

— Je reviens tout de suite, ma chérie.

Ma chérie… Ella se demanda si, en plus, elle entendait des voix. Vaguement, elle entendit Hassan parler à l'extérieur. Qu'il se dépêche, supplia-t-elle en silence. *Qu'il se dépêche*…

Quand il revint enfin, jamais elle n'avait été aussi contente de voir un être humain. Il s'accroupit à côté d'elle juste au moment où elle avait une deuxième contraction. Ella s'accrocha à lui, le souffle précipité.

— Tout va bien, dit-il en appuyant le front contre le sien.

Il était tout moite, constata Hassan avec un frisson.

— L'hôpital envoie un hélicoptère avec une équipe entière à bord, poursuivit-il. L'interne m'a dit qu'il te restait sans doute encore beaucoup de temps avant l'accouchement, surtout que c'est ton premier enfant.

Elle secoua la tête tandis qu'une nouvelle contraction lui déchirait les entrailles.

— Non ! fit-elle d'une voix rauque.

Hassan scruta son visage blême.

— Tiens bon, dit-il entre ses dents serrées. Ils seront bientôt là.

— Hassan, haleta-t-elle, il s'est trompé.

La sueur perlait à son front tandis qu'une nouvelle contraction lui arrachait un gémissement sourd.

— Qui ?

— L'interne. Je…

La douleur était si forte qu'Ella s'interrompit un instant.

— Le bébé veut sortir, *maintenant* !

— C'est impossible, dit Hassan en sentant son cœur cogner sous ses côtes.

— Si, c'est possible !

— Comment peux-tu en être sûre ?

— Je le sais, c'est tout !

Combien de temps faudrait-il à l'hélicoptère pour les rejoindre ? se demanda-t-il avec désespoir. Et pourrait-il repérer leur position ?

— Je vais voir s'ils arrivent, et appeler le médecin…

— Hassan, tu n'as pas le temps ! Reste avec moi !

Elle s'agrippa à son bras de toutes ses forces.

— Hassan, j'ai besoin de toi ! Je t'en supplie !

Quand il vit l'expression de son visage, Hassan comprit qu'elle disait la vérité. Leur bébé était sur le point de naître. Là. Maintenant. Et il était le seul à pouvoir l'aider. Il allait devoir mettre son propre enfant au monde.

Une sorte de vrombissement résonna dans ses oreilles, puis un calme étrange prit possession de lui. Comme au combat, quand tous les bruits se fondaient soudain dans le silence, juste avant d'affronter l'ennemi.

— Je suis là, dit-il en remontant sa robe sur ses jambes. Je suis là pour toi et tout va bien se passer. Chut, Ella. Reste calme. Respire lentement. Oui, c'est ça. *Très* lentement. La nature fera le reste.

— J'ai peur, murmura-t-elle en le regardant dans les yeux.

Lui aussi. Hassan était même terrifié. Mais il était expert dans l'art de dissimuler ce qu'il ressentait.

— Fais-moi confiance, Ella, dit-il en lui prenant les mains. Et crois-moi : tout va bien se passer, tu vas voir.

Ella hocha la tête en silence. En dépit de la douleur et de la peur, elle lui faisait entièrement confiance.

Cette fois, quand il voulut s'éloigner, elle le laissa faire.

Hassan se pencha pour prendre une couverture moelleuse en se rappelant la première fois qu'il avait vu naître un poulain. Le valet d'écurie lui avait dit que les juments étaient comme les êtres humains, que chaque naissance était différente et que, la plupart du temps, cela se passait sans qu'il ait besoin d'intervenir.

Faites que ce soit le cas, pria-t-il en silence en repoussant les cheveux humides du visage d'Ella.

— Hassan !

— Je suis là. Continue à respirer, Ella. Oui, comme ça…

Les contractions se succédaient, de plus en plus intenses, de plus en plus rapprochées. Et de plus en plus douloureuses.

— Je n'en peux plus ! s'écria Ella.

— Si, Ella, tu vas y arriver. Parce que tu es forte. Tu es la femme la plus courageuse que j'aie jamais rencontrée.

Ses paroles se perdirent aux confins du cerveau d'Ella car une contraction violente la secouait sans pitié. Elle se mordit la lèvre tandis que quelque chose basculait dans son corps. Elle regarda alors les yeux noirs de Hassan, y lut une question muette et se rendit compte que quelque chose de très puissant se produisait en elle.

— Le bébé… Il va sortir…, dit-elle en haletant. Oh ! Hassan ! Hassan, aide-moi, je t'en supplie !

Hassan retint son souffle et se pencha, avant d'apercevoir le dessus d'une petite tête luisante.

— Tu te débrouilles très bien, Ella, dit-il d'une voix rauque. Tu es extraordinaire. C'est presque fini.

Confusément, Ella se souvint qu'elle avait appris qu'il ne fallait pousser que lorsqu'on ne pouvait plus faire autrement. Se raccrochant à cette pensée, et guidée par un instinct aussi vieux que le monde, elle murmura dans un souffle :

— Oui. Oui…

Ses traits étaient déformés par l'effort, constata Hassan

en levant les yeux un instant. Brusquement, un son étrange franchit les lèvres d'Ella, entre cri et plainte.

— C'est bien, dit-il, le cœur battant à tout rompre.

Soudain, il se rendit compte qu'il regardait les cheveux noirs et collés du bébé.

Une grosse boule se nicha dans sa gorge.

— Encore une poussée, Ella. Tu crois que tu peux ?

— Oui ! Non ! *Je ne sais pas !*

— Si, tu vas y arriver, Ella.

Elle laissa échapper une sorte de rugissement sauvage tandis que Hassan tendait les mains pour recueillir son enfant.

Une sensation étrange se déploya dans sa poitrine, puis il sentit une paix inconnue se répandre dans tout son être. Une vie nouvelle frémissait entre ses mains… Mais, bientôt, Hassan sentit l'épouvante l'envahir, car rien ne se produisait.

Le monde entier s'arrêta, le temps resta suspendu, puis un cri perçant déchira le silence.

La vue brouillée par les larmes, Hassan regarda le petit corps minuscule qui bougeait dans ses mains, avant de l'envelopper rapidement dans la couverture. Ensuite, il le déposa avec délicatesse sur le ventre d'Ella.

— Tout… Tout est normal ? demanda-t-elle d'une voix faible.

— Notre fille est parfaite, ma chérie. Absolument parfaite, comme toi.

Lorsque Ella tendit une main tremblante pour caresser la tête de son enfant, elle regarda Hassan et constata avec stupéfaction qu'il pleurait. Une émotion infinie lui étreignit le cœur. Il avait été présent pour elle, au moment où elle avait eu le plus besoin de lui. Il l'avait aidée à accoucher.

A cet instant, elle entendit le bruit du moteur de l'hélicoptère qui se rapprochait.

Chapitre 14

Le cœur lourd, Hassan referma la porte du studio et se dirigea vers la nursery. Il ne pouvait plus repousser ce moment. Il était temps d'accepter la vérité et d'y faire face.

Il avait attendu qu'Ella soit complètement rétablie, dans l'espoir que de son côté il n'éprouverait plus de remords.

Mais les regrets lui collaient à la peau. Et il savait qu'il n'y avait qu'un seul remède à son état. Cependant, par une cruelle ironie du sort, tout son univers s'écroulerait alors autour de lui.

Hassan trouva Ella debout devant la fenêtre du salon de la nursery. Pieds nus, vêtue d'une robe de soie couleur ivoire et ses beaux cheveux cascadant dans son dos, elle regardait l'une des petites fontaines jaillir en un gracieux arc de cercle.

L'ayant entendu entrer, elle se retourna vers lui. Ses yeux bleus brillaient, mais Hassan y discerna une ombre, comme si elle aussi avait deviné que l'instant de vérité était arrivé.

— Ton père vient d'appeler, Ella.

— Oh… Que voulait-il ?

— Il désirait savoir si nous envisagions d'assister au mariage d'Alex et d'Allegra.

— Et que lui as-tu répondu ?

— Que nous ne savions pas encore. J'ai eu raison, n'est-ce pas ? Il y a tant de questions que nous n'avons pas réglées… Et il me semble que celle concernant le mariage de ta sœur n'est pas la plus urgente.

Ella hocha la tête, mais son cœur avait sombré dans sa poitrine. Elle redoutait tant de prendre une décision ! Sans Hassan, l'avenir lui parut soudain si sombre, si glacé, qu'elle ne put retenir un frisson.

Jusqu'au bout, elle avait espéré qu'ils pourraient oublier le passé et repartir de zéro, misant sur l'amour — oui, l'amour — qui avait vibré entre eux après la naissance de leur bébé. Ils avaient alors partagé un moment de joie pure en accueillant l'être minuscule qu'ils avaient créé.

Ils étaient revenus à Samaltyn dans l'effervescence générale car tout le monde célébrait la naissance de l'enfant du cheikh. D'un commun accord, et avec un mélange d'humour et de tendresse, ils l'avaient appelée Rihana, car ce prénom évoquait une plante odoriférante sauvage.

Pendant quelques jours, Ella avait été en proie à des émotions intenses qui lui avaient permis de se bercer d'illusions. Ils formaient un couple presque normal tout à coup, émerveillé d'avoir eu un enfant.

Mais, rapidement, ils étaient redevenus le couple d'avant, celui qui n'avait rien résolu du tout. Ils étaient alors restés sur le qui-vive, comme si chacun attendait que l'autre fasse le premier pas.

— Tu envisageais de rentrer chez toi, dit Hassan d'une voix rauque. Y songes-tu encore ?

Ella tressaillit. Durant les jours idylliques qui avaient suivi la naissance de Rihana, elle avait oublié toutes ses incertitudes, mais la question de Hassan les ravivait douloureusement.

Rien ne changerait jamais entre eux, songea-t-elle. Car Hassan ne le désirait pas plus qu'avant la naissance de leur fille. C'était même encore pire puisqu'il semblait maintenant souhaiter qu'elle s'en aille.

— Je pensais attendre…

— Attendre quoi, Ella ? l'interrompit-il d'un ton amer. Que je m'attache encore plus à Rihana et que cela me devienne insupportable de la voir s'éloigner de moi ?

— Tu désires que je m'en aille, dit-elle en baissant les yeux.

Voulait-elle retourner le couteau dans la plaie, et rendre cette épreuve encore plus difficile qu'elle ne l'était déjà ? se demanda Hassan en réprimant un juron. Cependant, il ne pouvait l'en blâmer, et il méritait tous les coups qu'elle allait lui porter.

— Je ne voix pas d'autre alternative, répliqua-t-il d'une voix dure. Tu es forcément impatiente de quitter l'homme qui t'a forcée à venir ici, alors que tu désirais rester à Londres. Un être sans cœur, incapable de montrer la moindre compassion. Parce que, maintenant, je me regarde avec tes yeux, Ella, et je n'aime pas ce que je vois.

— De quoi parles-tu ? chuchota-t-elle.

Il secoua la tête avec dégoût.

— Ce portrait ! Je sors de ton studio et j'ai vu le portrait que tu as peint. C'est celui d'un homme ravagé…

— Hassan…

— La part obscure est visible, là, sur la toile !

— Que veux-tu dire, Hassan ?

Il devait lui avouer. *Tout*. Ella devait savoir jusqu'où

il était allé dans ses sombres machinations, et cette fois ce serait la fin de leur mariage, pour de bon.

— Tu veux savoir pourquoi j'ai tant insisté pour que tu viennes au Kashamak, quand j'ai appris que tu étais enceinte ?

— C'était pour me contrôler, n'est-ce pas ? Tu voulais être sûr que je vivrais ma grossesse conformément à tes principes.

— Oui. Mais derrière cette raison, une autre se dissimulait, bien plus perverse, avoua-t-il. Je pensais que tu aurais du mal à t'adapter. Et que la maternité ne conviendrait pas à ton style de vie.

— Que veux-tu dire ? Je ne comprends pas, murmura-t-elle.

— A l'époque, j'entretenais encore l'illusion que tu étais une femme superficielle. Une sorte de papillon mondain. Je croyais que tu détesterais vivre ici et que tu voudrais recouvrer ta liberté. Et c'est ce que je désirais moi aussi.

Ella vit un muscle tressaillir dans sa mâchoire.

— Tu pensais que je m'en irais, devina-t-elle soudain. Et que je te laisserais le bébé, c'est cela ?

— Oui, répondit Hassan en soutenant son regard.

— Tu voulais l'élever comme ton père vous a élevés autrefois toi et ton frère, sans mère ?

— Oui. Ce n'est que durant ces dernières semaines que j'ai réalisé que mon plan était absurde. J'ai compris que je ne pouvais pas infliger à mon enfant ce que j'avais enduré moi-même. Mais j'en avais eu l'intention.

Les joues blêmes, elle le contempla en silence.

— Comme tu dois me haïr, Ella…

Si elle le haïssait, ce serait peut-être plus simple, se dit Ella. Mais n'était-ce pas justement ce qu'il souhaitait, dans la part la plus obscure et la plus complexe de son être : qu'elle le haïsse ? De cette façon, il se sentirait conforté dans ses préjugés envers les femmes.

Personne n'avait été là pour Hassan, réalisa-t-elle soudain. Après le départ de sa mère, il n'avait laissé personne l'approcher. Aurait-elle le courage de tenter de percer la carapace dont il s'était entouré ? En prenant ainsi le risque d'essuyer un nouveau rejet ?

Mais si elle s'en allait, elle se condamnait à une vie de regrets. Jusqu'à la fin de ses jours, elle ressasserait son échec — parce qu'elle n'aurait pas eu le courage de mettre sa fierté de côté et de tout essayer pour rester auprès d'un homme qui avait tant besoin d'amour. De *son* amour, et de celui de leur fille.

Sauraient-elles aider son cœur meurtri à guérir ?

— Je ne te hais pas, Hassan, dit doucement Ella. Au contraire : je t'aime. Même si tu ne veux pas de mon amour. Et que tu as tout fait pour que je te déteste. Tu vois, cela n'a pas fonctionné… Et si tu me demandais de rester, avec Rihana, d'être ta femme, dans tous les sens du terme, je le ferais avec joie. Mais à une condition.

Ses paroles avaient d'abord apaisé Hassan, jusqu'à ce qu'elle prononce le mot *condition*.

— De quoi s'agit-il ? demanda-t-il avec méfiance.

— J'ai besoin de savoir que je compte pour toi, au moins un peu. Qu'il y a un brin d'affection dans ton cœur, que nous pourrons peut-être faire grandir. Et que tu le nourriras, Hassan. Parce que j'ai appris à aimer tout ce sable qui nous entoure, mais je ne peux pas vivre dans un désert émotionnel.

Durant un long silence, il la regarda avec admiration. Elle était tellement plus courageuse que lui !

— Il n'y en a pas un brin, dit-il d'une voix rauque.

— *Pas un brin* ? répéta-t-elle sans comprendre.

— Non, pas un brin, dit-il en secouant la tête. Parce que c'est une jeune plante avide de s'épanouir qui frémit dans mon cœur, Ella !

Submergé par une émotion incroyable, Hassan tendit les bras vers sa femme.

— Mais je ne sais pas si le mot d'affection convient, parce que j'ai compris depuis déjà longtemps que cette émotion portait un autre nom, poursuivit-il en la serrant contre lui.

— Quel est ce nom ? demanda-t-elle d'une voix douce.

La réponse brillait dans ses yeux et sur tout son visage, mais Ella avait besoin de l'entendre.

— Ella, je… je t'aime. Tu entends comme j'ai du mal à prononcer ces mots, mais je suis sincère. Je t'aime, de tout mon cœur, de tout mon être. Tu représentes tout ce que j'aime et admire chez une femme, et je remercie le destin qui nous a permis de nous rencontrer. Tu m'offres ton cœur alors que je ne le mérite pas…

— Non, ne dis pas cela ! l'interrompit-elle en prenant son visage entre ses mains. C'est l'enfance que tu as eue que tu ne méritais pas. Comme moi, peut-être. Mais il est temps que nous vivions de belles choses : elles sont là, à notre portée, Hassan ! Et nous devrions commencer tout de suite, tu ne crois pas ? Je ne parle pas de luxe ou de privilèges, mais de nous trois : toi, moi et Rihana.

— Oui, tu as raison, murmura-t-il.

Il prit ses lèvres avec passion, mais aussi avec une autre émotion qui dépassait la passion et même l'amour. Son baiser avait le goût de la compréhension et du pardon. De l'engagement et du partage.

Ella frémit au plus profond de son cœur : Hassan

désirait construire un foyer heureux pour la petite fille qui dormait paisiblement dans son berceau, comprit-elle.

Bobby Jackson avait prénommé sa fille Cinderella parce qu'il souhaitait la voir épouser un prince, et d'une certaine façon, son rêve ambitieux s'était réalisé.

Mais Ella et son mari partageaient d'autres aspirations pour leur fille, si bien que le deuxième prénom qu'ils avaient choisi pour Rihana était Hope.

C'est-à-dire *Espérance*…

Retrouvez prochainement,
dans votre collection

DIADÈME

Le pari d'un milliardaire, de Kate Hewitt - N°16

SÉRIE : LA COURONNE DE SANTINA

Quand Ben Jackson, le célèbre milliardaire, la met au défi de participer à un ambitieux projet caritatif, Natalia sait qu'elle tient une occasion de prouver qu'elle n'est pas une héritière capricieuse. Pour une fois, elle sera digne de son titre de princesse de Santina ! Et elle effacera, sur le visage de Ben, ce sourire narquois qui l'irrite tant. Même si travailler avec cet homme arrogant sera pour elle une véritable épreuve…

La fierté d'un héritier, de Caitlin Crews

Épouser Rafe McFarland, l'ombrageux et richissime duc de Pembroke, et lui donner un héritier, c'est la seule issue qui s'offre à Angel si elle veut payer les dettes de sa mère. Un arrangement où l'amour n'entre pas en ligne de compte. Et pourtant, dès la première nuit qu'elle partage avec Rafe, Angel sent une étrange émotion la gagner. Qu'adviendra-t-il si elle tombe amoureuse de cet homme ténébreux ?

Désir sous le soleil, de Janice Maynard - N°17

En voyant Maria tomber sous le charme de Gabriel Montoro, l'un des plus redoutables play-boys de Miami, Alex sent une émotion inconnue naître en lui. Ce mélange de douleur et de colère… de la jalousie ? Un sentiment malvenu, car l'importante mission qui l'a conduit auprès de la famille royale lui interdit la moindre distraction. Maria lui est défendue, il n'a donc plus qu'à s'y faire… ou à briser toutes les conventions pour la faire sienne.

Le choix d'Aleksandra, de Jennifer Hayward

Princesse ou roturière ? Depuis qu'elle a découvert que son père était le roi d'Akathinie, Aleksandra ne sait que faire. Rester auprès de sa mère ou prendre ses fonctions de princesse, comme le lui ordonne Aristos – le premier conseiller de la couronne ? À écouter cet homme impitoyable, elle pourrait goûter à l'existence dont elle rêve ! Une vie bien éloignée de celle qu'elle connaît actuellement, et qui lui ferait surtout côtoyer le ténébreux Aristos…

Retrouvez prochainement,
dans votre collection

DIADÈME

Chantage princier, de Penny Jordan - N°18

Épouser Luc D'Urbino, prince de S'Antander ? Huit ans plus tôt, cela aurait ravi Catherine. Folle amoureuse, elle s'était jetée dans ses bras, pour le regretter amèrement ensuite. Car Luc l'avait rejetée, aussitôt après l'avoir mise dans son lit ! Humiliée, elle n'avait eu d'autre choix que de fuir. Seulement voilà, l'homme qui l'a tant fait souffrir exige aujourd'hui qu'elle devienne sa femme et lui donne un héritier !

Le seigneur du désert, de Susan Mallery

Amoureux de Liana, une jeune Américaine, le prince Malik l'enlève, persuadé qu'elle ne résistera pas longtemps à la force de son désir... Peu à peu, en effet, Liana se laisse séduire et finit par accepter de suivre Malik dans le désert où une fête a été organisée à son intention. Sans se douter qu'elle va, à son insu, participer à son propre mariage...